波密民间文学

普布多吉 ◎编　丹增◎译

人民出版社

目　录

保存波密民间文化，展现波密人文风情

　　我生在波密，从小生活在波密，从一名基层教师成长为波密县文教局副局长、县委宣传部部长、县委副书记。可以说，我人生的大好年华是在家乡波密度过的。我对波密的山山水水及历史文化、人文风情很有感情。

　　2017年2月，波密县领导打电话给我，希望我来担负《波密的古代历史文化》《波密的人文地理》《波密民间文学》这3本书的写作任务。因为我平时喜欢搜集家乡的人文风情、民间文化，先后编著过相关方面的文化书籍。我本不该推辞，可我当时正担负着林芝市《林芝区域文化丛书》藏汉文23部图书的策划、主编、审校。该丛书于2014年启动，已耗费了我大量精力和心血，正处于编审最繁忙的阶段，再也无力担负这3本书的写作任务。为此，我婉拒了波密县领导的要求，同时也想到了有过一面之交的作家、文化学者罗洪忠。他是近年来西藏文坛上的新秀，先后著书15部，其中10部已出版；而《人文雅鲁藏布大峡谷》等3卷本与林芝有关的文化丛书，获得了4个国家级奖项，也是原国家新闻出版广电总局、国家民委向全国推荐的百种优秀民族图书之一，并参加了美国、英国等大型书展，还被大英博物馆收藏。

2015 年 4 月，罗洪忠负责西藏自治区外宣《倾听西藏》丛书林芝卷《雪域江南》的写作。他写的林芝卷《雪域江南》，"内容丰富、信息量大、通俗易懂，且文字简洁、语言优美，故事描写生动翔实，人物刻画栩栩如生，非常能够吸引人。"

正好在这时，罗洪忠打算约上几位有经验的作家，写作林芝市 7 县（区）《阅读林芝》丛书，希望能得到我的帮助。我让他先列出该丛书的写作提纲。罗洪忠因为曾多次走进波密，参与过 2000 年易贡抢险救灾，采访过 318 国道沿线波密村舍，研究过波密土王的历史等，所以，很快便拿出了一个粗线条的写作框架，总体上符合波密县委、县政府的宣传思路。在此基础上，我俩共同细化了写作提纲，按照波密县委、县政府编撰要求，突出了聂赤赞普故里、冰川之乡、桃花世界等内容。

尽管这样，对于波密的历史、民俗、风情、民生等方面，需要重新了解的内容还有很多，而不少内容是罗洪忠以前没有采访过的。为了让他尽快进入状态，节省时间，不走弯路，使采访更有针对性，我多次通过打电话、发邮件、当面交流等形式，与罗洪忠商讨写作事宜，并结合我多年来了解到的情况，花上一周时间，拿出了一份详细的采写提纲，连采访对象也列上后，交给了他。

根据波密县委、县政府的要求，我答应担任主编，罗洪忠答应担任作者，并商定在 2017 年 4 月 15 日，我俩一起去波密，征求波密县委、县政府对丛书写作提纲的意见。4 月 13 日，罗洪忠提前到了林芝市。他来到林芝后，我俩再次对这份提纲进行了深入探讨，对原有提纲作了多处修改，并再次细化。并且我还将涉及波密历史、山水、民俗、民间文学、名胜古迹等方面的资料，提供给他，供他在采访和写作时参考。

罗洪忠在采访和写作过程中，经常同我交流。我也以高度负责的态度，对他提出的问题一一解答，还给他介绍波密的历史、文化、习俗等情况。我两次到拉萨时，与居住在拉萨的本书编委会专家聚在一起，对书稿内容进行了认真探讨。

当我们策划写作提纲时，罗洪忠一再说，他过去对波密采访过，有 16 万字的书稿垫底，再实地采访捕捉一部分内容，就能实现 24 万字的目标。当他分三次将书稿交给编委会专家组审稿时，洋洋洒洒 45 万字，还是让我惊讶万分。书稿中的"世界第三大峡谷"、"世外桃源数八盖"、"白马岗北花园嘎瓦龙"、"波密民俗风情录"、"波密特产享誉全国"等章，都是他采访后增写的内容，使得书稿内容更为丰富了。

我花了 4 个多月的业余时间，对书稿进行了全面、细致、认真、负责的审读和修改，作出这样的评价："该书布局合理、结构严谨，总体框架与写法，符合编委会确定的思路和要求。通过对该书稿的审读，能看得出作者为了写好该书稿，确实走遍了波密的山山水水，收集了大量的文字和口头资料，翻阅了大量的相关书籍，引用了许多有价值的资料，做到了有据可查。在语言方面，具有朗朗上口、通俗易懂，且信息量大的特点。尤其是作者在书中许多地方以主人翁的姿态，对波密的旅游文化建设和生态环境保护工作提出了很多建设性的构想与建议。这本书的出版，对波密经济发展和文化繁荣，特别是旅游开发具有一定的现实意义。"

还看得出来，罗洪忠通过巡游的形式，将所见所闻以讲故事的方式来反映波密的人文历史，叙述得细致有味，内容比较扎实。他还巧妙地把一个个传奇、传说、神话融入故事之中，使故事更鲜活，更具有可读性。下面，我从 6 个方面对该书进行评述。

一、不畏道路艰险，走遍波密乡村

八盖地处波密最西边，在藏语里意为"悬崖上搭梯子"，正是对这里地理环境的真实写照，羊肠小道是它的标签，八盖被称为"马蹄下的孤岛"。八盖乡也是波密县最晚通公路的一个乡，沿线公路还在升级改造，受自然环境影响很大，给采访带来了巨大困难。从八盖乡到嘉黎县尼屋乡，再到达十一世班禅的家乡夏玛乡。这既是一条探险之路，也是一条朝圣之路。拿罗洪忠的话来说，沿线路况极差，风景却绝美，这里是一块尚待开发的旅游胜地。

为摸清易贡—八盖—尼屋沿线的文化状况，罗洪忠勇敢地从易贡闯进八盖、尼屋。据我所知，他是到这一带进行人文历史方面采风的第一位学者。他竟然拿出了4万余字的初稿——《世外桃源数八盖》《八盖杜鹃花沟》《朝拜森格南宗圣地》等文章。他笔下的塔鲁村、日卡村、八盖木锁、莲花温泉等，文化气息浓厚，自然风光秀丽，正是他冒险考察的文化成果。

二、敢闯深山峡谷，捕捉多条"鲜鱼"

在藏族的一些历史典籍中记载，第一代藏王聂赤赞普生于波密。目前波密人认定的聂赤赞普出生地，是波密县倾多镇巴康村甲姆卡自然村。罗洪忠在书中记录了波密两位文化人对甲姆卡村的描述：这个地方很久以前就叫"甲姆卡"，有3000多户人家。后来因甲姆卡右方山头有个叫"贡通错"的湖泊，湖水泛滥成灾，就形成了现在高低不平的地形、地貌。

据罗洪忠介绍，他走了7个多小时的山路，终于在高出甲姆卡自然村400多米的森林里，找到了聂赤赞普小时候居住的石头房屋遗址，在其周围有上百处石头房屋遗迹，证实了这里曾是一处大的村落。他还说，考察聂赤赞普故居时，在甲姆卡亲眼看见了距今有4500多年历史的拉颇新石器文化遗址。当地村民保留有祭祀聂赤赞普父亲魂山——波日布赞神山的习俗。罗洪忠由此得出结论，甲姆卡无疑是聂赤赞普的诞生地。

罗洪忠在书中介绍，他在考察聂赤赞普居住地时，又发现了一条小路直通松村，仅有两个多小时的山路。正是聂赤赞普第八世孙即第九代藏王夏赤赞普（又称布德贡杰），躲避大臣罗安追杀的藏身之地。夏赤赞普的后代在这里建立了闻名于世的波密土王王朝，并修建了第一座王城。

罗洪忠在松村考察时，亲眼见到了夏赤普巴（山洞）、夏赤泽朗（悬崖小路）等遗迹。《波窝宗教源流》也明确记载，松村有第一座波密土王王宫遗址。他决心去实地考察。当地村民挥着砍刀，砍倒丛林里的荆棘、藤萝不断开路，终于见到了这座传说中的王宫遗址。据罗洪忠说，此处王宫遗址长达 2 公里，总面积有 0.5 平方公里，有数百处古建筑遗址，完全具备一座古城的规模。

据罗洪忠介绍，他在甲姆卡自然村采风时，在阿岗绒目睹了几处青石棺墓葬地，并在墓室内发现有头盖骨、肢骨、肋骨等人骨。西藏考古专家夏格旺堆说："阿岗绒墓地人骨测出的年代数据证明，这处墓地距今已有 2700 多年的历史，为波密县乃至西藏东部地区的石棺墓研究提供了重要数据支持。"

三、深研波密土王历史，提出独到见解

罗洪忠曾有 3 次到波密进行文化调查的经历，他对于波密土王政权的认识，有一个从否定到肯定、从批判到求实的思想转变过程。20世纪 90 年代中叶，他首次进入波密县采风。波密土王历来被学术界说成是一股顽劣的地方势力，凭借波密险要的地势据守一方，既与清廷抗衡，又跟西藏地方当局闹独立，无恶不作，真是罪不容诛。罗洪忠最初踏入这个文化研究领域时，也接受了这一观点。

2015 年年初，罗洪忠再次到波密县采风，波密土王依旧是一个绕不开的话题。波密土王在珞渝地区（今墨脱县）建立起强有力的行政组织——金珠宗（县）、地东宗和嘎朗央宗，并任命宗本（县长），建立差税制度，调解门巴、珞巴两族之间的纠纷，增进珞巴族各部落之间的团结等，都是无法回避的历史。

2017年4月，罗洪忠撰写《聂赤赞普故里》一书，要想绕开波密土王的历史，更是一件非常困难的事情。如何客观看待波密土王在中国历史上的贡献，如何评价波密土王在巩固边疆、维护民族团结等方面作出的历史贡献，是他作为一名文化学者义不容辞的历史责任。

罗洪忠大量查阅波密土王的历史资料，到波密各乡村寻找历史遗迹，从中可以感受到，波密土王是个地方势力。1906年，赵尔丰任川滇边务大臣，在藏东以武力强制推行改土归流。1911年，赵尔丰和驻藏大臣联豫共同进兵波密。1927年，西藏地方当局派出数以千计的武装人员，兵分五路，进攻波密。波密土王兵败后逃往白马岗，随后从察隅进入札纳村，据传因食物中毒而死，波密土王至此覆灭。罗洪忠认为，波密土王并非一个闹独立的王朝，他们承认自己是吐蕃赞普的后裔，也向西藏地方政府交纳酥油税。从波密土王走出来的高僧三世济咙活佛，曾前往北京朝拜清朝的乾隆皇帝，在巩固祖国边疆、维护民族团结等方面，作出了巨大的历史贡献。罗洪忠说，我国众多专家学者对象雄王朝、古格王朝等进行了深入细致的研究，推出了大批学术成果，但波密土王延续了2000余年，相应的学术成果却不多，这正是他下大力研究的原因。

四、以主人翁姿态，提出文化良策

在现代旅游业的发展中，文化已经成为一个不可或缺的因素。以文化串起一个景区的各种旅游资源，甚至以文化为一个景区打造主题或者铸造灵魂，都是文化旅游业兴起和发展的重要表现。罗洪忠曾到过国内许多有名的旅游景区，看到过如沧源县的大型原创佤族舞台剧《族印·司岗里》等，在宣传和推介佤族旅游文化精品方面受到了很大的启发。在罗洪忠看来，波密作为聂赤赞普的故乡，经历数十代波密土王的更迭，无疑是一部复杂的历史大剧，也积淀了深厚的波密民俗文化。当地政府若借助这个厚重的文化品牌，可以制作独具特色的舞台剧、电视剧等。

罗洪忠不仅对波密文化感兴趣，而且还深入八盖乡的3条杜鹃沟，发现了长达上百公里都是满山遍野杜鹃花的亮丽景色。在多吉乡的达荣沟等地，他又发现了许多待开发的旅游景区、景点，就如何保护、开发、利用结合起来，打造独特的旅游节，吸引八方游客前来等方面，向当地政府提出了建设性的意见。

五、充分挖掘优势，整理民间文学

民间文学称得上是一切文学艺术的基础或母体，它源自广大劳动人民的智慧，是千百年来，广大劳动人民在劳动生产、社会交往中，共同创作、共同加工、共同传承，逐渐发展起来的。不管是民间故事，还是民间歌谣，都是劳动人民通过现实与虚构、写实与夸张、繁杂与简略等相交相融的手法，反映劳动人民自己的意愿、梦想、苦乐、境遇、爱憎、审美等，具有吸取精华、研究发展的价值。

根据波密县委书记朱正辉关于要充分挖掘波密的地域文化优势，整理出版《波密民间文学》，加强波密文化宣传，提升波密文化知名度的要求，从由我收集、整理的《波密民俗文化》《波密民间故事集》《波密民歌集》等藏文书籍中，我和旦增挑选出部分民间故事和民间歌谣，翻译成汉文，奉献给爱好民间文学的读者，从多角度、多层面反映波密地区的独特文化。

六、虽然尽心尽力，仍存不足之处

本人作为该书的主编，对书稿做了认真负责、竭尽全力的修改、补充、润色、删减等工作；同时，聘请四川人民出版社编审、资深老编辑张问渔对书稿进行精练，再次删减；聘请中国藏学研究中心王小彬博士严把民族、宗教政策关；还聘请出生在波密的林芝市人大财经专委会主任丹增、林芝市委组织部常务副部长扎西洛布、波密县政协原副主席白玛多吉等3人士严把内容关。我相信，这本书在专家组6位成员的共同努力下，在人民出版社编辑人员的精心编辑下，定能成为展示波密文化的好书。尽管如此，我仍认为书中还难免存在各种不足之处，甚至缺点、错误，诚恳希望专家学者和广大读者给予批评指正。

普布多吉

2018 年 2 月 2 日于林芝

加强波密文化宣传，提升波密文化知名度

文化旅游产业是一个跨行业的朝阳产业，在经济社会发展中有着至关重要的作用。文化是旅游的灵魂，旅游是文化发展的重要途径。"十三五"时期，文化产业作为国民经济支柱性产业，与同样作为战略性支柱产业的旅游业将有越来越多的融合发展，文化旅游产业将成为挖掘地方文化、完善旅游产业、促进经济结构调整、助推地方经济腾飞的重要发展方向。

2016 年，我刚到波密县任县委书记，就努力思考波密的文化旅游产业建设。可我翻检国内出版的有关波密方面的书籍，尚未有一套系统展示波密县人文历史、民俗风情、民间文学和社会发展的图书。我试图发动乡村干部，让他们迈开双腿，搜集和整理波密的历史与文化，为波密文化旅游业增色。可一年过去了，收效甚微，只能另想办法，请研究文化的专家学者前来波密采风，以期推出一套符合波密县旅游文化的图书来。

波密县是一个历史悠久、山川地理独特、人文风情富集的县份。从历史方面来看，这里是第一代藏王聂赤赞普的故里，波密土王延续上千年直至民国时期；从山川地理来看，这里有中国最美冰川之乡、中国最美原始森林、中国最美景观大道极品线波密段、中国最大桃花

谷、易贡国家地质公园；从村落观光来看，这里有世界十大静好小镇之一波密县嘎朗村、西藏特色小城镇通麦镇、中国最美冰川下的桃花源米堆村等；从民间节日来看，这里有波堆百人百马节、倾多寺跳神节、曲宗马术节、西巴煨桑斗熊节、松宗祈祷赛马节、达大马术节等；从民间文化来看，这里有波卓舞、波央歌、热巴舞等……波密拥有众多历史人物、文物古迹、民间文化，无疑是一块充满神秘色彩的土地，每个乡镇的历史、风情都极具地方特色。

在当下描写波密历史文化的图书中，主要以画册和资料汇编居多，也有一些反映波密的文章，以游记为主，反映个人情感的内容较多，而描述波密县人文历史、民俗风情和社会发展的内容较少。为了将《波密的古代历史文化》《波密的人文地理》《波密的民间文学》这3本书做出特色来，我县特地聘请林芝市政协原副主席、《林芝区域文化丛书》主编普布多吉担任这3本书的总策划和主编。

2017年3月，普布多吉主席不仅物色文化学者罗洪忠作为作者，还同他一起拿出了详尽的写作提纲，并概括了波密的"六个之最"：中国最美冰川之乡、中国最美原始森林——岗云杉林、中国最大桃花谷——波堆桃花谷、中国海拔最高有机茶场——易贡茶场、中国最美冰川之一——米堆冰川、318国道最美景观大道波密精华段。该丛书详细描述了波密的新石器时代人类历史文化、聂赤赞普故里历史文化、波密土王历史文化、红色文化、特色民俗非遗文化的魅力，对我县打造全域、全时、全天候的旅游胜地，提供了新的思路。2018年9月，我县举办了首届聂赤赞普故里文化旅游节，就集中贯穿了以上方面的内容。

波密县是第一代藏王聂赤赞普的故乡，也是西藏历史上存在时间最长的西藏地方王朝——波密土王的诞生地，如何将聂赤赞普故里和波密土王的历史脉络梳理得更清楚，经历了一波三折。罗洪忠先生作为研究我国珞巴族、门巴族文化领域的学者，他遍访西藏社会科学院、四川大学历史研究所、西藏大学和西藏民族大学的专家学者，亲自到传说中的聂赤赞普故居考察，结合波密两位本土文化人搜集的民间传说，亲身听当地人讲他们祭祀聂赤赞普父亲魂山——波日布赞的习俗等。有关聂赤赞普的身世，《西藏通史·松石宝串》《西藏通史·古代史卷》等权威著作，也是含糊其词，甚至有的权威藏史专家认为聂赤赞普可能出生在雅砻地区（今山南市），可这些专家学者仅凭史料进行推论，没能像罗洪忠先生那样走进聂赤赞普故居，下的结论难免偏颇。罗洪忠先生不迷信前人，凭着对聂赤赞普故居的田野调查，对聂赤赞普从天上下凡而来、诞生印度和出生山南等3种说法，非常鲜明地表明了否定态度，认为聂赤赞普出生于波密，为我县打造聂赤赞普故里文化旅游节提供了文化支撑。

波密县是聂赤赞普的出生地，第九代藏王布德贡杰（史书记载为甲赤，波密发音不同称，为夏赤）系聂赤赞普的第八世孙，因其父亲被大臣所杀，逃到聂赤赞普出生地波密隐藏起来，因同当地一名妇女结婚生子，其子成为第一代嘎朗王，传承了数十代，近两千年历史，直到1932年灭亡，诞生了西藏历史上持续时间最长（近2000年）的一个地方王系——波密土王。

波密土王统治的波密、墨脱、察隅、八宿、洛隆、嘉黎等县，由于地理构造特殊，道路异常艰险，给田野考察、人文资料搜集带来极大困难，再加上近代嘎朗王给人留下了对抗清军、不服从西藏地方政府和抢劫过往商人财物的不良形象，给我国研究该文化领域带来极大障碍。

罗洪忠先生通过多年不间断地对波密土王人文历史、民俗风情的搜集、整理和研究，发现波密土王统治下的三世济咙活佛心系中央、朝拜乾隆皇帝，最终被委以西藏摄政王的重任，在协助清军抗击外敌入侵上作出了特殊贡献，尤其是在1880年至1905年期间，近代嘎朗王面对英国在印度取得稳定统治地位和向喜马拉雅山以北蚕食我国珞巴族领土的严峻形势，首次在珞巴族的生活地域设立了3个相当于县的宗政府，并派驻行政官员，行使税收权力，其范围最远至巴昔卡以南，使数万平方公里的珞巴族生活区域进入波密土王的有效治理范围。罗洪忠先生在书中充分肯定了近代波密土王巩固祖国边防、维护民族团结和将珞巴族纳入祖国版图的三大历史贡献。这3本书的出版，将成为研究西藏地方小邦历史、人文、风情等方面不可多得的宝贵资料，也为波密县加强嘎朗风景旅游区建设提供了文化支撑。

我同样看重《波密民间文学》这本书。民间故事就是一部文化史、一部创造它的人民群众的心灵史。由林芝市政协原副主席普布多吉牵头组织、搜集和整理的《波密民间文学》，是波密民间文化的百科全书。书中不仅有跳荡的童心，更有波密祖先们对世界的思考。《波密民间文学》向我们展示了一个深邃然而又是全新的世界：奇特的三姐妹山，文成公主路过波密时的传说，悬垂在蓝天上的达大山泉与木古黑水，多情的圣湖神女，等等。活跃在这些神话、传说、传奇和故事中的，有山灵、湖妖，有巫师、佛祖，有国王、乞丐，有猎人、熊精，有懂得动物语的牧人，还有英雄格萨尔王战马的嘶鸣。

民间文学是在民族文化生态环境中生成的，它的文化意蕴，像波密本身一样丰厚、深沉，社会的、历史的、宗教的、习俗的、心灵的、审美的，都蕴含在一篇篇动人的故事中。出现在《波密民间文学》中的大背景，是连绵的雪峰、浩莽的草原、明澈的湖泊、一望无际的丛林、辽阔的牧场、猎手和牧人、弓箭和长刀等等。每篇民间故事，都给人以很强的民族感、地域感、历史感和文化感。从这个意义上说，普布多吉主席主编的《波密的民间文学》是一部现实主义的力作，是研究波密历史与文化难得的"活化石"。

波密县主要居住着藏族，那些已经和正在消失的文化与历史密码，深深匿藏于中国最大桃花谷、中国最美冰川之乡、世界第三大峡谷的山山水水里。波密土王流传着几千年古老而深沉的史诗、民谣和无尽的怪异传说，这里保留了波密土王治下先民们遗留下来的诸多古朴民风和奇特习俗，诸如狩猎生活、生殖器崇拜、图腾崇拜等。这3本书第一次全面展示了聂赤赞普故里社会历史的厚重、人文风情的独特、民间文学资料的丰硕。这3本书的出版，有助于人们全面了解聂赤赞普故里的社会和文化，解开心中的一个个疑问。

世界旅游组织预测，到2020年，我国将成为世界第一旅游目的地。波密县的旅游文化包括历史遗迹、建筑、民族艺术、宗教等内容，涵盖性很强，几乎可以囊括所有相关产业。鉴赏波密县的传统文化、追寻聂赤赞普、50代波密土王的遗迹，或参加我县举办的文化旅游节，我相信，游客们能从这3本书中找到自己的答案。

最后，衷心祝愿《波密的古代历史文化》《波密的人文地理》《波密的民间文学》早日面世，为波密文化旅游业壮色。

朱正辉

2018年11月2日于波密

前言　波密民间文学概述

　　我国 56 个民族中，藏族是具有悠久历史和灿烂文化的民族之一。在创造和发展中华民族光辉灿烂的文化过程中，勤劳、勇敢、智慧的藏族人民，凭借着自己的聪明才智，为丰富中华民族文化宝库作出过许多不可磨灭的贡献，并留下了内容丰富、种类繁多、尤为珍贵的文化遗产。

　　民间文学源自广大劳动人民的智慧，它是在千百年来的人类劳动生产、生活变迁、社会交往中，共同创作、共同加工、共同传承，不断丰富和日益发展起来的一种艺术形式。

　　位于西藏东南部的林芝市波密县，同青藏高原其他藏区一样，民间文学流传广泛、内容丰富、种类繁多。它反映了原始社会时期以自然宗教为主的藏族文化、奴隶社会时期以本教为主的藏族文化、封建农奴社会时期以佛教文化为主的藏族文化等，以蛛丝马迹给后人留下了一种记忆。它就像一本厚实的史籍，从中窥见一个民族、一个地方、一个区域各个时期的文化根基、思维方式、风土人情及人们的世界观、人生观、价值观、道德观和审美观。就像肥沃的土地，给人们提供文学艺术的营养。

　　波密地方凭借着地势险峻，民风彪悍，从青藏高原吐蕃王朝崩溃之后至 20 世纪 20 年代，与西藏历代地方政府处于相对格局状态，其民间文学既与其他藏区有共同点，也有浓郁的地方特色。

本书收集了波密地方的两大类民间文学，即民间故事和民间歌谣。不管是民间故事，还是民间歌谣，都是广大劳动人民通过现实与虚构、写实与夸张、繁杂与简略等相交相融的手法，反映了劳动人民自己的意愿、境遇、苦乐、爱憎、审美和梦想。

本书收集的民间故事，根据其内容分为六类：将追问世界本原，带有神秘色彩的列为"神话故事"；将含有一定的历史真实性或可作为历史剪影的列为"民间传说"；将以虚拟形式表现动物与动物或动物与人之间的关系来反映社会关系的列为"动物故事"；将以儿童作为故事主人公或以儿童作为故事传述对象的列为"童话故事"；将不掺杂神话成分，具有现实意义的列为"生活故事"；将以短小精悍、简明扼要地对人们的愚蠢和无知的做法进行讽刺或以逗笑为主的列为"幽默故事"。

本书收集的民间歌谣也同样根据其内容分为六类：将既有唱歌又有跳舞，并有波密地方特色的列为"波卓"；将只有唱歌而没有舞蹈，并有波密地方特色的列为"波央"；将在各种仪式上朗诵或说唱的列为"仪式歌与说唱"；将以对口或单口的形式对人和事物进行评价和夸说的列为"别夏即夸说"；将男女之间谈情说爱的列为"情歌"；将由儿童演唱的歌谣或对儿童唱的列为"童谣"。

由于受到历史和时代的局限，这本民间文学书中，掺杂着一些神、龙、鬼、妖等内容。为了凸显历史的踪迹和民间文学的特征，在翻译时保留了原貌，相信读者自能鉴别。同时，由于收集、翻译人员的水平有限，书中缺点、错误在所难免，衷心希望广大读者给予批评指正。

第一篇

民间故事

神话故事

1. 粮食和看门狗

传说远古时期人类是不用进行耕地、施肥、浇水等农业生产活动就能坐享其成、享用粮食的。

粮食的种子来自天帝的赐予。那时，每到春季，天帝便将仅仅一粒种子掷向凡尘，便会芽发四野、麦浪飘香。那时的麦株体形高大，有八岁的小孩那么高；一株麦株上有许多麦穗，像藤蔓一样节节分枝；麦子的籽实也大，跟红嘴鸥的蛋大小相当。人们根本不用为吃饭操心。

粮食的丰足引发了人们不尚节俭的恶习，他们不仅不知道节约粮食，而且还蓄意糟蹋粮食。有的人将饼子当飞碟，进行体育游戏；有的人将糌粑砣砣放在"乌朵"（一种放牧工具）上，当作石子抛撒。

情况传到天帝那里，天帝十分震怒，决定好好教训一下不辨善恶的人类。这一天，天帝手持宝剑、腾云驾雾，降临人间。他挥动宝剑，将麦子割伐殆尽，然后准备起身返回天庭。

看门狗目睹了这一切。心想：这可不是好事，今后人间恐怕只留下粮食这个名称了，人类的生活将如何延续呢？

想到这儿，看门狗急忙跑到天帝面前，向天帝祷告：我们狗类从未糟蹋粮食，请将余下的麦穗顶端留下来。

天帝一想，看门狗之言确有一定道理，狗确实从未糟蹋过粮食，遂起怜悯之心。把一枝麦穗的顶端留给了看门狗，然后拂袖离去。

从此，人类再也不能坐享其成了，必须通过辛勤的劳作才能取得收获；而现在的麦粒也变得很小了，因为现在的粮种来自古粮种的顶端部分。

通过这件事，人们改掉了不尚节俭的坏毛病，也增进了与狗的关系。如今，藏族人民对狗的喂食是一种自觉，无论家境多么贫穷，也不让狗饿肚子。这一方面是藏民族善良品性的体现，另一方面也有因果报应的佛教教义的原因。

2. 罗追小伙和德堆国王

在远古的时候，有一个强盛富饶的，文韬武略大臣辈出，士兵百姓众多，强大无比的王国叫德堆。这个王国里有个残暴凶恶的德堆国王。

一天，王后生了一个相貌丑陋、内心不正的男孩。他长大后，不学无术，倚仗权势，作恶多端，连做人的起码道德也没有。

在这个王国的百姓中，有一个叫罗追的男孩，在他十二岁时父母双亲离世，成了孤儿。罗追的相貌清秀，身材伟岸，非同凡响；聪明机智，心地善良，令人尊敬。

罗追的美名广为流传，最后传到了德堆国王那里。国王想：我的儿子是富贵之子，但是相貌丑陋，不学无术，百姓都讥笑和诅咒他。相反，人们都赞美和爱戴这个孤儿，这是一个不祥之兆。将来我死了，王子又没有治国本领，大臣都难以服从他，还说不定会拥戴罗追做国王。即使立儿子为王也很难持久，罗追也将会站在对立面，不如趁早除掉他。国王心中的嫉妒和愤怒如暴风又似烈焰，但是他又想到：如果无缘无故除掉孤儿罗追，恐怕所有正直的大臣和百姓都会反对，甚至会引发造反，还不如给他出道难题，让他办一件无法办到的事，然后找借口除掉他。毒计既定，国王便派人传罗追来见。罗追来到国王面前，跪磕了三个响头。国王口谕："喂！罗追小子你听着，朕知道你是个英俊、老实、善良的人，特别是你是一个非常有名的人。但你是朕的庶民，受朕的恩赐生活，所以你应该服侍朕。这一点朕也相信。如今朕担心的是宫殿已经陈旧，而且式样也过时了。从明天起，你给朕建造一座样式好看且面积大、有围墙的三层宫殿。这件事如果办得全合朕意，可以奖赏你享用一生的衣食和随便使唤的用人，并让你做朕的大臣。如果你胆敢违抗圣命，就没有好下场。有道是天子一言，驷马难追。不得推辞，速速去办。"

王令犹如雷电，就这样落到了小罗追头上。他想推辞又不敢，只好忍气吞声痛苦地回到家里。待心情稍稍平静后，罗追思忖：国王不但不依法治国，反而强迫像我这样一个贫穷无罪的人去办那种无法办到的事，肯定是有意陷害我，别无他图。不然为何放着众多的大臣、随从和可用财宝不用，而非要我去办？这是没有道理的。然而事已至此唯有逃为上策。但他又想，村里有一位社会经验丰富、善于观察现实、预测未来的，善良且被人称为"智囊"的大娘，不如先去请教她后再做打算。他决定去找"智囊"大娘。大娘听了罗追的陈述，安慰道："好孩子不要怕，咱们都是穷人，我不帮你谁帮你？今晚午夜时分，你准备三块石头、三根大木梁和三筐土，并在每块石头上放置一根木梁和一筐土，然后向天祈祷：'请变出美丽的宫殿。'如果国王还想加害你，到时候我们再想办法。"

当晚，罗追照大娘的吩咐一一去办。次日早晨去一看，果然出现了一座造型优美、规模宏大、围墙环绕的新宫殿。对比之下，原来的王宫更显得破败不堪。罗追非常高兴地去见国王，说："恭请陛下巡察新王宫。"

当国王和大臣们亲眼看到新的大王宫时，无不惊诧莫名。大臣们在暗中纷纷议论：罗追这小子不是普通人，国王不该欺负他，否则将来不好办。国王也在惊讶之余，更加忌恨罗追。他想：此人说不定会变什么戏法，这次让他过关了，不过必须想办法把他除掉。这时罗追来到国王跟前说："陛下，我已经按照您的谕旨，完成了建造新宫殿的任务，请给我一点赏赐吧！"国王凶狠地喊道："你修建的宫殿不全合朕意，建得不完整，王宫上没有金顶怎么行？就像个无头的人呢。所以你要安装一个九层金顶。这是你没干完的事，这次不罚你。待你安装好九层金顶，再视情况奖赏你吧。另外你说自己是穷人，穷人能修建出这样豪华的宫殿吗？你肯定是个富豪。庶民要为国王服劳役，你一个富豪冒充穷人说了假话，干得不彻底还想拿奖赏，这是个大野心家的表现。不管怎么说安不上九层金顶，不要说拿奖赏，连你自己的活路都会成问题。"罗追连忙磕头合掌，跪下来求道："陛下，我是个失去双亲的孤儿，这是大家都知道的事实，哪能说假话。九层金顶在传说故事中听说过，说是神仙、龙王、山神那里有。可是在人世间谁也没见过九层金顶呀，我哪能办得到？请陛下开恩，收回成命。"国王气愤地吼道："你这个装成乞丐的骗子，好大的胆子，竟敢对国王抗命顶嘴，你想继续当我的黎民，就赶紧去办！"

罗追跑回家，立即去找"智囊"大娘请教。他把国王的口谕详细告诉了大娘，并恳请大娘帮忙。大娘说："九层金顶非凡人所能建造，它是神通广大的护世神建造的。这金顶自己能飞，王宫只要安上金顶能远离瘟疫、天灾、人祸等各种灾祸。这个神通广大的金顶只是在神仙、龙王住的地方才有，我们无法寻到。在阿瑶林的神王有个九层金顶。若想把它弄到手，要走很远的路，冒很大的危险。神仙们警惕性很高，很难弄到手。不过依靠智慧的力量和坚强的意志也有办法得到它。你不必担心，虽然现在你还是一个穷苦的孤儿，但不见得一辈子总是如此。你的聪慧和意志等各种迹象都显示你是个大能人，只要不懈地努力，不仅能依靠智慧来弄到金顶，而且能除掉那个嫉妒心极强、无法无天的德堆国王。他的所作所为都是折福折寿的，王国已出现走向衰败的迹象。"罗追急忙地说："大娘有什么高招请赐教于我，我将用终生报答您的恩德。"大娘指点道："那么你要往西南方向，走到没有人烟的尽头，那里是蓝色的世界。山石土全是蓝色的。在一条穿过森林的大道上，你会遇到一位姑娘。她有一张清秀的脸，双眼明亮发出光芒，步展莲花，面带微笑。她的穿戴也都是蓝色的。其实她是神通广大的仙女，专爱帮助善良的穷苦人。你见到她就要诚实地向她说出自己的困境并请求她的帮助。说不定你与这位仙女有姻缘，因此她会教你具体办法。如果你不诚实、说假话就会误大事。这一点你千万要牢记。也许她不会轻易承认自己是仙女，但是你要恳切地希望得到她的保护和指点，最重要的是诚心。至于我不需要你报什么恩，只是我年事已高，膝下无子女，将来衣食难以自理，到那时能不让我受饥寒之苦就可以了。这些你能否做到自己看着办吧。"罗追说："慈祥的大娘，非常感谢！不管遇到多大困难，我一定按您的教诲把事情办好。您晚年所需衣食住行，我将竭尽全力来满足您，哪怕我为此付出生命的代价也不足惜。若有半句假话，愿受报应。"次日罗追备上干粮，日夜不停地向西南方向进发了。

国王很久没有听到罗追的消息，以为他已逃往异乡。国王派几名探子去打探消息。探子回来报告说："人们都说罗追到阿瑶林地域取九层金顶去了，谁也没劝住。人们都断言他这次无法回归自己的家乡。"国王听了非常高兴，暗想阿瑶林那么遥远，他在途中肯定会遇到各种各样的问题，无法返回。

罗追跋山涉水，经历了千辛万苦，终于来到了"智囊"大娘所说的蓝色世界。这里的山石果然都是蓝色的。他想念"智囊"大娘，忍不住流下泪水，默默地祈祷仙女保佑善良的大娘。正在思索中，从林间的大道上走过来一位姑娘，他毫不迟疑地向她讲述了自己的苦难。姑娘说："你这个人说些什么？我是个普通的农家女子，不是什么仙女，你认错人了吧？"罗追答道："不会认错，如果没有你的妙计，我无法到达阿瑶林地域。就算能活着回去，德堆国王也不会饶恕我。我已到了绝望的地步，唯有你才能帮我。"姑娘这才含着笑回答道："我是试探你的诚心和决心。其实前世我曾是你的妻子，由于我俩不失盟约度过了美好的一生，今日才有缘相见，并使我有了为你效劳的机会。你受了这么多苦难我也很难过，但是苦难即将过去。你要继续往西南方向走下去，不远处会遇到三只秃鹫为一具马尸相争，你要为三只秃鹫平分马肉，并告诉秃鹫要团结友爱的道理，让它们成为你的助手。因为去阿瑶林地域要渡过大海，三只秃鹫会帮你飞越大海。过了大海也就到了阿瑶林地域。海边的草场上有一位白发苍苍的老婆婆在放牧羊群。要想办法接近她，争取她的帮助。她知道金顶的存放地点和获取金顶的办法。她教给你的办法，千万不要搞错。拿到金顶就骑在金顶上，只要祈祷保佑并说出自己想去的地方，金顶就会飞起来把你送到想去的地方。事情办成之后不要忘了来见我。如果一时找不到我，就求告金顶。你的目的一定能实现，但不要粗心，否则有危险。我告诉的一切与我们相见的事情要保密，泄密对你我都有害处，要多加小心。"罗追双手合十于胸前道谢，又继续赶路。

罗追走了几天后遇到了争食马尸的三只秃鹫，便按照姑娘的吩咐把马肉公平地分给三只秃鹫，并诚心劝告它们要团结友爱。三只秃鹫很敬佩他，异口同声地问："善良的小兄弟，你从哪里来？要去什么地方？"他把自己的详细情况告诉它们，三只秃鹫惊讶地说："你真行，是个勇敢、善良的人，我们三个能够团结是你的恩德。如今你要去阿瑶林地域，中间有大海，我们三个愿意帮你飞越大海。"于是三只秃鹫轮流背上罗追平平安安地飞到大海彼岸。到达彼岸的散拉香俄山顶，秃鹫落下来说："我们不能再飞过去了，这里是危险的地域，不得不与你告别。你一定要多加小心。"然后飞走了。

罗追下了山，看到海边的草地上有很多羊，他朝羊群走去，遇见了一位穿得很破烂的老婆婆。心想这肯定是姑娘所说的那位老婆婆了。他对老人行礼后问候道："大娘您好！您在放羊？""对！"老人只应了这么一个字就没再开腔便要去圈羊。罗追见状急忙说："大娘您年纪大了，坐下来歇息吧！我去圈羊。"说完，把羊圈到一处。这时老太婆已经生了火准备去打水。罗追又阻止她："大娘您歇着，我去背水。"水背回来又帮她烧茶做饭。老人感激地对他说："善良的兄弟，你是何方人氏？来这里干什么？这里是阿瑶林地域，不是你该来的地方。你肯定是迷了路，还是赶快回去吧！"罗追把自己家乡的国王如何命令他，要从阿瑶林地域取金顶等详细情况告诉了老人。最后还强调："我若取不到金顶回去就会被国王加害。取到金顶并脱离危险只有靠您的帮助。我一辈子也忘不了您的恩情。"老婆婆想了一会儿就应道："我不能不帮你。哪里有这座金顶，哪里就会出现繁荣昌盛，就能避免天灾人祸。本来金顶是要安在阿瑶林国王的宫殿顶上的，但怕被阿瑶林旁边的魔王抢去，就存放在内库里，四周用铁链拴起来，并钉有人体大的铁钉。放置金顶的库房钥匙系在一条小花狗脖子上，外人谁也不知道。如果拥有这个金顶，能避免天灾人祸，能挽救无数的生灵，它的好处难以估量。但如果金顶继续留在阿瑶林地域，将来必定会被魔王抢走，带来灾难。所以还不如带到你的家乡去。如果请求阿瑶林国王把金顶赏赐给你们，因为这里的国王非常吝啬，不可能给你们。由于这些原因我才愿意帮你，你必须按我说的去做，否则无法取到金顶。"罗追回答说："您怎么说我就会怎么做。"老人说："首先你要用我的烂衣装扮成我，赶羊蹚过小河，到了彼岸就要说：'绵羊山羊，白的跟白的，花的跟花的。'羊群会自动涉水过去。过了河羊群到达阿瑶林国王宫殿附近时，要说：'绵羊山羊各入各圈。'羊群会分群进羊舍。山羊圈近处有一间房子，你就住那屋。傍晚有一条小花狗会跑到那屋门口睡觉。到时你将自己的晚餐喂给小花狗。要尽量与它亲近，常给小花狗喂饭菜，它会感激你，到时你要想办法把钥匙弄到手，然后去开库门。进库后首先要取出碎金和碎银二升。金顶容易辨认，你要不顾疲劳去拔掉大铁钉，然后立即跨上金顶说出自己想去的地方。金顶就会飞出库门带你逃往远方。如果国王发现了就会派士兵追赶你，追到很近时你要快快撒出碎银，士兵们看到碎银就会停下来捡拾碎银，就会耽误追赶你的时间。如果士兵们再次追赶你，你再撒出碎金让他们捡拾。这样可以大大延缓追赶时间。一旦你越过边界，士兵们就只能望洋兴叹了。这些都要牢牢记住。"

罗追说："我都已记住了。"于是罗追双手合十在胸前向老婆婆表示谢意，穿好她的衣服赶着羊群过河并把羊群赶进羊舍。果然到了傍晚一条小花狗来到他睡的房屋门口，他把自己的晚餐都喂给小花狗。小花狗说："平时很难吃到这么好的狗食。"后来小花狗来一次，罗追就把自己的饭菜喂给它一次，慢慢他俩就成了好朋友。一天，罗追问它："你是否真喜欢我？"小花狗说："这样心地善良的人谁不喜欢，只是我自己没有什么东西报答你，真不好意思。"罗追说："这没有什么。听说国王的库房里有很多好东西，我真想去看看。"小花狗这下很神气："这个我有办法。国王怕丢了库房的钥匙，就把钥匙拴在我的脖子上，我的毛长，谁也看不到。这个秘密只有国王和你我知道，你想去看库房我可以带你去。"罗追说："只要有机会我当然想看看，但这件事一定要保密，我可以把我的食物全部都给你。"小花狗很高兴地走了。

第二天中午，小花狗就跑过来说："现在国王和士兵们正在午休，我俩趁此机会去看看库房。"罗追和小花狗很快到了库房的门口。罗追对小花狗说："你在门口帮我放哨，看有没有人进来，不然被人发现了很危险。"小花狗答应之后，罗追迅速走进库房。首先取出碎银碎金各二升揣在怀里，然后用力拔掉了拴金顶的大铁钉，取掉了拴金顶的铁链，立即跨上金顶后说："赶快飞到蓝色世界去。"金顶带着罗追飞出库门，呼声大作。一个士兵见状立即报告国王，国王派几个士兵追赶。罗追回头见士兵快要赶上时，立即拿出碎银撒在地上。爱财的士兵们赶紧停下来，从地上一颗一颗地捡拾，罗追已飞出很远。他们再次鼓起劲头追过来，罗追又把碎金撒出去，士兵们再次停下来捡拾碎金。此时罗追早已飞过阿瑶林地域，飞越大海，士兵们无法越界，只得望洋兴叹。

罗追乘金顶飞到蓝色世界，落在原来与姑娘分手的地方。他正想去找姑娘，姑娘却已打扮得靓胜仙姬地出现在他的面前。姑娘把他请到一间优雅别致的房屋里盛情款待。他俩互诉衷情，难分难舍，决定一起回去。第二天，他们同乘金顶飞落在德堆国王的新宫上，并安上耀眼的金顶。罗追跑去找"智囊"大娘，感谢她的指点。大娘说："你和姑娘住在一起，她是仙女，遇事多请教她。"

姑娘住在罗追家后，罗追便去见国王，对他说："陛下，我舍生忘死，历经千辛万苦，从阿瑶林地域取回了金顶，已经安在新的宫顶上，请国王和众大臣前去巡察，现在我什么奖赏也不要，让我自由自在地劳动，自由自在地生活就行。"国王和大臣都感到惊讶，立即去看金顶。这金顶果真是九层金顶，光芒四射，使整个新宫显得格外雄伟壮观，众人赞不绝口。国王装腔作势地说："喂！罗追，你修建宫殿、金顶，可以算是功劳，不过还有几件事要你去办，这些事办成后才可以考虑你的自由，这件事就是要在新宫周围栽上百种树木，并要养出百种鸟，使百鸟在树林里齐鸣。这件事比前两件事容易得多，如果办不到，你别想自由自在。"罗追想这个国王丧尽天良，不知羞耻，总想设计陷害我，办了一件事又要我办另一件事。他回家把事情的经过告诉了仙女。仙女说："这件事你不必担心。这个国王已经丧尽天良，他的福气和权势如西山落日，我们的出头之日快要到了。现在你我都去找百种树叶和百种鸟的羽毛，明晚我去撒播在新宫周围，事情就能办成。"罗追办妥了这些事情。早晨去一看，眼前出现了百树茂盛，果实累累，林间传来百鸟齐鸣，如入仙境一般。罗追去禀报国王。国王说："办得可以。还有一件事要办：把我的已故父王给我复活过来，这件事关乎我国的荣誉，办成后设宴奖赏你。"罗追回答说："如果你已故的父王复活的话，你就会失去现在的一切权势，最好不要让我办这件事。"国王听了大发脾气，吼道："你这个浑蛋竟敢想造反，士兵们把他押下去。"大臣们很看重罗追，都纷纷跪下请求国王开恩，并劝告罗追按国王的意图去办。国王最后说："看在大臣们的面上，今天饶了你。如果明天办不成此事我要严惩你。"罗追回家后又将事情的经过告诉了仙女。仙女说："现在国王已死期临头，在河谷上游有座最高大的山，山脚下有片平如镜的岩石，明天你去那里，用石头敲打这片岩石，嘴里说：'山神请开门。'需要关闭时，再说一声：'山神请关门。'就会关闭。"罗追照着仙女的话，去找了山脚下的岩石，找到后用石头敲打岩石。喊开的时候果然就能开，喊关的时候就能关闭。罗追回来对国王说："您已故的父王已复活了，他住在河谷上游的山洞，也想见陛下了，请陛下带上王子和大臣们上山看望他吧。"国王觉得很稀奇，想去看个究竟，便带上王子和几个亲信大臣，让罗追带路，来到大山附近拴上马。罗追说："山神请开门。"石门徐徐打开了，待国王、王子和亲信大臣们进入洞后又喊了一声："山神请关门。"石门立刻关上。国王、王子和几个大臣一进石门，再也出不来了。

罗追骑着马返回王宫，把发生的事情说给留下来的大臣和庶民百姓们，众人都因曾经受过国王的欺压，听到这个消息非常高兴，都说罗追是剪除暴君的英雄，并一致拥戴罗追为国王。罗追封仙女为王后，封"智囊"大娘为太后，并在新的王宫里举行了隆重的庆祝活动。罗追保留正直善良的大臣，又从庶民中遴选几个聪明能干、办事公道的人补充为大臣。新的国王罗追和仙女王后以公德十法来管理国家，博爱百姓，百姓更加敬爱国王。从此国家繁荣昌盛，百姓幸福安居。

3．平原王与山地王

从前，在一个地方有相邻的两个国家，分别叫平原国和山地国，两个国王分别叫平原王和山地王。平原王有个继承王位的王子，山地王没有继承王位的王子。山地王因此对上供奉法、僧、佛三宝，对下广泛施舍乞丐，中间供奉本尊守护神并向僧众布施供养等。最后得到善报，生了一个美丽的公主。

由于平、山两国之间关系非常友好，双方约定山地国的公主许配给平原国的王子。从出生到出嫁前，为了不让公主与别的男人见面，从小就不让她到远处去，长大后更禁止她去人多的地方。把她关在宫殿的三层里，每个门口有两个卫兵守卫。山地王制定严厉的法令，服侍公主的只能是女性，任何男性都不准进入公主房间。

　　在山地王属地有一个非常穷困的家庭，一位老奶奶和她的孙子相依为命。老奶奶年事已高，什么活儿也干不了；她的孙子看上去虽然身材高大，但是肤色是绿色的，连鼻涕也不会擦，如同傻瓜一般，但实际上他是一个做事干脆利落、能吃苦耐劳的人。绿小子每天牵着家里唯一的毛驴去山上砍柴到镇上卖以维持生计。为了多挣钱，他总是和毛驴各背一捆上街。一天，绿小子拾柴时，把驴放在不远处，自己在附近砍柴，过了一会儿发现驴的旁边有很多人乱哄哄的，以为人们要把他的驴牵走，便毫不犹豫地跳了出来左右挥动着斧头，突然间一个人都不见了，观察周围在不远处的石头上看到了一个东西，到了跟前发现是个优质的礼帽，戴在头上既轻便又合适，这是一个隐形帽。买完柴后他如往常一样回家，坐在奶奶身边跟奶奶说起话来，奶奶看不到他。奶奶说："我的眼睛刚才还能清清楚楚看到孙子你，现在根本看不到，这是怎么回事？孙子你在哪里？""奶奶，我就在这里。"他脱下礼帽后奶奶又看到了他，奶奶感到很惊讶，这才问起帽子的来历。绿小子把捡到礼帽的过程详细告诉了奶奶，并把礼帽戴到了奶奶头上，这时奶奶也变得看不到了。祖孙俩更觉诧异。

　　接下来，老奶奶对孙子说："这个礼帽肯定有很大的用处，虽然我不想让你干卑劣的事情，但我俩的生活如此艰难不得不这样做，现在你戴上礼帽，因为谁也看不见你，所以你去国王宫殿仓库，把酥油、肉、麦子、糌粑等拿些回来。"绿小子立刻戴上礼帽去了国王宫殿。在仓库门口站了一会儿谁也没有发现他。过了一会儿来了个管家。当管家打开仓库进门时，他同管家一起进入仓库，把酥油、肉等按照自己的意愿带回了家。晚上，祖孙俩开心地享用了这些物品。从此，他不定期地去仓库拿昂贵的各种各样东西。不久祖孙俩就变富了。

　　一天，奶奶对孙子说："我不是让你作恶，如果还继续使用这个礼帽的话，你就能掌握国家政权。"孙子说："那我应该怎么做啊？"奶奶开始指点迷津："自从我国的公主约好许配给平原国王子后，为了不让其他人接近公主，每道门口都放了卫兵，公主一直关在屋内不准见任何男人。你若戴着礼帽去的话谁也看不到你，你跟着丫鬟一起进去，就说你是从天上来的，千万不要让公主看到你。一旦你和公主成亲，就会导致两国自相残杀，你就能利用机会掌握国家政权。"

　　这样绿小子便戴着礼帽去了王宫。来到王宫后，刚好碰上去给公主送晚饭的两个丫鬟去送饭，便一同进了公主的房间。公主惊恐地问："你是谁？这么多卫兵守着，你是怎么进来的？你到底是人是鬼？我是已经许配给平原国王子的人。为了不让我和其他人接近，每道门口都有卫兵，如果你不出去我就叫我的父王大人。"公主威胁他。绿小子应道："别说是你父王，就算所有士兵都来我也不怕。我是天宫里大梵天神，知道你们国家没有继承王位的王子后专门来的。你是我命中注定的恋人，你不用害怕也不用去当平原国王子的妃子。"公主说："虽然我不知道你是一个什么样的人，但千万不能这样做，如果我不去做平原国王子妃，不仅违背了父王大人的意愿，而且平原国无论财力还是军事力量都比我们国家强大，我们的王国一定会被消灭，请你可怜我不要这样做。""根本不用怕平原国，消灭他们是很容易的，也不会违背父母的意愿，国家政权大事我能巩固，你们不用担心。"绿小子装腔作势地说了很多，公主相信了他。从那天晚上开始，他俩便形同夫妻。但公主从没见过他真正的样子。

　　过了几个月，公主怀孕了，肚子日渐大了起来，终于被一个丫鬟发现并告诉了另一个丫鬟。另外那个丫鬟说："这不可能吧！要想去公主的房间必须躲过那么多卫兵，别说人，就连风都进不去。能接触公主的只有我们两个女人，公主怎么可能会怀孕？如果公主真的怀孕了，我们俩都不知道是什么原因，还是闭嘴好，要是多嘴小心被国王惩罚。"但是那个发现秘密的丫鬟没管住嘴，将秘密告诉了王后。王后惊讶之余告诉了山地王。山地王听到后既焦急又疑惑：这是怎么回事？公主府禁卫森严，伺候公主的都是女性，如果公主府内进了男性，不可能一个人都发现不了。抑或是这些女子当中有一个男扮女装的？于是召集所有女子脱衣验证，结果都是女子。用尽所有办法都无效后，山地王和王后决定质问公主本人。

第二天，王后来到公主府。一番寒暄后王后单刀直入问及公主是否怀孕并要求作出解释，公主承认怀孕并解释说："他来了有几个月，除了感觉到他的存在之外也看不到他。他对我说：'我是大梵天神，因为贵国没有继承王位的王子，所以来做你们的女婿。'我不知道他的住处，除了晚上之外白天不知去向。"公主的解释让王后如坠云雾，只好把这些事情禀报给山地王。山地王听后既疑惑公主的怀孕，又担心与平原国的关系，一夜胡思乱想没有睡着。

第三天早餐后，山地王带着一把长刀来到了公主房间，仔细查看后除了公主别无他人。山地王问公主："他去哪儿了？"公主答道："他刚从被窝里起来，应该在屋内。"山地王昂起头看着天花板吼叫："你在哪里？到本王跟前来！"这时从房顶传来应声："我在这儿，陛下您要说什么？"山地王骂道："你这个浑蛋，为什么要欺骗本王还欺负公主？你这个大逆不道的人，还自吹是神仙，如果你是神仙那本王也是奉天承运的国王。你为什么不在我面前现出你的原形？今天我们要分辨出谁是神仙谁是魔鬼。"说完后，山地王挥了几下刀，只感觉到刀在空中挥动却没有碰着任何东西。这时，从屋顶传来嘲笑的声音："陛下在朝谁挥刀？我是大梵天神，来给你们做继承王位的人。你不但不尊重我还藐视侮辱我，拿着武器威胁我，真是不得了啊！这是你严重轻视和亵渎神灵的表现。我不会饶恕你！我不给你现身是因为你不信仰神灵并且与神灵的缘分已尽！如果你敢跟我斗那就过来吧。"他跳下来从山地王手里夺走了刀。山地王吓得双膝跪地，双手贴在胸膛："伟大的天神！请饶恕我吧，我只是考验你是不是真正的神灵，根本没有伤害你的意思，对前面所做的事，我从心里表示忏悔！并发誓从今以后再也不把你当成仇人，你是真正的继承王位的人，一切服从你的命令。明天是个吉日，望你能在本王、王后和公主等面前现出你的真面目。无论如何我们要拜见你的真面目。"男子答应这样做，山地王满意地回宫去了。

绿小子抽空回到奶奶身边，问道："国王、王后和公主等要求我明天露出我的真面目，这下该怎么办？"奶奶说："现在大事快要成功了！明天你摘下帽后立刻戴上，帽子摘久了可能被他们认出来，所以你要小心谨慎。"他向奶奶恭敬地行礼。

第四天早晨绿小子去了王国的宫殿。山地王和王后、公主以及大臣百姓都身着节日的盛装迎接他。公主还在房间里安置了宝座，煨了桑，给神灵上了贡，并摆上了各种美味佳肴。吉时一到，公主向南方鞠了三下躬，请求现出原形。绿小子刚摘了帽子又马上戴上，所有的人都没看清楚他的长相，心想神应该具有端正的五官，可他不但脸色黑而且还长着虎牙，不会是魔鬼装成的吧？如果说不是神，平时也没见过神，究竟是什么以后会弄明白的。大家都带着疑问各自回去了。其实他们所看到的虎牙不是虎牙，而是他平时流着的鼻涕。

俗话说好事不出门，坏事传千里。公主与神还是魔成亲和怀孕的事很快就传到了各个地方。平原王听说后，嫉妒如烈火燃烧，大发雷霆地骂山地王不守信用。发下毒誓："这次我不制服他我就不是人。"

于是择日起兵，平原王带着成千上万的精干步兵、骑兵，拿着功能强大的各种军事装备，来到山地国的国土。听了前方来报，山地王吓得魂飞魄散，惊慌失措地来到绿小子面前："请指教。"绿小子说："你们不要担心，消灭平原国很容易，父王和母后需要多少奴仆尽管要，从明日起带上足够的财产和食物到幽静的山谷里闭关修行，执政方面我没有不懂的。"山地王恭敬地说："非常感谢，您当将军我们就不用担心了，战马和武器应有尽有，你需要拿什么样的刀，骑什么样的马？"绿小子口齿不清，本想说拿哪种刀都行，结果说成拿"孬种"的刀都行；把骑什么样的马都行，说成骑"是马样"的马都行。当他差点出丑时刚好国王有神赐的叫孬种的刀和名是马样的马。这让国王听到后更惊奇：我的那把刀和那匹马他根本就没听过也没见过，看来他是真神仙。山地王打消了疑虑，高兴地将刀和马交给了他，让他统领三军。自己和王后带了一些奴仆和齐全的日用器具到山谷避险去了。

一天，得到平原国军队逼近的消息，绿小子决定与其决战。他头上戴着礼帽，佩戴上那把孬种宝剑，骑上那匹是马样的马，斗志昂扬地走在队伍的前面。士兵们除了看到他的马外却看不到他本人，是马样跑到哪里士兵们就跟到哪里。在与平原国的军队对阵时绿小子吓得想撤退，可是他的是马样马凶猛得无法控制，一直冲到平原国的军阵中间，战士们也跟着冲了进去。顿时，平原国的军阵如同搅乱了的羊群一样。绿小子别说向敌人挥刀，连两手握着马鞍都困难，而马却踩死了上百的平原国战士。由于马速太快，绿小子无法骑在马上，于是就抓了棵朽木，谁知朽木的树根断裂，造成马带着人、人拖着树横冲直撞，树的枝干也杀伤了许多平原国士兵。最后，他绝望地感觉到迟早会被马摔掉的，想到如果在凹凸不平的地上或石头上摔掉的话肯定会伤得很重，还不如摔在松软的平地里，就说给马听：别往山地就往平原，别往山地往平原。这话被平原王听到了，他想既然天要灭平原国，说明平原国气数已尽，也只能保命了。当平原王逃出战地，还是被绿小子的马给踩死了。平原国的士兵被抓的抓，被杀的杀，一个没有逃走，山地国完胜。平原国的国土及所有庶民百姓都被山地国兼并。

此后不久，老国王禅位，绿小子当了国王。新王用佛法来治理国家，对待庶民百姓如同自己的儿子。国家日渐富强，人民也过上了美满幸福的生活。

4.牧羊小伙制伏迪国王

从前，在雪域有个国王称作迪国王，是一个凶残的人。他的属下有近百个文武大臣，男女奴隶和百姓多得犹如天上的星星数不胜数。在迪国王的奴隶中有一个牧羊的小伙是个傻瓜，他没有父母也没有别的亲友，只有靠给国王放羊度日。国王给他一天的食物是一小碗酸奶和几粒炒青稞。

在牧场附近有黑白两个湖，湖边是广阔的草坝，傻子每天在此放羊。每天饭后他都会将几粒青稞撒在地上。说来很奇怪，傻子撒下的熟青稞也能发芽，草原上长出了大片青稞。这样他的羊迅速繁殖增多，羊的数量达到了几千只且膘肥体壮。

一天，傻子赶着羊群来到草坝上放牧时，发现在黑白两个湖之间有黑色和白色两条龙在搏斗，于是在那里驻足观看。最后，当白龙快要失败时，他跑过去也没有劝架就直接抓住黑龙用力将它扔回黑湖里，然后把白龙慢慢地放回白湖。返回时发现炒青稞被喜鹊吃得只剩下五六颗，到了下午回家时又发现丢了羊。无奈，傻子只好饿着肚子，赶着剩余的五六只羊回去。这个情况被国王的侍寝官看到后禀报了国王，国王闻讯勃然大怒。立刻命侍寝官将傻子带到自己面前。国王不问青红皂白就狠狠地毒打了他一顿，并骂道："你这个叫花子，丢了那么多羊是对本王恩将仇报！从今天起不准待在我国，你给我滚到本王看不到、听不到也摸不到的地方去。"说完就将他驱逐出境了。

从此，傻子在他国异乡，到处流浪，以乞讨为生。一天，他想回到自己的家乡看看，便偷越国境回到临近家乡的一个村庄。在进村的三岔路口上他遇见了一个老大娘。傻子问："您从哪里来，现在要到哪里去？"老大娘说："我就是这个地方的人，去看了山脚下的牲畜现在准备回家。小伙子你从哪儿来？要到哪儿去？""我原先是迪国王的牧羊人，因为弄丢了国王的羊遭毒打后被驱逐出境。这些年独自一人在国外流浪，时间久了，想回来看看。今天准备到国王那里去乞讨，也许不会得到施舍。"老大娘说："既然如此，你今晚就住我家，明天去哪里再说。"于是傻子就同老大娘一起走。他们从向左拐的小路走了一会儿就来到一座美观的方形石头房子里，原来老大娘住在石头房子里面。老大娘招待了他丰盛的饮食后问道："你是怎么把羊弄丢的？"他说："我当国王的羊倌儿多年后，牧业有了大发展。在牧场的深处有黑白两个湖。有一天我在湖边放牧，看到在黑白两个湖之间有黑色和白色的两条龙在搏斗，我就把它俩各自分开，回家时发现大部分羊只都丢了。"老大娘又问："在你没有劝架时这两条龙怎么了？"他说："它俩刚开始搏斗时我只是坐着观看，之后看到白龙快要输的时候，才跑过去抓住黑龙将它扔到黑湖里，把白龙慢慢地放进白湖里。"老大娘说："如果是这样，你到国王那里去没有用。他不仅不会给你吃的穿的，相反肯定会毒打和惩处你。你还不如到黑白湖之间在那里睡觉，到时候有一个人会说：'你这个危害他人的家伙站起来！'你绝对不要理睬这个人；然后过一会儿又有个人会说：'恩人，请你站起来吧！'你就马上同他一起走。到了他家你想要什么他都会给你，但是别的东西用处不大；他家的门里面有个圆圆的竹盒子，你就要这个。它对你会有很大用处。"

次日，天还没有亮，傻子就从老大娘家里出发。他不辞辛苦地来到黑白两个湖边后就睡下了。过来一会儿有个人说："你这个危害他人的家伙站起来！"他装作没有听见；过一会儿又有个人说："恩人，请你站起来吧！"他仔细打量了面前的这个人：此人身长有他两倍，脸色白净，模样英俊，身着白色服装。他说："我是龙王的内臣，您以前救了龙王，现在他要报答您的恩情，今天专门派我请您。"他说话的同时用白布把傻子的头包起来说："在我没有解开白布让你看之前你不要看。"说完就带他走。过了一会儿在鼓声、笛声等一片喧闹的乐器声中内臣解开白布让他看，他出乎意料地发现自己来到了龙宫广场。在通向龙宫的道路两侧，龙子龙孙们列着队、唱着歌、演奏着各种乐器欢迎他。当他通过欢迎夹道，来到用各种奇珍异宝建成的美丽的龙宫，眼前的一切让他惊呆了：院子里全是各种奇花异木；在宽广的草坪四方有八功德水的泉眼和瀑布，还有沐浴池；虾男蚌女在表演动人的歌舞；龟臣鳖相在演奏悦耳的音乐。他们都沉浸在美妙的歌声舞蹈中。这些令他目不暇接，仿佛来到了极乐世界。过了一会儿，从宫殿的三楼亮着绿宝石酥油灯的大门里面出来一位英俊气派的人物，这自然是龙王。龙王对傻子很恭敬："请进来！"傻子又依次走过镶有各种珍宝的台阶，龙子龙孙们左右配合殷勤地为他引导，将他带到龙王的寝宫。

他们将他安置在龙王对面相同的宝座上。傻里傻气的傻子一点恭敬都不懂，傲慢地坐在那里，一声不吭。龙王想：此人不惧怕任何人，是个很了不起的英雄。这样想着就对他更恭敬。但是龙王仔细观察时，发现以前在湖边的牧羊男子虽然穿着破旧但他是青春年少的男子；而眼前这个男子无论穿着还是脸色都非常差，不敢肯定是不是原先救他的那个牧羊男子，心存疑虑。

傻子仔细看龙王时发现龙王的脖子上有伤疤，于是问："陛下，您的脖子上有伤疤，是不是以前在什么地方去打仗了？"龙王回答："我没有打过仗，但是以前同黑魔龙因争辩进而搏斗时脖子受伤了。"傻子又问："你俩在打斗时是谁拆开了你们的？"龙王回应："一个放羊的救了我。"傻子这才说："当时救你的人就是我。"龙王说："我一听说你来到了湖边，专门派人请你来。以前你年轻威风，穿着也比较好，现在你无论从穿着还是从脸色看都非常穷困潦倒，所以我一见到你就以为不是以前那个放羊的，以为弄错了，因此就不能肯定。你是因为什么变得如此穷困的呢？"傻子说："当年我看到黑白两条龙在搏斗，当白龙快要失败时，就拆开两条龙。因为这事我把羊给丢了，国王也因此就毒打了我，并把我赶出了国境。此后……"傻子详细地道出了他的遭遇。国王惊讶地站起来抓住傻子的手碰了碰自己的额头，十分感动："你为了我的事情遭遇如此不幸，现在请恩人安心地待在这里，以后该怎么办咱们慢慢再说。"于是盛情款待精心服侍傻子。

傻子待在龙的地域期间，所有的欲望都得到满足：龙域美丽怡人的风景、龙王的壮丽宫殿让他流连；龙子龙孙的歌舞表演乐器演奏使他目不暇接。在一次由龙王设的筵席上，龙王对傻子说："你是我的救命大恩人，我应该一辈子服侍你。但是我们龙域的法律规定不是龙类的普通人来此只能待三天，即便是人间的国王也只能待七天。要说这些话我心里非常难过，可是没有办法，你来这里已经六天了，明天不得不送走，请你原谅。恩人您要金钱、珍宝，我都会献给你，请你不要客气清楚明白地说出来，我会专门派龙臣送你。"傻子说："陛下，您是正直而仁义的龙王。您对我慈母般照顾，我十分感激！珍宝之类的对我用处不大，因为我是无家无室的人，有了珍宝也无处珍藏，还不如把你们放在门里面的圆圆的竹盒子和一块羊头大的金子赏给我。"龙王思考片刻后说："这个圆圆的竹盒子是龙宫的镇宫之宝，谁都不能给；但是你是我的救命恩人，不能不给。使用这个竹盒子会有风险，如果会使用就会得到比国王还要多的财宝；若不会使用就会变成乞丐，明白这一点非常重要。另外如果你遇到重要的事情或需要什么东西时我都会借给你，只要你到湖边喊我。"接着让龙臣教授了盒子的使用方法。然后各自回房间就寝。

次日一大早傻子准备出发，龙王将圆圆的竹盒子和一块大于羊头的金子赏给了他："你到人间后从路上采摘足量的蒿草装进圆圆的竹盒子里，到你故乡的三岔路口后，用蒿草做一个合你心意的房屋状的草房，然后在这个草房旁边睡一晚，就会心想事成。"龙王一边交代一边把他送到很远的地方，然后恋恋不舍地分手，让专使继续送他。

傻子来到人间后，把道路左右两边的蒿草拔了足量装进盒子，按照龙王的嘱咐做了一个很美观的草房子。他举目四望，这个地方就是他与老大娘相遇的三岔路口，便寻找老大娘的房子，房子仿佛从未有过似的不见踪迹。他在房边睡了一晚。翌日天亮时发现那块金子还是原样，但是圆圆的竹盒子却不见了。他心里想那个圆圆的竹盒子怎么就没了，这里不可能有小偷，如果有小偷早把金子偷走了。他用蒿草做的房子出乎意料地变成了高大壮观的楼房，楼房里面房间又多且窗户都是玻璃的；五颜六色的装饰发出耀眼的光芒，如同神仙的宫殿一般。他以为自己产生了幻觉，仔细观察的确是现实，于是欣喜若狂：

现在我有了这样的华丽房屋，别说本国国王的宫殿，就是更加富裕的外国的国王也比不上。但是不知房屋里面有什么财物，他这样想着便从大门进了房屋。他看到所有房屋装满不可想象的无价财宝，桌上摆满丰盛的美味珍馐，香气四溢、热气腾腾。他痛快地吃饱喝足后，从阳台的窗户往外看，只见漫山遍野骏马成群、牛羊无数。继而又仔细观察房屋，发现圆圆的竹盒子还在房屋里面。他心满意足地小憩后到外面观赏骏马肥羊及其他牲畜，回来后发现吃剩的食物不见了，桌上又摆上了很多新的茶酒食物，他吃着这些心里想：奇怪！这些饮食是谁做的呢？于是决定明天要佯装去看牲畜半路回来看个究竟。

翌日，起床后早餐的花样很多。他匆匆吃完便装作去看马及牲畜的样子外出，一会儿就中途折返回来。他从窗户往房屋里面窥看，只见从圆圆的竹盒子里面出来一位美丽的姑娘，帮他收拾剩饭，把所有的杯盘碗盏洗净，将房屋打扫好后又去提水；他就从窗户跳进屋里把圆圆的竹盒子用火烧掉。待姑娘提着水回到房间发现盒子已烧毁，便说："哎呀！这不是好兆头。你为何要烧圆圆的竹盒子？现在我们不能舒服地坐着了，做过的事后悔也没有用；你快把圆圆的竹盒子烧后的灰烬收集起来，不要同别的灰烬混合，拿到后门旁边分三次撒掉并祈祷：人不要有尊卑；财物不要有大小；土地不要有凹凸；山不要有高低。"傻子便依教收灰并拿到后门旁边抛撒边祈祷："愿人有尊卑；财物有大小；土地有凹凸；山有高低。"他没有听姑娘的话，反着祈祷了。回到家姑娘问他："你是怎么祈祷的？"他将祈祷的过程原原本本演绎了一遍。姑娘非常不满意，惊讶地说："谁让你这么祈祷的？这是非常不好的兆头。你对所有的后代没有大恩只有小惠。"但抱怨无益，现在世界上之所以存在人有尊卑贵贱、财有大小多寡、地有凹凸不平，甚至牲畜也有膘情好坏等等都是因为这个祈祷导致的。

然后，这个骄傲自负的傻子禁不住产生要同别人攀比的念头，于是对姑娘说："明天我要到国王跟前，叫他来到这里做客。"姑娘说："你千万不要这么做，如果叫国王来做客，我俩就会有灾难。绝对不能叫国王过来。"虽然姑娘苦口婆心，但他就是傻不明理，反而说："我俩怎么会遭殃？我要把我俩的这些财宝向他炫耀。"说完就准备走。姑娘说："你如果一定要走，我也拦不住。你走了之后我会准备好丰盛的饮食，国王过来做客，如果茶酒喝完了你要自己做，不要叫我；如果国王看见了我，我就无法做你的终身伴侣，到那时你就不得不变成穷苦的叫花子。你千万不要忘记这些，一定要牢记在心里。"傻子说："我不会误事的。"说完就走了。

傻子走后，姑娘将茶酒和丰盛的食物都准备好，便到别的房间里躲着。傻子跑到国王面前说："尊贵的国王陛下：我曾经是您的牧羊人，现在在此地的下方安家落户了。今天专门前来邀请国王陛下到我家做客，请务必赏光。"国王嘲笑道："你这个叫花子傻瓜别吹牛了，你一分钱也没有还安家还要请寡人做客，这真是天大的笑话。"傻子说："现在我也不做申辩，总之请陛下这就过去。"国王心里想既然傻子有胆，就应看看他有何居心，于是准备去。此时，一个大臣提醒道："陛下还是不去为好。他是否伙同外地的坏人搞阴谋诡计不得而知。"国王道："既然如此，我就带士兵去。"说完，国王率领大臣侍从及精干的军队同时还带上很多食客，心里想他在宴会上能摆出什么；如果宴会上的食物不够就让他出丑叫他无地自容。边想边让傻子带路出发了。

当国王一行来到离傻子家不远的草坝时，看到这个地方全是牛马绵羊山羊牲畜。国王问道："这些牲畜是谁的呢？"傻子应道："全是我的。""哈哈，你这个叫花子，别说这么多牲畜，恐怕连一只断了蹄子的羊你都没有。"国王哈哈大笑。然后，他们又看到一座美丽壮观的宫殿。国王说："这个地方原先连一个草房都没有，现在哪来这么多房子？"傻子更神气："这是我的住处。"国王说："叫花子不要骗人了，你想住在这样的房屋里面，我怕你是做梦。"来到华屋的围墙旁边，所有人都下马，傻子便请他们进屋。没想到这座壮观的华构里面的床上都铺着卡垫，款待他们的筵席上摆满非常丰盛的宛如神仙享用的美味珍馐，国王这才从心里相信了傻子的话。国王并不关心傻子是怎么得到这些财产的，他不能接受傻子的财产比自己多的事实，想要用诡计把傻子的财产都抢过来；他不能让傻子继续待在这里，以后与自己为敌。这时茶喝完了，傻子喊道："姑娘，你过来打个茶。"姑娘没有办法，便在脸上抹上陶罐的污垢后出来，熬茶时茶水的蒸汽加上恐惧的汗水除去了她脸上的陶罐污垢，国王一看到她那美艳的容貌后魂都丢了。国王心生歹念，于是对傻子说道："今天看了你的家，你的牛马还有漂亮的妻子。对你的盛情款待朕很高兴，但朕是所有人顶礼膜拜的国王，而你的财富足以与我比肩，所以朕要与你比赛，赌注就是这个姑娘，谁的马跑得快谁就算赢。"傻子焦急地说："陛下，这可不得了！赌注不管押金钱、绿松石、珊瑚还是牛马都行，把人作为赌注，没有这个习俗，因此我不押妻做赌注。"国王说："你不要再说了，天子一言，驷马难追！这件事就这么定了。"当晚，国王和大臣等所有人都醉醺醺地回去了。

　　傻子很伤心同时懊悔地低着头坐着。姑娘说："你根本不懂善恶，做什么事总欠考虑，随心所欲，说你也不听。现在除了这个结局还能有什么好结果。如果要赛马，虽然我们的马多，但是比不过国王的马；现在你爱咋就咋。""现在根本没有办法了吗？难道你只能被国王抢走？以前我的做法根本就不对，以后再不会这样做。求你帮帮忙。"傻子哀求道。姑娘说："那我要到父王面前借一个东西。"傻子猜想：因为我没有听她的话，所以她想回到龙域去。于是说："你坐在家里，需要借什么东西我去借。"姑娘明白他的心思，就说："那你去吧，到了白湖边，你这样喊：'龙王陛下，我不要高大的马，也不要矮小的马，请借给我中等的马。'他会借给你，在路途中你什么也不要说把马牵回来。"他去了，来到了白湖旁边后按照姑娘说的做了，随后出现了一匹既不大也不小的白马。国王的马都是高大强壮的，他心想：明天能赢吗？第二天，他一大早起来，吃完早饭准备出发时姑娘给马喂料，在马的额头上点缀一块酥油后抚摸着马道："今天你要和国王的马比谁跑得快，你看在我的面子上必须比国王的马跑得快。开始不要跑得很快，之后逐渐加快速度。"她如此教导后给马配上优质的马鞍，然后傻子骑上马朝赛场奔去。

国王要和傻子赛马的事像长了翅膀一样很快传遍四面八方。当天，全国所有的人都来观看赛马。赛场四周全是人和马。到了中午开始赛马了，只见国王的马飞一般跑到了前面。到了赛程过一半时，傻子用马镫碰了一下马，马便突然加快速度，过了一两分钟就跑到了国王马的前面，然后像箭一样直奔终点等待。此时，成千上万观看赛马的人看到傻子获得胜利后兴奋地发出雷鸣般的欢呼声。国王感到非常羞耻，心里非常不高兴，他对傻子说："今天赛马你赢了，但是这个胜利不顶用。明天朕与你比斗牦牛，谁赢了比赛姑娘就归谁！"傻子忧郁地回到家，受到了姑娘迎接和款待。姑娘看到他愁眉苦脸的样子就问："你为什么不高兴？赛马比输了吗？""赛马赢得很精彩，但是国王不守信用，他认为这次赛马胜利不算数，明天要比斗牛，国王的牦牛全都像野牦牛，我俩没有这样的牦牛怎么办？"姑娘说："这都是你自己惹的祸，何必伤心？"他绝望地对姑娘说："帮帮我，我一点办法也没有！"姑娘说："那你先去归还从我父亲大人那里借的马，再借牦牛，牵一头中等牦牛来，回来的路上什么都不准说。"于是他又来到白湖旁边喊龙王，把马还给龙王并表示感谢，请求再借一头中等牦牛。这时从湖里出来一头中等偏瘦的牦牛。傻子抓住这头牦牛，把马放进湖里。他牵着牦牛回来时心想：这头瘦小的牦牛和国王的牦牛相比大小仿佛是猪同黄牛的区别；这比赛能赢吗？但是他又想到昨天那匹马也是这么瘦小，却取得了最终胜利，心里也有点底。第二天一早，姑娘在牦牛的额头上点缀一块酥油后道："你今天要和国王的牦牛进行斗牛比赛，必须赢得胜利；开始不要使很大的劲儿，之后逐渐加大力气。"傻子牵着牦牛走了。在同国王的牦牛进行斗牛比赛时，早上国王的牦牛好像力气大，因而国王和大臣都非常高兴；下午傻子的牦牛变得像山一般大，牛角喷着火，发出雷鸣般的怒吼声，嘴里仿佛冒出黑色的水汽。国王和大臣都吓得跑到远处观看。经过两三轮较量后，国王牦牛的肚子被傻子的牦牛顶破了。傻子的牦牛进而用力把国王的牦牛摔在地上，国王的牦牛便立刻断了气。傻子高兴得跳了起来，大声唱起歌来："好开心，好幸福，我赢啦！获得了英雄绶带。"羞愧中的国王看到傻子自鸣得意的样子仿佛万箭穿心，于是又把他叫到身边道："赛马斗牛你都赢了，明天把你刚才说的'好开心，好幸福'带过来，否则不仅是姑娘，还有你的房子和你所有的财产都归我。"如同前天，傻子又伤心地回到住处，把当天所发生的一切告诉了姑娘。姑娘说："国王死期临头福气已尽。现在你就去把牦牛归还，请求借来中等的军箱。军箱内有震耳的闹声，切记不要在途中打开。"这样，傻子又把牦牛放回湖里，请求借个军箱。这时从湖里冒出一个小箱，他把箱子拿过来背上后回返。到了半路小箱里发出震耳欲聋的声音，他想这小箱里装了什么东西，便放下小箱打开一看，从里面出来成千上万武艺高强的战士，他们穿着金质铠甲，戴着金质头盔，佩戴着金质弓箭、剑、长矛等各种各样武器，怒目圆睁地分散到四野山上。其中一个军官问："喂，大哥，打哪儿？"傻子紧张地说："进到箱子里去。"他们就都进到箱子里。途中他改变主意没有回家，鼓起勇气径直向国王宫殿方向走去，在宫殿附近他打开箱子，所有战士像原先一样出来，那个军官问："喂，大哥，你想打哪里？"他说："去制伏狡猾且嫉妒心强的国王和那些庸臣和庸民。"瞬间工夫国王、王后、大臣、庶民、战士等都如同雷劈雹打庄稼般被消灭了。国王宫殿等所有家园被付之一炬，遍地都是废墟和尸体，恶臭和惨叫声充斥整个京都，烟雾遮住了太阳，变成了让人心痛的场面。军官说："喂，大哥，还要干什么？"傻子说："可以了，进到箱子里吧。"待所有战士疑惑地进入了箱子后，傻子关上了箱子，满意地回到家里并将情况都告诉了姑娘。姑娘吃惊地黑着脸说："你为何不听我的话自作主张地去打仗？也不知道打谁，为何把所有人杀掉？如果把军箱拿到我这里，我会指挥如何打仗，该杀的是国王和王后，以及跟随他们的恶臣等少数人，那些善良的大臣和奴婢，尤其是庶民百姓不应该去危害他们，而应该把他们拉到我们这边，若能如此，你就马上能当上统治此地的国王，你现在怎么在空无一人的地方当国王？其他地方虽有百姓，但他们会说你是一个不能明辨是非、缺乏智慧、不知报应的人，不会有人愿意做你的庶民。你平时说要当国王，可到能当国王时你却像到了嘴里的肉又被舌头推出一样竹篮打水一场空。这不要怨我，你这样做与龙王的缘分结束了，我也无法留在这里。人是没法去龙域的，那时你才会明白事理的。你现在还不去还箱子吗？你想让龙王都不再帮你吗？"姑娘恼怒地斥责他。他连回嘴的勇气都没有，这时才明白自己变得如此富强是龙王和姑娘的恩情。以前当乞丐的情景历历浮现在眼前，不听姑娘忠告自己所做的一切坏事也浮现在眼前，他的脸色变得像猴脸一般，感到无地自容，悔不当初，立刻去归还军箱。

他回来之后，姑娘再次严厉警告，他便对姑娘顶礼膜拜。后悔当初所做的一切，并发誓今后听从姑娘的教诲，姑娘也变得温和了。"我是父亲大人赐给你的，对你有利的事情我都要做，只要你能说到做到，我肯定能像以前一样对你好。"这之后傻子虽然没能当上国王，但在姑娘的教导下，改恶从善，处理事情懂得取舍，成了这块地上无与伦比的富豪。不仅自己幸福，而且也成了被别人羡慕的对象，就这样度过了余生。

5. 国王和宰相的儿子

很久以前一个叫南方天国的国家，国王叫德炯桑布，王子叫顿珠。王国的宰相儿子也叫顿珠。两个顿珠打小亲密无间，有着深厚的感情。

一次，老宰相身患非常严重的疾病，卧床不起，无论如何治疗、做法事都无济于事。老宰相对德炯桑布国王留下遗言，连连祈求道："微臣本愿意继续忠心耿耿侍奉陛下，可是我已被死亡的绳索套住。

我儿有可能成为无依无靠者，衷心祈望陛下念在微臣一辈子忠心不二地侍奉陛下的情面，尤其是看在我儿与王子从小和睦相处的分上，我死后请不要舍弃我儿，并望将其照拂、抚育成人。"德炯桑布国王答应了老宰相的要求，老宰相逝世后，把他的儿子接到了王宫与王子一起生活。

日复一日，年复一年，宰相儿子顿珠渐渐长大，从外在的相貌到内在的聪明才智都超过了王子顿珠，这使得国王德炯桑布心头翻涌起一缕缕嫉妒的云雾。他担心自己死后，宰相儿子顿珠会篡夺王子顿珠的王位，因而产生了除掉公子顿珠的念头。然而，随意地杀人有损于国王的声誉。因此，他想了一个取蛋不扰鸡、杀牛不见血的办法：把宰相儿子顿珠巧妙地打发到北方罗刹恶魔之地，就返回无望，自己也不会落下杀人的坏名声。

一天，国王把宰相儿子叫到自己跟前，装出一副极其慈悲的样子说："顿珠，自从你父亲过世后，我就把你当成亲生儿子抚养，现在你长成了充满勇气和聪明才智的人，必须为我国做件大事，相信你能做得好。朕要你从王城出发，朝北方走。翻过九座山，越过九条河，到达北方恶鬼之地。那里的魔鬼国王宫殿里有一尊用世上无与伦比的上品纯金铸造的佛祖像。要是能把那尊价值无可估量的佛祖像请回来，我国就会风调雨顺，农牧丰产，消除疾病和饥饿。你明天就要出发，到北方恶鬼之地去迎请佛像，不得迟疑。"宰相儿子顿珠是个勇敢而又能吃苦的人，坚定地对国王说："陛下，我坚决完成任务！"答应并发誓前往北方恶鬼之地。

第二天，国王让宰相儿子顿珠带上一条羊腿和一皮囊糌粑上路了。宰相儿子顿珠毫无疑虑和恐惧地朝北方走去。他翻过一座座山岭，越过一条条河流，跨过一座座桥梁，走过一个个村庄，来到了一处原野无草、谷地无水、山头无路、村庄无人的令人惊惧的地方。难过而又疲乏的顿珠倚着一块磐石仰望天空。这时一只大雁在空中盘旋着，越飞越低，飞到他跟前问道："孩子，你一个人出行，急急忙忙

30

的。从何而来，到何处去？"顿珠惊奇地望了望大雁详细地回答道："我奉南方天国德炯桑布国王之命，前往北方恶鬼居住地请上品纯金铸造的佛祖像。"大雁十分惊讶地说："你单枪匹马的，没法到达北方恶鬼之地；还不如哪儿舒服上哪儿。"宰相儿子顿珠道："大雁啊，我誓死也要完成这件对天下有益的事情，不准备退却和停止。如果您熟悉北方恶鬼之地，请为我指引方向。"大雁被顿珠的勇气和利他之心所折服、所感动。它说："如果你必须要去北方恶鬼之地，请上品纯金铸造的佛祖像，我就不劝你放弃此行；不如你骑到我背上，我送你去。"

宰相儿子顿珠骑在大雁的背上，朝北方恶鬼之地飞去。飞着飞着，飞到了一片白色山、白色地、白色水和白色宫殿的地方。大雁对顿珠说："孩子，这里叫作海螺之地。你今晚就到海螺王府借宿吧，我到谷底岩崖上住一宿。"顿珠按大雁的叮嘱，到海螺王府借宿。海螺国国王问他："你从什么地方来？到什么地方去？"宰相儿子顿珠将自己奉南方天国德炯桑布国王之命，前往北方恶鬼居住地请上品纯金铸造的佛祖像的事情告诉了国王。国王感到十分震惊，说："你是个勇敢的人。可是到北方恶鬼之地很难走，不一定能走到。如果能到达那里，也能返回，说明你肯定是个具有无比的勇气和能力的人，我可以把王国最小的公主许配给你。"

翌日，海螺国国王给顿珠路上的干粮。大雁又让顿珠骑在自己的背上飞走了。它飞着飞着，到了一个有蓝色山、蓝色地、蓝色水和蓝色宫殿的地方。大雁对顿珠说："孩子，这里叫作绿松石之地。那座宫殿是绿松石国国王的宫殿。你今晚就到绿松石王府那儿借宿吧。我到这个地方的谷底岩崖上住一宿。"顿珠就到绿松石王府借宿。绿松石国国王许他住宿，并问他："你从什么地方来？到什么地方去？"顿珠像给海螺国国王禀报的那样：我奉南方天国德炯桑布国王之命，前往北方恶鬼之地，请上品纯金铸造的佛祖像。绿松石国国王感到十分惊愕道："你是个非常勇敢的人。可是到北方恶鬼之地很难走，不一定能走到。如果能到达那里，也能返回，说明你是个具有无比的勇气和能力的人，我可以把王国的二公主许配给你。"

绿松石国国王给顿珠准备了路上的干粮。顿珠依旧骑在大雁的背上，继续朝北方飞去。

大雁飞了一整天后，到达一个满是花花绿绿的山、花花绿绿的地、花花绿绿的水和花花绿绿的宫殿的地方。大雁对宰相儿子顿珠说："那个地方是猫眼石国国王的领地，那个宫殿是猫眼石国国王的宫殿。你今晚就向猫眼石国国王借宿吧，我到这个地方的谷底岩崖上住一宿。"后面所历一如前面两国，国王许了最大的公主嫁他。

第二天，顿珠依旧骑在大雁的背上，继续朝北方飞去，终于抵达恶鬼之地了。到那儿以后，大雁给顿珠出主意道："恶鬼的宫殿在一座大山中的洞里。每天太阳转热后，恶鬼就都到山洞外晒太阳。你得趁机入宫殿，再用自己的智慧和计策，随机应变，就一定能够如愿以偿。"

第二天日暖时分，宰相儿子顿珠走到山洞口，趁机走进恶鬼宫殿，他看到在宫殿中央放着亮晶晶、灿烂耀眼的上品纯金铸造的佛祖像。顿珠把上品纯金铸造的佛祖像抱到怀里，走出洞口，为不知如何回到南方天国而犯愁之际，大雁又盘旋着飞到了顿珠跟前。顿珠骑在大雁背上朝猫眼石国王宫方向飞去。猫眼石国国王隆重欢迎和接待了顿珠，并按先前的承诺把自己最大的公主嫁给了他，并对他说："本来要给公主很多嫁妆。但因为路途遥远，没法带走，这是嫁妆。"说着，把包有碎土碎石的小包裹交给了他。

宰相儿子顿珠和猫眼石国公主骑着大雁飞往绿松石国。绿松石国国王以锣鼓、号角、唢呐等乐器奏乐迎接他们的到来，并安排了丰盛的宴席，按照先前的承诺，把二公主嫁给了顿珠。绿松石国国王说："本来有很多嫁妆要给公主，但因路途遥远，没法带走。这是为表心意而备的一点嫁妆。"说完，把包有各种水果种子的小包裹给了他们。

宰相儿子顿珠和猫眼石国、绿松石国的两位公主骑着大雁向海螺国方向飞去。海螺国国王也隆重欢迎和接待了他们，按承诺把小公主嫁给了公子顿珠，并说："本来有很多嫁妆要给公主，但因路途遥远，其他物品你们没法带走。这一点嫁妆给女儿，以表示祝贺。"说完，就把各种鸟禽的羽毛做成一个小包裹，给了他们。

宰相儿子顿珠骑在大雁的脖子上，把上品纯金铸造的佛祖像抱到怀里，猫眼石国公主骑在大雁的右翼上，绿松石国公主骑在大雁的左翼上，海螺国公主骑在大雁的尾巴上，欢欢喜喜、风风光光地回到了南方天国。他们绕天国的王宫转了三圈，缓缓地降落在宫殿大门前。德炯桑布国王见宰相儿子顿珠骑着大雁，带着三位容貌美丽的姑娘和上品纯金铸造的佛祖像归来，心里既高兴又害怕，不禁说道："哎呀！这是真的，还是梦幻？是真实存在的人，还是虚无的神？"他不相信自己的眼睛，又是揉眼睛，又是擦眼睛的；察看地上是不是留下了脚印，因脚印清晰可辨，这才相信是真的。宰相儿子顿珠大声禀告："陛下，用上品纯金铸造的佛祖像已经请来了。"德炯桑布国王心想，无论如何也要把公子顿珠撵到别的地方。这个孩子的智谋、勇气等无人能比，王位将来必然到他手里。想到这里就说："你从北方恶鬼之地凯旋太好了。朕为你能请来佛祖像感到欣慰。但还没有完成另一个任务。"国王下令，让他为这尊无与伦比的佛祖像修建一座无与伦比的寺庙，必须在三日之内建好。宰相儿子顿珠非常气愤，心想，国王说的尽是些欺负人的话。别说是三天之内建一座寺庙，连普通人家的房子也无法盖起来。这时猫眼石国公主劝慰他道："顿珠，你无须担心。你把父王作为嫁妆的碎土碎石撒到一片宽广的坝子上。祈祷一下，或许可以如愿以偿。"顿珠按猫眼石国公主说的那样，把碎土碎石撒了出去。第二天在那片宽阔的坝子上耸立起一座从未有过的三层之高、带金顶和屋脊宝瓶的寺庙。顿珠欣欣然跑到德炯桑布国王跟前，把寺庙建成之事呈报给他。国王不相信，便亲自前去探了个究竟。他看到了一座举世无双的寺庙已然建成，就说："你已建成一座寺庙，这是非常好的一件事情。不过你还要在寺庙四周种上包括果树在内的各种树木。只有完成这个任务，我才把你视为有才干的人。"

正当宰相儿子顿珠毫无办法的时候，绿松石国公主语气温和地说："顿珠，你不要难过。我有个办法，你把父王作为陪嫁的那一小包各种树种撒到寺庙四周吧，或许可以如愿成事。"顿珠把树种一撒，第二天寺庙周围长出了果树等各种树木，而且满树的果子压弯了枝头，有些果子从寺庙窗户伸出手就可以摘下。

宰相儿子顿珠把这个情况向德炯桑布国王禀报后，这个满心都是贪婪嫉妒、野心勃勃、狡猾奸诈、残酷凶狠的暴君又下令："如果树林里没有鸟雀，空荡荡的，这可不行。你一定要想办法弄到各种鸟雀。只有你完成了这个任务，我才把你视为有才干的人。"顿珠一听，就马上问海螺国公主："你有没有什么办法？"海螺国公主答："你把父王作为陪嫁的装有各种鸟禽的羽毛的小包打开，把羽毛撒到树林里吧，或许可以如愿成事。"他照海螺国公主说的那样做了。第二天，整个树林变成了百鸟鸣啭的地方。

宰相儿子顿珠把这一情况呈报给德炯桑布国王后，这个生性残暴、贪婪无度、充满嫉妒与阴险的国王哈哈大笑后，又下了一道十分严苛的命令："你顿珠怎么这么眼界狭窄、心思愚笨啊。让你干多少，你就只会干多少。没有水，那些树木和鸟雀还不得枯死、渴死？你赶紧让清澈的溪流和美丽的湖泊出现在寺庙周围。如果能做到，我才可以视你为有才干的人，而且哪儿舒服，我就允准你到哪儿去。要是做不到，你就不会有好下场。"顿珠心忖，这个凶残的国王压根没有个满足的时候，总是得寸进尺，给我造成这么多麻烦，其实是想把我撵到别的地方。如今我已经没有任何办法了。猫眼石国、绿松石国和海螺国的三位公主也已经把所有办法都拿了出来。俗话说得好，好汉与其干得俏，不如睡个痛快觉。我还不如带上三位公主远走高飞，逃到他乡异地。这时那只大雁盘旋着飞到了寺庙跟前，说："顿珠，你不要气馁，凶残的国王已经到了起心害人、自食其果的时候了。你不如在寺庙前后左右随便画上河流和湖泊，祈祷一番吧。这样不但能实现心愿，而且你辛苦得来的成果最终都无疑要归你所有。你自己考虑一下。"说完就飞走了。顿珠毫不犹豫地按大雁说的做了。

次日，寺庙前面一上一下出现了两湾美丽的小湖，寺庙四周也淌出了清凉的溪流。顿珠心想自己对这个残暴的国王怎么忠诚、怎么尊敬、怎么唯命是从，他都一味狠心地找碴，现在到了该给他点颜色的时候了。于是，钻进上面的湖中等着。

德炯桑布国王一见寺庙四周的涓涓溪流和寺前的湖泊，一高兴，哈哈哈、嘿嘿嘿地笑着；东瞧瞧，西看看；东跑跑，西走走。他被寺庙的壮丽景致、周围的树木、湖水和溪流以及其间欢快地飞来飞去，发出动听的啁啾的鸟雀完全迷住，全然忘记了宰相儿子顿珠现在去了什么地方。这时，顿珠突然从上面的湖里钻了出来。国王说："你要干什么？别把湖水弄脏。"顿珠说："国王陛下，昨晚我跳进了下面的湖里，好像到了龙宫，见到了许多金银财宝。"国王一听到"金银财宝"几个字，又产生贪婪之心，为了寻找金银财宝，立即携王子顿珠匆忙跳进了湖里。残暴而贪婪的国王父子溺水而亡，终获报应。

宰相儿子顿珠执掌南方天国的国政，封猫眼石国、绿松石国和海螺国的三位公主为王妃，依法治国理政，臣民们都过上了安宁、幸福的生活。

6.小伙子玉杰

从前，一个较富裕的家庭有个叫拉江的姑娘，姑娘与当地一位叫玉杰的贫困小伙子不由自主地成了恋人。小伙是个老实厚道、勤劳的人，拉江姑娘向她父母请求招他为婿。父母开始坚决不同意，后来在女儿拉江的再三请求下，他俩的愿望实现了。

但由于玉杰是贫穷人家的孩子，到了女家当女婿后，岳父岳母和姨姐不顾玉杰和拉江俩的恩爱感情，把玉杰当成眼中钉、肉中刺，除了天天让他去放羊外没有给他别的权利。小伙子是一个孝敬长辈、虔诚信教的人，总是听从自己的岳父岳母和姨姐的吩咐，从未表现出不高兴的样子。

一天，玉杰放羊时，领头的最大公羊丢失了。他正担心如何把其他羊赶回去时，大部分羊又丢失了，于是赶着剩下的羊群回家。他首先来到岳父面前："爸爸，爸爸，今天我把领头的最大公羊和一些其他羊弄丢了。"岳父气愤地骂道："狗要顾的只有自己的尾巴，你要看的只有一群羊，你为什么不好好放羊？我的羊上哪去了？"正在做木工活的岳父怒气冲冲地用小斧头背重重地在玉杰背上敲了一下。

接着，小伙又来到岳母跟前："妈妈，妈妈，今天我把领头的最大公羊和一些其他羊弄丢了。"岳母更加愤怒地骂道："你这个乞丐，你只有放羊的活，连羊都看不好，你干什么去了？"岳母正在做羊毛活儿，便用手里的纺锤使出最大的力气抽打在玉杰背上。

无奈的玉杰只好走到斯江姨姐跟前："姐姐，姐姐，今天我把领头的最大公羊和一些其他羊弄丢了。"姨姐正在织氆氇，她气愤地咒骂着，并用织氆氇的梭子狠狠地打在玉杰背上。

最后，小伙子伤心地来到妻子跟前，把情况告诉了妻子，妻子拉江说："你不要伤心了，我俩一起去找羊。"就这样他俩一起去找羊了。一路上，小伙子非常伤心，心想因为我是贫穷人家的孩子，得不到岳父、岳母和姨姐的尊重，眼泪不停地落下来，产生了不回家的念头。他俩走了好长一段路后碰上了一条大河。玉杰说："大河请断开，给我一条路。"说完大河真的从中间断开出现了一条路。他们又继续走着，到了山谷里一座白色的岩石山和绿色的草皮山旁边时，大声喊道："白色的岩石山和绿色的草皮山请打开门吧！"这时轰隆一声巨响，山门打开了，玉杰马上钻进山洞里，山门立刻关上了。妻子拉江对着白色的岩石山和绿色的草皮山不管怎么呼喊玉杰的名字，除了听到她自己的回声外，没有一人回应她的话。她只好无奈又痛苦地回了家。

拉江姑娘回到自己的家后，她哭泣着愤愤不满地对父母和姐姐说："你们现在就把女婿找回来！如果你们不把他带回来，我也不待在家里啰。"父亲着急地说："女儿你别这么说，明天我就去找回玉杰来。"

第二天，拉江的父亲骑着马到了山谷里。他对着白色的岩石山和绿色的草皮山之间唱道：

左边立有白石山，

右边立有绿草山，

白石绿草山之间，

玉杰请你走出来。

你若久留山洞里，

谁来伺候拉江父？

谁来伺候拉江母？

谁来伺候拉江啊？

谁来传宗接代啊？

谁来管理家中畜？

谁来保管家中财？

谁来祭祀土地神？

这时，山门打开了一点，玉杰小伙子从里面对岳父回唱道：

岳父把我赶出来，

岳母把我赶出来，

玉杰只好往外走，

还是你们好好过，

你们相互伺候好。

拉江给她自由吧，

传宗接代我不会，

牲畜管理我不能，

家中财宝我不守，

祭祀神灵我不干。

由于岳父平时喜欢刀枪，玉杰从山洞里给岳父丢来了不少刀枪后，山洞自然关上了门。岳父把刀枪驮在马背上，自己走路回到家里。

拉江姑娘见不到玉杰，又申明："如果你们不把我的玉杰找回来，我也不待在家里啰。"妈妈答应第二天去叫玉杰。

第二天，岳母骑着一匹骡子去了山谷里，对着白色的岩石山和绿色的草皮山之间又唱了一遍丈夫头天唱过的歌曲。

玉杰小伙子也用头天同样的歌词从里面回应了岳母。

他唱完就从山洞里给岳母扔出了几卷绸缎。由于岳母喜爱衣物，便让骡子驮着绸缎，自己走路回到了家。

拉江姑娘见玉杰依然没有回来，更加坚定地表达了不待在家里的决心。无奈，次日姐姐斯江骑着一头牦牛，来到山谷中的岩石山和草皮山旁边，又唱起了同父母一样的歌。

玉杰依旧用同样的歌词从里面回应了姨姐。

玉杰应毕，又从山洞里倒出一斗猫眼宝石和珊瑚等首饰。由于斯江非常喜爱首饰，便让牦牛驮着首饰，自己走路回到了家。拉江姑娘心里想：我的父母姐姐都是爱财如命人，可我不能失去玉杰。看来还得自己去请他。于是，次日早晨走路来到山谷中的岩石山和草皮山前再次唱起父母和姐姐唱过的歌：

玉杰又从里面把对应的歌词演绎了一遍。

小伙子根本不从山洞里出来。首先他从山缝里一捆一捆地给拉江丢了刀枪，拉江马上把刀枪砸得粉碎；接着又给她丢出了一匹一匹的绸缎，她又把绸缎撕得一块块的；最后还给她倒出了一斗又一斗的猫眼宝石和珊瑚等首饰，她把这些首饰用石头砸得粉碎。拉江一边继续唱歌一边苦口婆心地恳求看在两人的感情请玉杰出来，但小伙子在绝望之下别说出来，连山门都没开。万般无奈，拉江从腰上取出小刀，对准胸口准备自尽；这时玉杰终于被感动，打开了山洞门。玉杰把拉江请进了山洞里。对她说："你愿意跟我一起去远方吗?"拉江回答道："只要能和你在一起，别说是远方，就算是天涯海角我也同你一起去。"玉杰从山洞里面拿出了不少猫眼宝石、珊瑚、绿松石、琥珀等珍贵的珠宝首饰和一捆线交给拉江。对她说:"明天太阳升起时我们俩就要去远方,今晚你要串完这些珠宝。如果串不完,绝不能贪恋剩余的珠宝,不然在去远方的途中会遇到意外的艰难。"小伙说完便去旁室打坐修禅。

第二天天亮时,拉江姑娘将其他珠宝全部串完,就剩一颗最大的绿松石没串完。玉杰也结束了打坐修禅。他把拉江放到自己的袈裟下面,乘着太阳的光芒引上湛蓝的天空。当他俩太空漫游时,拉江突然想起了未串完的那颗最大的绿松石,一分心她和袈裟都掉到了到处是老虎、狗熊等野兽出没的地方。幸亏在袈裟的威力下,除了被野兽惊吓外,没被野兽伤害。于是,玉杰小伙子立即飞到野兽出没的地方解救拉江姑娘。成功后他俩一起过上了幸福的生活。

7. 已故王子和放牧姑娘

从前,在一牧人家里有一个小女儿。这个女孩身材苗条,长相秀丽,心地善良,性格温柔。她是一个放牧姑娘,每天赶着家里的牲畜到很远的草原放牧。

一天,在姑娘放牧的地方来了一匹毛色漂亮身形优雅但只有麝香鹿般大的小马,骑在小马背上的是一个长相非常英俊但身形只有纺锤轮那么大的小男子。小男子对姑娘说:"你愿意不愿意骑在我身后马背上,跟我一起远走?"姑娘有点不好意思地说:"这事我不能做主,还得问我妈妈。"小男子满怀深情地强调:"今晚回去后,请你不要忘了问你妈妈这事。"

晚上回到家里姑娘没有敢说这件事。第二天,小男又骑着小马来到姑娘放牧的地方问:"姑娘,昨晚你问妈妈没有?"姑娘谎称:"昨晚家里事多,我搞忘了。"小男子说:"那今晚一定不要忘了问你妈妈。"说完骑上小马走了。这天晚上姑娘回到家后,鼓起勇气把两天来所遇到的事情都告诉了妈妈。妈妈不相信女儿的话，便说："你不要说胡话，世上哪儿有麝香鹿般大的小马和纺锤轮那么小的男子，也许是你眼花了。"

第三天，小男子继续来到姑娘放牧的地方问："昨晚你问妈妈没有？"姑娘说："我问了，但妈妈不相信我的话。"小男子说："你今晚一定问清楚，我等待你的明确答复。"这句话打动了姑娘的心。或许是姻缘，她觉得这人虽小，但很可敬可爱。她答应向妈妈问清这件事。晚上回到家里她又对妈妈说："今天那小人小马又来到我放牧的地方，他再三问我跟他一起去不去，我怎么回答他的话？"妈妈随口说道："如果你想跟他一起去的话，明天你就跟他去好了哦！"

第四天，小人又来到姑娘放牧的地方，再次问："昨晚你是否问了？"姑娘回答道："我问了，妈妈说'你想去的话就去好了'。"小男子很高兴："现在我的愿望实现了。你就放心地骑在我的身后马背上。我俩一起回我的家。"于是，他两便骑在一匹马上走了。走了很长一段路后来到一块红山、红水、红桥的地方，姑娘很奇怪，用歌声来问道：

> 这红山是什么山？
> 这红水是什么水？
> 这红桥是什么桥？
> 小男子答道：
> 这红山是珊瑚山。
> 这红水是珊瑚水。
> 这红桥是珊瑚桥。
> 你想拿就拿一把，
> 我暂无法拿这些。

听到这里姑娘才知道他是一个魂体，心想跟随一个魂体走，我真是一个没有福气的人，但是事到如今后悔也无用，只能跟着他走，没有别的办法。想到这里，她抓上几把红石子装进怀里跟他继续往前

赶路。走着走着又来到黄山、黄水、黄桥的地方。姑娘又以歌声来
问道：

这黄山是什么山？

这黄水是什么水？

这黄桥是什么桥？

小男子回答道：

这黄山是琥珀山。

这黄水是琥珀水。

这黄桥是琥珀桥。

你想拿就拿一把，

我暂无法拿这些。

姑娘抓上几把黄石子装进怀里。往前走着走着，又来到一座花
山、花水、花桥的地方。姑娘又问道：

这花山是什么山？

这花水是什么水？

这花桥是什么桥？

小男子回答道：

这花山是猫眼山。

这花水是猫眼水。

这花桥是猫眼桥。

你想拿就拿一把，

我暂无法拿这些。

姑娘又抓上一把花石子装进怀里。他俩走了一天的路，天已大黑
无法继续赶路。这时在离他俩不远的地方有一座精美的宫殿，小男子
说："今晚你就在这里借宿，晚上我再过来。现在我无权到这家。"说
完小男子和小马不见了。姑娘来到房子跟前，敲响门要求借宿。这天
晚上房东让她睡在牛棚里。夜深人静时，小男子来到姑娘跟前用歌声
问道：

这屋顶是什么顶？

你垫的是什么垫？

是否别人叫你媳妇？

家权是否交你手中？

姑娘回答道：

这屋顶是牛棚顶，

我垫的是牛皮垫，

没人叫我这家媳妇，

没有家权交我手里。

小男子听到姑娘的回话时显出很痛苦的样子。原来他是这个王宫的王子，死后灵魂变成了一个小人，这次他因为娶上媳妇回到自己家里。

他俩的谈话被一个女仆听到了，女仆听出了王子的声音。次日早上女仆便来到国王和王后跟前禀报道："昨晚听到借宿在牛棚里的姑娘跟前来了一个小男子，他们谈论了很长时间。那个小男子的声音和咱们已故的王子声音很像，他还问姑娘'是不是别人叫你这个家的媳妇'。"国王和王后说："王子去世已有一年多，他再也不会回到我们身边。不过这人到底是谁？我们还是要进一步了解。"

第二天晚上，他们让姑娘睡在凉台上，给她铺了个破垫子，并留了几个男女仆人偷听他们的谈话。这天夜里小男子又来到姑娘跟前问道：

这屋顶是什么顶？

你垫的是什么垫？

是否别人叫你媳妇？

家权是否交你手中？

姑娘道：

这屋顶是凉台顶，

我垫的是破烂垫，

没人叫我这家媳妇，

没有家权交我手里。

他俩的谈话又被仆人们听得一清二楚，立即把情况禀报了国王和王后。

第三天晚上，国王和王后让借宿的姑娘睡在已故王子的卧室里，他们自己隐藏在卧室门口，心想如果王子再次出现的话就抓住他。他们对姑娘说："这个小男子是我们已故王子的魂体，你也就是我们家的儿媳。今晚他到你身边时，请你一定要抓住他，别让他再离开我们。"这天夜深人静时，小男子来到姑娘跟前问道：

这屋顶是什么顶？

你垫的是什么垫？

你是否这家媳妇？

家权是否在你手里？

姑娘答道：

这屋顶是卧室顶，

我垫的是虎皮垫，

我是这家媳妇，

家权在我手里。

王子非常高兴，情不自禁地流下眼泪。此时姑娘说："你为什么不露出自己的原形？说你存在，白天见不到面；说你不存在，每天晚上都出现在我身边。这样下去的话我实在受不了，求你从现在起再也不要离开我。"小男子说："我只是个魂体，暂无法显现原形。"这时国王和王后及臣仆们走进卧室里跪下恳求王子不要离开。由于他们再三要求，王子的魂体说："既然你们都希望我留下，那么从这里往南走，越过九山九谷的地方有座密林大山，山脚下滚着很多像人的心脏一样的黑石头，它们会紧追着你说'把我带走吧，把我带走吧'！你们决不能理睬这些石头。其中有块白石头，从谷底往上爬，它会说'不要带我走，不要带我走'。只要你们能抓住这块白石头回来，我才能变回人。带回这块白石头不是一件容易的事，途中会遇到很多难题。过去时首先要路过一座破烂桥，到了桥上要说：'桥啊，神桥呀，没谁比你恩情大，你为所有过路者提供了方便。'第二会遇到一扇破门，要说：'门啊！神门，没谁比你恩情大，有了你才能保住院里的实物。'第三会遇到一百匹马，要带一些干草，把干草平分给一百匹马后要说：'马啊，神马，没谁比你恩情大，有了你才能走到远方。'第四会遇到一百只狗，要带一筐骨头，把骨头平分给一百只狗，就说：'狗啊！神狗，没谁比你恩情大，有了你小偷不敢入室。'回来时，若遇到难题，它们都会帮忙。如果把那块心脏一样的白石头带回我的身边，我就能跟你们生活在一起了。"姑娘说："如果是这样，我就是死九回也要取回这块白石头。"当天晚上姑娘就朝南走了。路途中正如王子所说遇到了破烂的桥、破烂的大门、一百匹马和一百只狗。姑娘按照王子的吩咐，对大门和大桥说了好话，给一百匹马平分了干草，给一百只狗平分了骨头，最后来到了一座森林覆盖的大山脚下。从山上滚下来了很多形似人的心脏的黑石头，这些黑石头都在喊："带我走吧！带我走吧！"姑娘没有理睬这些黑石头，却有一块形似人心的白石头拼命地从谷地爬着上山说："不要带走我！不要带走我！"姑娘去追它，白石头爬得很快，经过千辛万苦才抓住。她把白石头揣在怀里跑回来，后面形似人心的黑石头都在追赶姑娘，来到一百只狗的地方，黑石头们在喊："老狗们，你们抓住这个姑娘。"一百只狗说："我们不能抓她，只有这姑娘才理解我们的苦衷，赞美我们是神狗，又给我们平分了骨头。"它们给姑娘让开了路。姑娘跑到有一百匹马的地方，人心似的黑石头们说："老马们，踩死这个姑娘。"一百匹马说："我们不能踩死她，只有这姑娘才理解我们的苦衷，赞美我们是神马，又给我们分草吃。"一百匹马轮流背着姑娘跑。人心似的黑石头们追得很快，到了破大门处，黑石头们喊："破大门，快把门关上！不要让这个姑娘过去。"大门说："我不能给她关门，只有这姑娘才理解我的苦衷，赞美我是神门。"姑娘跑到破桥上，黑石头们大喊道："破桥，把姑娘扔进河里去!"大桥说:"只有这姑娘才理解我的苦衷,赞美我是神桥,我不能把她扔进河里。"等姑娘过完桥后,破桥自己掉进河里,这些黑石头无法追赶姑娘了。

姑娘越过所有的艰难险阻,带回形似人心的白石头送给王子。经过几天的洗礼和祈祷,王子复活过来,变成了一个高大、英俊的真正王子。王子的父母对姑娘真心实意地感恩不尽,给王子和放牧姑娘举行了隆重的婚礼。放牧姑娘从故乡过来时,从红山上捡来的红石子都立即变成了红珊瑚,从花山上捡来的花石子都变成了猫眼石,从黄山上捡来的黄石子都变成了琥珀。将那些珊瑚、猫眼石和琥珀都串起来,戴在身上,像天上仙女一般出现在众人面前。

从此,国王、王后禅位,王子执政,放牧姑娘成了王后。父王、母后和百姓的忧愁烟消云散。王国避开了苦难的乌云,迎来了政治清明的阳光,人民过上了更加幸福美满的生活。

8.意志坚强的猎人降伏女妖

远古的时候,在一个上有草原,中有森林,下有农庄的美丽迷人的地方,有个名副其实的猎人叫洛旦[①]。

有一天,猎人洛旦来到这个地方的上部与下部之间的森林中去打猎,一会儿猎杀了鹿等好多野兽。那晚猎人准备在森林中过夜,便去找了能避雨的山洞。找呀找,最后找到了一个非常舒服的山洞。他把野兽的皮肉放在山洞的里面,在石头上生火,还捡了很多干柴准备夜里用。

天快黑的时候来了一位不知来路的漂亮女子。她对猎人说:"大哥,我是从上部牧场来的,去下面村庄办事,现在天快黑了,请让我今晚与你一起在这个山洞里过夜吧!"猎人洛旦对女子的话信以为真,

---

① 洛旦:藏语,意为智者。

同意让她跟自己一块在山洞里过夜。

天黑后，他俩围着火堆坐着闲聊。在火烧得很旺的时候女子看上去美丽迷人，脸色显得白里透红；在火光渐渐暗淡时女子的脸变成灰黑色。猎人洛旦这才明白这女子是妖女白骨精。他在火上放了很多柴火，让火焰往天空蹿。当柴火快用完时，猎人洛旦想，我得想个办法降伏这个妖女白骨精，不然今晚肯定会被女妖白骨精加害。绞尽脑汁后洛旦想到了一个很好的办法：他从当天猎杀的鹿身上用刀切下一条腿，放在烈火中烤。

鹿肉快烤熟时发出了沙沙的声音。那女子好奇地问："大哥，这沙沙沙的声音是什么声音？"猎人道："沙沙沙的声音就是沙沙沙的声音。"过了一会儿从烧着的鹿肉又发出舒舒的声音。女子又问："这舒舒舒的声音是什么声音呀？"猎人又不慌不忙地回答："舒舒舒的声音就是舒舒舒的声音。"他还抓住鹿腿在火里左右翻弄着，鹿肉完全烤熟之后女子又继续问："大哥，发出的沙沙沙声音是什么声音？"猎人像原先一样继续不慌不忙地回答："沙沙沙的声音就是沙沙沙呀！"趁着妖女白骨精稍微走神，洛旦突然发出大声："沙沙沙就是这个东西。"抓着被火烧的鹿腿，用力打在那个妖女白骨精身上。那妖女发出尖叫声，跑得不见踪影了。

本来一个妖女变成一个女子想加害猎人洛旦，但在勇敢、意志坚强和敢于面对敌人的洛旦面前，妖女白骨精除了自己失败之外没有别的结果。

第二天，洛旦背着猎物回家时，在路上发现一只半边脸被火烧毁的死兔子，知道这是降伏妖女白骨精的印记。他在原地烧火把死兔子烧得一根毛都不剩下了。从此以后，再也没有听说过这个妖女白骨精害人了。

第二章

民间传说

1. 聂赤赞普及其出生地

　　约公元前117年，第一任藏王沃德布杰或普遍称为聂赤赞普出生在位于西藏东南方向，由连绵起伏的高山环抱、山巅长年白雪皑皑，茂密的森林覆盖大地、宛如羊毛梳朝空中一般壮观、犹如碧空融化而成的湖泊点缀的波沃（今林芝市区所属波密县）地方，取名乌贝惹。其父名拉达楚，母名恰莫尊。他俩生有九个孩子，最小的乌贝惹自幼不同于其他孩子。他相貌俊美，舌大覆面，趾间有蹼，体格强壮，聪颖睿智，性情刚烈骁勇，行为粗暴而性格叛逆、寻求真理，具有降伏敌人的精神。当地人给他送了个蔑称，叫作"独脚鬼"。

　　那时，在我们广袤的西藏高原，奴隶制已然到了青苗破土而出，发芽生长般的时期。由于受到原始社会的影响，由父系氏族衍生而来的族群形成父系部落，由母系氏族衍生而来的族群形成母族部落。另外，还形成了十二个诸侯国。后逐渐形成了四十个割据小邦。这些诸侯国各自为政，连年征战，相互抢掠，弱肉强食。当时，亚隆一带集结了六个氏族的部分部落，经常遭到周边一些小邦的欺侮、抢劫和倾轧，使这里的人们遭受到落入火坑般难以忍受的痛苦。但是因自己势力弱小，无法对付敌人，不得不忍辱负重。

一次，当地一位具有智慧的首领，将所有人召集到旁布索章草滩商议国事道："喂，喂，跟乡亲们说一下，若不集思广益，贤才无法决断，其他小邦如此欺负我们部落，有何良策，请大家讨论。"当在场的人们面面相觑，个个沉默不语，不知说什么的时候，一位已到花甲之年，披散着一头长垂的灰黄色头发的老者，从人群中缓缓地站起身，举起枯木枝条似的手，用沙哑的声音说："岩羊奔跑于草滩，需要领跑弯角羊。杀向强大的敌人，需有领队的如本①。其他小邦挑衅我们部落的原因，是我们没有英勇的王做统帅，眼下应尽快寻找那扶亲灭敌的王。是与不是请揣想。"老者的话犹如八功德水引向干涸的土地，滋润了人们焦躁的心田，骤然萌发智慧的苗芽。大家都参与国事的商谈，纷纷发表各自的意见，最终达成共识，一致表示道："好，有道理。要赶快去找一位制伏敌人，扶持臣民的君王。"后来，当地一些聪慧的头人和德高望重的老者等精干人马，带上部分所需盘缠，离开家乡，长途跋涉，奔塔工②方向而去。与此同时，乌贝惹待渐渐发育成熟、智商发达后，不愿忍受首领的欺凌、部落的禁令和不良习俗，一再向部落首领争吵造反。

彼时，在波密地区有一棵非常高大、粗壮，无法以绳索围拢，树梢直插云天，根茎直抵龙宫，枝杈伸向四处，树叶覆盖大地的松树矗立在茂密的森林中。所有当地人都称其为神树，将这棵树作为敬奉对象，每年宰杀大至大公牛，小至山、绵羊等牲口祭祀之，一心祈祷风调雨顺，五谷丰登，消除瘟疫、饥荒和战争，获得幸福。不论是何人，只要砍此树，捡拾枝叶，爬树，均被施行酷刑。对此种恶毒习惯，乌贝惹心存不满，叹息道："该如何是好啊?"经常处于惴惴不

①　如本：旧西藏军官名。如本管的兵额规定为二百五十名。
②　塔工：早期的西藏地域简称，"塔"现指山南东的桑日、加查和林芝的朗县一带，"工"指现在林芝市的林芝、米林等地。

安的状态。一天，他对首领说："树是树，神是神，不可将树奉为神。无端对臣民加以惩罚更为不妥。"他的话一传十，十传百，传入众乡亲耳中，致使所有人惊讶不已，把头摇得像拨浪鼓，道："'独脚鬼'真是活鬼。"具有法力的本波、当地首领和乡亲合起来打他，将他逐出，最终他不得不离开美丽的波沃。

乌贝惹被逐出家乡后，连躲带逃，穿过西面的茂密森林，涉过河流，翻过高山，一路艰辛地走着。当他到达工布本日山（本教神山）西面的拉日江妥神山时，正巧与来自雅砻的强壮人马不期而遇。乌贝惹是个不可目视，出乎想象，不可比及，具备一切美妙身形相状的少年。来者极感神奇，便问道："你是谁？自何而来？"乌贝惹答道："我从波沃来，前往吐蕃。"来者问："你有何才能？"乌贝惹回答说："我因本领太大，故被家乡人驱逐。"来者又问道："那么你能做蕃王吗？"乌贝惹说："你们以颈为座，把我抬走吧。你们不用怀疑我的威德神通。"于是，这些人按乌贝惹所说，以颈为座，将其抬走。他们快速赶路，抵达雅砻后，这里的人们欢欣若狂，紧握寻找王之使者们的手道："派去的人起了作用，找到了找寻的人主，射出的箭中的了，圆了心中之愿望。"一时掀起了赞美和欢笑的聒噪声浪，人们将乌贝惹奉为雅砻第一代王。因以颈为座迎请之，故被称为"聂赤赞普"，即颈座之王。

此王做雅砻部落首领，有效地护持国政，兼并了邻近的小邦，首次建立吐蕃王朝。发展雍仲本教，供养本教法身，修建第一座本教寺庙雍仲拉孜。最终因未能实现本波（本教徒）的利益，而被本波沃龙等杀死。

2. 止贡赞普的故事

吐蕃王朝第八代首领止贡赞普系斯赤赞普与缅赤秋莫所生。幼时家人请教老祖母取什么名字，老祖母反问道："吉地方的扎玛岩峰坍塌了没有？邦典玛地方的草甸被火烧了没有？塘列崴地方的湖水干涸了没有？"家人答道："岩峰没有坍，湖水没有干，草甸也没有被烧。"因为老祖母年迈耳聋，误听成"岩峰坍塌了，草甸焚毁了，魂湖也干涸了"，便认为是不祥之兆，说道："将死于匕首，就取名为止贡赞普吧。"于是，就按老祖母的意愿取了这么个名字。

由于取坏了名字，止贡赞普心里中邪，超乎常人状态，具有畅通无阻地飞升天空等极大变幻神通，性情狂暴，骄慢不羁，常强令父系九族和母系三族属民与己比试，问他们道："谁敢与我较量就站出来吧。"众人纷纷答道："不敢。"最终挑选洛昂达孜与自己较量。洛昂达孜毕恭毕敬地说："大王怎么啦？我一个臣民根本不敢当您的对手。"但赞普置洛昂请求于不顾，强令洛昂达孜与自己比试。因不敢违抗止贡赞普雷霆般严苛的命令，洛昂便启奏道："若将大王神库中自动穿刺之戈矛、自动挥舞之长剑、自动着身之甲胄和自动着戴之盾牌等赐予臣下，臣便可以与大王一试。"如此这般，赞普将所有神通宝贝武器均赐给了他。

君臣二人约定于氐宿星和亢宿星出现日为比试时间。国王因不放心，就派叫作耳敏者纳桑玛的具有法术的人到洛昂处窃听情况，被洛昂认出，便使了个阴谋诡计，装出一副可怜、悲哀的样子道："倘若后天国王来杀我，不带赞普的兵士，单枪匹马来战，就要迎接。若头裹黑色绫罗头巾，额头悬挂镜子，剑绕头顶，用红色公黄牛驮着灰囊而来，则我绝无胜算。"派去偷听的纳桑玛把所听到和看到的情况一五一十地禀报给大王，赞普说："我就这么办。"在约定的时间前去与洛昂较量拼杀。

洛昂达孜按期先到娘若香波城堡准备迎战。后止贡赞普也到娘若香波，决定在娘若台瓦蔡林苑中布阵对垒。及至格斗时间，洛昂将二百支锋利矛横拴于一百头红色犍牛背上，牛背皆驮灰囊，放了过去。国王一阵呐喊后，牛群相搏斗。洛昂趁此牛群受惊、尘土弥漫之机向赞普进击，从箭筒里取出铁箭，对准穿行在烟尘中的止贡赞普黑色绫罗头巾和镜子，拉满弦，猛劲一射，准确地射中了止贡赞普额头上。赞普遂在大臣洛昂手下身亡。

灰尘蒙住止贡赞普的眼睛，剑绕头顶，将前往光明天界之登天绳、登天梯割断。据传，之前的赞普都待王子们驾驭国政时，抓住登天绳升天而去。但止贡赞普因登天绳和天梯被割断，遗骸便留于人间。

后来，赞普遗体置于合盖铜箧之中，从吉达桥头抛于年楚河中。赞普遗体被江水带至工布色仓地方，被鲁·维德仁波保管了多年。

洛昂篡夺吐蕃赞普政权，自己当国王，止贡赞普的三个王子亦被流放至工布、年布和波沃。洛昂逼迫止贡赞普王后当马倌，娶赞普小女为妻，执掌吐蕃国政十三年。

3. 布德贡杰的故事

止贡赞普被杀后，洛昂占据赞普宝座，让王后去放马。她每天都以放马打发日子。一天，王后在睡梦中梦见了雅拉香波神化身一个白人，跟自己睡在一起。待从睡梦中醒来，见一头号称雅拉香波神化身的白牦牛从枕边走过。王后心想："也许，雅拉香波神为我做主了。"

过了八个月零九天，王后生出了一个男婴，取名茹来杰，在隐秘的地方抚养了他。此男孩长至十岁时问其母："人皆有父，我父为谁？人皆有王，我王为谁？人皆有兄，我兄为谁？"其母道："稚幼小儿莫说大话，幼小马驹别跑错路。"她并未说出任何实情。茹来杰道："母若不说，我将死矣。"无奈，王后只得将曾经发生之事一一讲与儿子茹来杰。

茹来杰道："人不见时可以按足迹找寻，水不见时可以循着水流声找寻。"他向母亲要来口粮，顺江而下，前往工布地方寻找哥哥们。至工布直纳地方，与大哥夏琪、二哥聂琪相见，并听说父王止贡赞普遗骸被鲁·维德仁波保管在他家中，他们欲赎取，往工布四处觅寻此人，终于从一位灌溉农田的妇女处打听到了鲁·维德仁波家，从鲁·维德仁波处赎出父王遗骸。

在羊道拉布之地修建父王止贡赞普陵墓，史称此为首座吐蕃赞普陵墓。聂琪王子留下来祭奠父亲，而夏琪踏上了为父王报仇雪恨之路。

夏琪领兵三千三百而去，翻越门巴长山和丁索戎仁山等，到达巴曲贡塘。经暗查，见洛昂在娘若香波宫中。夏琪突然举兵至娘若香波，洛昂的几千名士兵没有来得及武装，以红铜锅扣于胸际自尽，洛昂几百名女佣将鏊锅抱于胸前逃逸四处。于是，洛昂成了孤家寡人。夏琪攻下娘若香波城堡，将洛昂及其侍从置于囹圄，以显示勇猛气概。事毕，重返巴曲贡塘。王子夏琪作歌道：

"父亲英名好似太阳，

鸟儿出风头只会毙命于矛芒；

兔子不老实会被缝成鞋帮；

打击让敌人命丧；

父王陵墓修得辉煌；

危险已经远去；

冤仇得报好回乡。"

复返青瓦达孜之后又唱道：

"重做父王故地之王，

又称伏地而行的牲畜之家长；

吐蕃的九重雪山，

尽是王家之牧场。"

母亲握住王子夏琪的手道："愿我儿战胜所有人！"其向天发愿，诅咒之声久久回响在天空，反复响起："愿我儿战胜所有人！""愿我儿战胜所有人！"给王子取名为普迪衮来杰（战胜所有人），即布德贡杰。王国的大臣由异父同母的弟弟茹来杰出任。在这两位君臣时期，是吐蕃历史的中兴时代，政教合一如同夏日之海蓬勃发展。

4. 文成公主路过波密的传说

在公元 7 世纪时期，联结藏汉两个民族团结纽带的藏王松赞干布，迎娶了文成公主。历史记载文成公主从首都长安启程到吐蕃的道路是经过青海从北路前往吐蕃的。

但是，在民间广泛流传的美丽动人的传说里，文成公主是从四面八方来到吐蕃的。例如，波密地方民间广泛流传着一种传说：文成公主从长安出发准备从北路经过青海到吐蕃，渡过大渡河后适逢历法更替。这时候汉地的卜算高手们占卜看文成公主从哪个方向前往吐蕃好，结果显示从南方道路前往吐蕃为好。文成公主依据占卜的结果，经过现在的洛隆县来到波密的大道。经过现在称作角罗的地方有茂密森林和狭窄的险道（现在称为角罗乡），文成公主迎请释迦牟尼佛塑像经过这里时，在森林和狭窄的险路上开辟了行驶马车的新道路，从此以后这个地方就称作"角朗"。天长日久，这个地名逐渐地变调了，现在当地口语就叫成了"角罗"。

在波密地区的曲宗寺的中心有一个古老的佛堂，至今人们都称之为"文成公主佛堂"。这是文成公主在迎请释迦牟尼佛塑像准备在此休息片刻时候，事先派吐蕃大臣禄东赞和汉地来的两个木匠以及侍从等，为了马上修建安放释迦牟尼佛塑像的佛堂，召集曲宗地方所有的人修建了这个小佛堂。佛堂大门的结构是与众不同的汉式造型。

在路经松宗的松朵巴热山下时，文成公主对这座山感到非常惊奇，认为是神山。她朝这座山磕了头并献上玛尼石。从此以后，所有转神山的人们都要添上一块块玛尼石。因此现在变成了人人都能看到的巨大的供神石堆。

从松宗往下走就到了现在的玉荣冲①的狭路。这是一条狭小险要、树木茂密的道路。文成公主怕身上的首饰被树木刮掉，便将所有首饰收起来放进怀里。因此这条险道称为玉荣冲，是因为公主把绿松石、珊瑚等装入怀里后行走，于是有了玉荣冲这个词。

接着来到称作通麦的地方。因为通麦山高谷深，森林密布，江河交错，道路险峻，在此文成公主和大臣禄东赞等过江、险道遇到了很大困难。当他们异常忧虑的时候，吐蕃的所有护法神和土地神都来帮忙，于是险道上的障碍就全部清除，他们得以奉着释迦牟尼佛塑像顺利通过。所以，现在有了通麦这个地名，而"通麦"②正是"妥米"③演化而来。

5. 嘎朗王的印章

从波密城往西行，翻过一座小山，距县城约30公里的地方有个名叫嘎朗的村庄。村庄群山环抱，墨绿的森林和雪山交相辉映，宁静之中蕴含着灵气。这里是古代嘎朗部落首府所在地。

公元1717年前后，青藏高原发生教派纷争，各个部族混战不已，居住在嘎朗湖畔的嘎朗部落乘机崛起，建立了嘎朗巴政权，藏史称嘎朗王朝。嘎朗部落在觉欧拉登山半山腰处的湖畔建造了宫殿，嘎朗地方遂成了历代嘎朗王朝的首府所在地。湖光山色掩映下的嘎朗王宫，雄伟壮丽，气势磅礴，依山傍水，易守难攻，这使得嘎朗王朝能够与势力强大的西藏噶厦政府长久对峙，成为藏东南高度自治的一个独立王国。

对于嘎朗王朝的存在，噶厦政府一直视为一大隐患，一直想征服。历史上，噶厦政府曾多次兵临嘎朗城下，但由于嘎朗民众英勇善

---

① 玉荣冲：藏语，意为绿松石装入怀里的险道。

② 通麦：藏语，意为下平坝。

③ 妥米：藏语，意为顺利通过。

战，同仇敌忾，使噶厦政府征服嘎朗的企图始终没有得逞。但噶厦政府试图剿灭嘎朗的决心并没有因此而改变。

传说，有一天西藏噶厦政府的头头们再一次聚在一起，商议如何将嘎朗纳入噶厦政权的管治之下。他们派出使节，向嘎朗王发出命令书，要求他乖乖投降，束手就擒，并要每年纳贡缴税，不然，就派工布、塔布、娘布三个地方的军队来剿灭他。命令书的最后，加盖噶厦政府的大印章。

当嘎朗王收到加盖了噶厦政府大印章的命令书后，非常生气，立即给噶厦的头头们写了一封回信，信中写道：你们派工布、塔布、娘布三个地方的军队我也不怕；我在这里已经调集了索通、白通、加措三方面的军队，随时迎接你们的到来。

当信写好，加盖印章时，嘎朗王犯难了，为什么呢？因为他没有那么大的印章。思前想后，嘎朗王最后想出一个办法，选择巨大的竹节底部涂了印泥盖在信上，派使者送了回去。

噶厦政府的官员们接到回信后，迅速召开会议，研究信中的内容。当他们看到加盖的印章时，一个个惊得目瞪口呆，他们把竹节底部盖出的纹路误以为是文字，反复研究了几遍，没有一个人能够认出印章里的文字，有的官员说是俄文，有的说是英文，莫衷一是。最后，他们一致认为，从信的内容来看，嘎朗王已经做好了应战的准备，而且，还可能与俄国、英国等国家结成了联盟，因此，不宜贸然出兵。于是，他们决定暂缓攻打嘎朗。结果，使得嘎朗王朝再一次保存了下来。

其实嘎朗王信中提到的索通、白通、加措三个地方，是嘎朗附近的三个小村庄，三个村的人口加起来，还不足一百人，根本无法跟噶厦军队相抗衡。

6. 商人诺布桑波

大老板诺布桑波是西藏地区财富和名声最大的老板，是从古至今所有商人学习和敬仰的榜样。

诺布桑波既不是靠祖上留下的遗产变成富可敌国的富人，更不是靠侥幸才成为声名远播的商人，而是百折不挠、不畏艰难困苦才成为一名富有的大老板。从九岁开始他就参与商业活动，到十五岁时曾九次亏本。第九次亏得特别大，以致他对经商已经完全灰心丧气了。当他如同一个乞丐一般来到一个山坡上，独自一人躺在那里，看到在头旁边的一根草上一条虫子在爬，于是发呆地瞪着这条虫子：尽管这条虫子在这根草上从一到九爬了九次，有时爬到一半就掉下去了，有时爬到这根草的尽头时又掉了下来 。他想：这条虫子在这根草上爬多少次和掉多少次，同我亏本的次数一样。这条虫子没有灰心丧气又继续爬这根草，第十次时不仅爬到了草尖还吃到了草尖上新鲜的花瓣。

看到了虫子的成功，诺布桑波心想：这条弱小的虫子都有如此坚强的意志，最后达到了自己的目的。而我作为一个人，经商的本钱亏了九次就灰心丧气了，这样不对。于是又重新开始经商了。从此以后他做买卖越来越顺利，生意越做越大。最后成了大商人，名声传遍了整个藏区，成为首屈一指的大商家。

7. 阿古顿巴和易贡地主

一次，阿古顿巴来到波密易贡地方。他虽然是非常贫困，但是由于聪明过人，无论在什么地方根本不用担心衣食。

阿古顿巴到了易贡后，听说了此地有个总是算计怎样剥削百姓的贪婪地主，他想教训一下这个恶毒地主。于是，阿古顿巴去了地主那里毕恭毕敬地说："尊贵的地主老爷！我是一个穷困潦倒、到处流浪、以乞讨为生的人。到了贵地我感到这里一是风景美丽怡人；二是听说老爷您是个对所有穷困百姓怀有仁慈和怜悯之心的杰出人士。因此我想在这里安家落户成为您的百姓。但是要安家，我既没有手掌般大的土地，也没有老鼠似的牲口，所以请求尊贵的老爷租给我一块土地，借我两头耕牛。"

地主心里想，如果租给他一块土地就可以增加自己的收入，于是说："我可以把土地租给你，但是地的收成怎么上交现在不立字据不行。俗话说得好：有吃有喝会高兴，无纷无争是快乐。因此，为了今后彼此之间不发生争议，我们订立协议吧。耕牛你自己想办法，我不可能把土地和耕牛都给你解决。"阿古顿巴想了想说："谢谢您！谢谢您！我一定会守信用，就像您说的那样可以立字据，双方都按手印。地里的收成上交问题嘛，您老人家要交什么，我就交什么。比如您老人家要庄稼的根部，我就上交根部；您老人家要庄稼的头部，就交头部。请您直接说，不要有所顾忌。"地主心里想这人真傻。庄稼只需要头部，根部有何用？他微笑道："那么今年庄稼的头部都归我，根部归你。"

于是阿古顿巴连声致谢："今年是租田的头一年。老爷要庄稼的头部，完全是个好兆头。十分感谢您的关照。"然后阿古顿巴跟地主签了合同，按了手印。过了几天后，阿古顿巴突然想出了解决两头耕牛的妙计，等到夜深人静、月光不明的晚上，他悄悄爬起来，从地主的牛棚里牵出两头耕牛，把租给自己的地给犁了后，把两头耕牛又送回牛圈；给自己的两条狗套上牛轭、拖着犁，留在田边；天亮时，自个儿在不远处吸着鼻烟，假装在休息。地主看到此情，感到很惊讶，急忙跑来询问："你的田怎么犁的？"阿古顿巴叹了一口气道："没有办法呀，只好给狗套上牛轭把田给犁了。"地主听到此话，连连称赞这两条狗如何的好，并希望得到这两条狗。阿古顿巴猜中了地主的心思，便顺水推舟地说："这两条狗有三大用处：一是可以守护家门，二是充当耕牛，三是做猎狗天下无双。若您有意，我可以送给您。但我提个小小的条件：到播种季节，您借给我两头牛。"地主不等阿古顿巴把话说完，满口答应："不要说借耕牛，就是给也行。"说着准备牵两条狗，阿古顿巴装出一副严肃的样子："我不是不信您。如您所说：'有吃有喝会高兴，无纷无争是快乐。'若您有意两条狗与一对耕牛交换，就该有个白纸黑字好些。您说是不是？"地主闻言道："好说，好说，我俩现在就立字据。"立完字据，地主老爷把两头耕牛交给了阿古顿巴，将阿古顿巴的两条狗牵起走了。

过了段时间，地主想试一试那两条狗的能耐。没有想到，那两条狗既不会追赶猎物，也不能拉犁耕田，连守护家门都不行。这时地主才知道自己上当了。可是已说出的话，如同泼出去的水，无法收回，只好自认倒霉。等到收获季节，阿古顿巴赶着两头耕牛来交租，地主看到满满两袋，按捺不住内心的喜悦，赶紧打开仓门前去迎接阿古顿巴。阿古顿巴来到粮仓门口，漫不经心地对地主讲："这些装到粮仓里，恐怕不行吧？"地主回答："这哪有什么不行的？我见到过你种的玉米，真是无可挑剔，饱满极了！"阿古顿觉得诧异："怎么，您不是要头部吗？这里装的都是庄稼的头部，并没有玉米。"说着打开袋子让地主看。地主看到里面装的全是玉米穗，非常生气："我要这些做啥？"阿古顿巴满脸堆笑地回答："这是你老人家自己选择的，不信可以翻一翻合同。"地主无言以对："今年算了。明年我不要头部，也不要根部，只要庄稼的中间部位。"到了次年，阿古顿巴种了白青稞。到了秋季，他把青稞的穗头拔掉，根部留在地里，割了中间的秸秆送到地主家里。地主觉得莫名其妙："要秸秆干吗？我说过要庄稼的中间部位。"阿古顿巴不慌不忙地告诉地主："老爷，去年种的是玉米，上头有穗；今年种的是白青稞，没有穗，所以秸秆不是中间部位，那是什么？若不信可以找人作证。"地主觉得理亏，气哼哼地说："明年，我将庄稼的头部和根部全要了，到时别弄错了。"说完把阿古顿巴撵出了家门。年后，阿古顿巴种的全是元根[①]。到了秋季，他用刀子把元根的叶子和根须剃掉，然后送往地主处："地主老爷，这次我又完全按照你的旨意，庄稼的头部和根部全部带来了。"说着把元根的叶子和根须呈上。地主火冒三丈："你愚弄我已不止一次了！你有时种

---

① 元根：食用蔬菜，外形酷似萝卜，也叫芜。

玉米，有时种青稞，有时又种元根。这怎么行？"阿古顿巴答道："地主老爷，每年要是种同一种庄稼，就不会有好收成，轮作是每位农民该懂得的最基本常识。"地主听到这般挖苦话，顿时脸面无光，于是气势汹汹地对阿古顿巴说："你这个乞讨鬼，永远是乞讨的命。从明年起，我的地不租你耕种了，你还是去乞讨吧。"阿古顿巴讽刺地说道："您不说我也准备要走，我要给那些和你一样贪婪狡猾、专门欺压老百姓，又没有任何能力的地主们去上上课！"

8. 穷乞丐和富小姐

很久以前，在雪域高原的康区与前藏之间有一处风景秀丽如同画家描绘的、诗人吟诵的地方。此地有一个非常富裕又有无比权势的大富豪。

按照藏族的传统一般应该是儿子继承祖业，但是主宰这个富豪大家庭的夫妻俩只有一个女儿，因为没有继承祖业的男子，所以夫妇俩打算从出身高贵、既有财富又有权势的家庭里给女儿招一女婿来继承家业。可是相了几家都不中意：中意的男子都已经入赘到别人家了，而愿意上门入赘的男子夫妇俩都看不上。就这样一天天拖下来，女孩也从妙龄少女转眼就成了大龄剩女。

在没有解决婚姻大事之前，夫妇俩担忧女儿随意和别人交往相好，因此平常不让她接触陌生人。父母不仅不允许女儿外出，甚至到林卡散步也派很多女仆跟着。从父母方面来看，挑选一个好女婿，一方面是为了家庭祖业的声望；另一方面也是为了女儿的终身幸福，因而要严加管束，在没有得到父母首肯之前不能草率行事。但是女儿就像关在笼子里的小鸟一样，没有一点自由，不免心生忧愁。

每年当寒冷的冬季过去，朝气蓬勃的春天来临时，小姐为了解闷便带上一些侍女到林卡游玩。这一年，当小姐愉快地带着女仆们再一次来到林卡时，一位衣衫褴褛的男乞丐正坐在林间的树荫下光着膀子捉虱子。女仆们见此情景对乞丐训斥道："你光着膀子、赤着脚钻进我家林卡，真是胆大包天！"可是小姐却一句话也不说。她发现这个乞丐虽然穿着差，但模样英俊，特别是这乞丐机灵的样子和那炯炯有神的双眼，以及那男子汉所具有的臂膀和胸膛，牢牢地迷住了小姐的心。

"不要骂了！"小姐对侍女们说。然后就问这个乞丐来自何方，要去哪里？乞丐也将自己的经历毫无隐瞒地告诉了她。小姐平日里别说与青年男子闲聊，连见都见不着；今日真的仿佛食物里放了盐、肉里有了调料一般感觉非常惬意。他俩聊了很多，并将各自的情况都诚实地向对方倾诉，小姐特别把父母对自己管束极其严厉、无法与人交往，因此非常寂寞的情况都痛快地告诉了乞丐。这时候，从林卡里的树林中传来一群画眉鸟悦耳的鸣叫声，它们从一个枝头飞到另一个枝头上，互相嬉戏。仔细观察可以发现这些画眉鸟都是一对一对地在玩耍，没有看到单独的。因此，乞丐故意对小姐长叹一口气说道："小姐您过得可真悲惨啊！都已经十八岁了，不说有情投意合的朋友，就连说句心里话的地方都没有。"乞丐用手指着这些画眉鸟说："您看，就连画眉鸟都是一对一对地互相说着心里话，情投意合。"这时只见一双一双色彩斑斓的蝴蝶，从林卡的草丛中嬉戏着飞过来；又看见从河流的方向飞来成双结对的野鸭子，飞到林卡的池塘里，发出悦耳动听的挥动翅膀声音。

乞丐给小姐一一列举这些。由于小姐已经到了青春妙龄的年华，加之命运的驱使，下决心要自由地选择自己的意中人，便对乞丐说道："你说的对！我平时非常寂寞，但是今天能和你交谈心里有说不出的愉快。为了经常有这个愉快的感觉而不仅仅只有这一次，请你明天此时到这里和我聊天可以吗？"乞丐说："只要小姐高兴我一定来。今天不知情地钻进你家的林卡没有受到责备，非常感谢！"他俩商定次日在林卡里相聚后各自离开了。其实乞丐也倾慕小姐是不言而喻的。

翌日，小姐穿上绸缎服装，给乞丐带上各种美味而富有营养的食物，领着两个最听话的女仆来到林卡。乞丐早已来到林卡里等候。小姐将两个女仆打发到远处，然后和乞丐坐在树林中边吃着美味的食物边聊天。

最终，小姐那饱含深情的目光犹如丘比特之箭射向了乞丐，二人双双坠入了情网。

从此以后，大富豪家的小姐和到处流浪的乞丐整天在林卡幽会，并如胶似漆。

藏族有句谚语：有装水的容器，无盛话的器皿。这话说得非常准确。没过多久小姐和乞丐之间有关系的事情上至父母下至仆人，犹如春季的布谷鸟的叫声一般所有人都知道了。富豪老爷心想这是个不得了的丑事。自己仙女一般的女儿找了这么一个下贱的叫花子，我这大家业让一个乞丐去管理岂不遭人唾骂？这事情无论如何都是有害的，必须立刻分开他俩。于是就派一些勇猛如虎的仆人去抓小姐和乞丐。

这些勇猛如虎的仆人犹如猎狗追逐野兽一般赶到林卡里寻找小姐和乞丐，恰好看见两人在树林里正在相互倾诉衷情。于是这些仆人如同鹞鹰捕捉小鸟一般不由分说将乞丐五花大绑并一同带上小姐送到富豪夫妇面前。

怒火中烧的富豪对乞丐怒吼道："真是不知天高地厚！你想得到我这样一个上有牧场、下有农场、中有宫殿的大富豪的小姐，真是太岁头上动土。俗话说：'黄金在海底，金鱼难取得；老青蛙岂能拿到？臭气太多要闭嘴。'难道你没有听说过？我女儿比海底的金子还要珍贵，如同龙王头上顶戴的珍宝一样。你真是癞蛤蟆想吃天鹅肉！如果你明天不离开这个地方还做白日梦、玷污我的家业和小姐的名声的话，就要用我家的家法严厉惩罚你。"如此恐吓乞丐。

乞丐虽然已经喜欢上了小姐，但是当生命遇到危险时想到小姐的情意也会改变。于是答应并发誓第二天就离开此地；因此，没有被毒打和受折磨。

次日，乞丐准备离开时，小姐瞒着父母偷偷地让一些仆人护送自己来到乞丐身边。她情不自禁地流下眼泪："你我同心。除非死别，绝不生离。你在这里等几天，我要通过母亲大人求父亲大人准许我俩的婚事。"无法改变的男女之间的感情和命里的缘分，这是刀切不了、火烧不掉、水浸不散的；小姐和乞丐的感情和缘分已经到了这个程度。乞丐愿意暂时推迟离开，等待小姐的父亲大人的允许。但是世界上的事情哪能如人们所希望的那样实现呢？不幸的是小姐和乞丐相会的情况被富豪老爷获悉，他立刻派人将两人带回家里。他雷鸣般地怒吼道："把该死的乞丐关进一间小屋里，明天将用家法严厉惩罚。"这个残酷的怒吼如天空响起霹雳一般。此外，富豪老爷还要求小姐约束自己的情感，不准心疼怜悯乞丐。那天晚上，小姐的心仿佛是热锅上的蚂蚁，根本无法入眠，为了免于对乞丐的惩罚，她想了许久。最后，想出来一个好办法。翌日凌晨小姐就起床揉面做了一块又大又厚的饼子，在饼子里包上一节母绵羊的牙床骨后烤熟，又从脖子上的首饰中取出一些绿松石和珊瑚放在一只大碗里再盛上满满的酸奶。随后，小姐来到父亲面前跪在地上双手合十道："尊贵的父亲大人！女儿以前违反家规，和一位乞丐私通，玷污了家庭的声望和自己的名声，现在深感羞愧。女儿向父亲大人赔罪，从此以后再也不会有这种事情。今天，女儿向父亲大人提两个小小的请求，恳请父亲大人恩准。第一个请求，今天是对乞丐用家法严惩的日子。因此，一是我动情地向您求情，请不要让我失望；二是请可怜他延长一天处罚的日子，给他最后一次看热闹的机会。第二个请求，最好让女儿亲自去，如果不行就让一位看守乞丐的人送去最后一顿饭，即一个饼子和一碗酸奶。"父亲考虑了一会儿说："如果你对以前所做的事情感到后悔，从今以后以此为鉴，我就准许你的请求。但是这个饭只能由看守人送，你绝对不能出现在他的眼前。"于是小姐答应了。

随后，小姐将一块饼子和一碗酸奶通过看守人送给了乞丐；自己在对面的房顶上唱起了一首动听的歌：

美味可口饼子宜慢咬，

绵羊的牙床比刀利；

云杉木头如软酥油，

酸奶别从上面尝，

深层味道更甜美，

微风就在梯子下，

多堆路险多麦平，

黑屋面朝白寺院。

富豪夫妇听到女儿唱歌时说道："女儿真的一点也不担心乞丐了，听，她在愉快地唱歌。"夫妇俩喜悦地议论，却根本没有注意歌词内容。

乞丐拿到小姐经过看守人捎来的食物后特别快乐。因为乞丐非常聪明，他认真地倾听了小姐唱的歌，对歌词的内容十分理解："美味可口饼子宜慢咬"暗示他把饼子分成几块，因此发现了饼子里面包的如同锯子的绵羊牙床骨；"酸奶别从上面尝"也是暗示下面有东西，果然酸奶里面放了一些绿松石和珊瑚；"微风就在梯子下"是暗示"今晚从梯子下面的马厩里骑上一匹骏马逃走"；"多堆路险多麦平，黑屋面朝白寺院"是暗示"不要往卫藏方向去，不容易逃走，不如到多麦投靠寺庙或是宗城"。

夜幕降临后，乞丐用绵羊的牙床骨将窗户的窗棂锯断，然后慢慢地从小屋逃出来。想到自己出来了，但是不管小姐可不行，于是缓缓地走到小姐的寝室将她带上。他俩从梯子下面的马厩里骑上一匹骏马朝安多方向逃奔而去。

乞丐和小姐两人到了安多的一座寺庙和宗城接合部的地方，投靠那里的部落。依靠自己的双手建立了一个新的小家庭，并彼此恩爱和睦地白头到老了。

9. 博如巴俄和玉普觉则

古时候，在倾多雅砻的博如地方有个身壮力强的汉子，叫博如巴俄；在波密玉普的地方有个矮小伶俐的人，叫玉普觉则。这两人的武功一个比一个高强。他俩仅仅相互耳闻过对方的名字，但是并没有互相见过，也没有比过武功。

一天，他俩心里都同时在想：究竟我俩谁的本领大，应该比一比。于是玉普觉则从玉普的地方来找博如巴俄，博如巴俄从倾多雅砻地方出发去找玉普觉则。他俩不约而同地来到了称作倾多果普塘的平坝上，在一块大石头旁边不期而遇。他俩互相询问对方是谁，从哪里来，到哪里去？博如巴俄说："我从雅砻来，据说在玉普有一个名叫觉则的人有无敌的武功，我要去看看他的武功究竟怎么样。"觉则也毫不隐瞒地说："我从玉普来，听说在倾多雅砻有个叫博如巴俄的人，据说没有比他武功高的人。我今天专门过来就是想和他一比高低。"话说到这里，他俩都知道对方是谁了。于是犹如小鸟飞翔一般同时跳到那个大石块上，抽出宝剑比剑术。两人用宝剑劈对方时除了大石头被劈成两半外没有分出胜负。随后，博如巴俄将平时比武时使用的铁块用法力像拧湿布一样印出手印；觉则也将自己平时比武时的手磨孔里穿上绳子像抛石绳一样投过去，仍然没有分出强弱。博如巴俄对玉普觉则说："你现在如果能从倾多寺里带走一件法器，就算你的武功比我强。"觉则马上带出一件法器风一般飞奔，博如巴俄立刻追上去在称作松纳塘的平坝上抓住了觉则。据说现在倾多松纳的地名因此而来。他俩在途中一块大石头上争夺拉扯法器时，由于在石块上留下了脚印，所以这块石头被称为"朵嘎聂"（意为凹坑石）。就这样他俩比了三次武功也没有分出胜败。最后，他俩按照"敌人来了同时对付，朋友来了一起欢迎"，结成了生死与共的把兄弟，为了立誓便前往倾多寺向佛祖发誓。

他俩前往倾多寺时，正好碰上人们为寺院垒围墙。他俩问人们：

"为什么要垒墙?"寺院的方丈回答:"为了阻挡盗贼。"玉普觉则说:"那么我们看看能不能挡住盗贼。"他朝博如巴俄使了眼色后,他俩同时将各自手里握的长矛往地上一插,扶着长矛一下子利落地跳到了围墙的里边,脚一点儿也没有碰到墙上。随后,他俩说:"你们寺院的围墙矮了一点,应该垒高一点;而且要在围墙背面挖又宽又深的壕沟,灌上水,然后在水上撒上麦秆,这样才能挡住盗贼。"寺院便如此照办。由于他俩的提醒和出的主意帮助了寺院,因此,从此倾多寺每年抛扔"朵尔玛"、跳"羌姆"即法舞时,有两个滑稽的小丑出场逗笑观众的传统。据说其中身材高大的就是博如巴俄的扮相,身材矮小的是玉普觉则的扮相。这是为了纪念他俩的表演。

10. 两个易贡猎人

古时候,在美丽的波密易贡地方有一老一少两个猎人。一次,他俩带着够吃几天的干粮以及弓箭等武器结伴翻山越岭打猎去了。几天的工夫下来,获得麝香、熊胆、鹿茸、兽肉以及兽皮等很多珍稀的东西。他俩心满意足。

一天,老猎人让少猎人做饭,守护着东西,独自外出了。少猎人心想:这几天所获的这些东西假如都归我一人那多好啊!于是动脑筋想办法,最终决定干脆把那老猎人杀了。少猎人走到森林中挖了一种名叫"嘎玛花头"的毒菌,同兽肉一起切好,为了味道好增进食欲他加进了很多花椒和辣椒,然后煮了起来。午饭时老猎人回来了,少猎人装出一副高高兴兴的样子说:"你一定很累了,赶紧吃饭,再好好休息吧!"说着就将有毒的蘑菇炖肉摆在了他的面前。老猎人说:"你也坐吧,咱们一起吃。"少猎人答:"在你没有回来之前我已经吃得饱饱的了,再也吃不下去了。"不管老猎人怎么劝,少猎人就是一口不吃。这样老猎人就对这吃的东西有了疑心,他仔细一瞧,发现这肉食中有"嘎玛花头"毒菌,还有辣椒和花椒。老猎人明白了少猎人想用

"嘎玛花头"毒死自己，但少猎人不知道花椒有消毒的作用。老猎人把肉全吃了，吃得饱饱的。吃完饭后，少猎人心里想：他什么时候会死？于是不断观察老猎人的脸色，可是一点事也没有。过了一段时间后老猎人站起来指着少猎人怒斥道："你这混账东西，无耻之徒。你知不知道善有善报恶有恶报？你虽然知道'嘎玛花头'是毒菌，但是不知道花椒有消毒的作用。我一点事也没有，但今天饶不了你这个恶人。"说着拔出腰间的长腰刀，跳到少猎人面前。少猎人吓得目瞪口呆，随即头也不回拼命地逃走了。

他俩几天的所获全部都归老猎人一人所有了。之后，少猎人由于心里羞愧加之慑于老猎人的威力逃到了异乡。从此，在波密地区就有了"知道嘎玛花头是毒菌，但是不知道花椒可以消毒"的俗语。

11. 十二生肖的顺序是怎么来的

古时，在人间没有十二生肖这一定规，后来是帝释天创立的。一天，帝释天为了给世间所有的人规定属相，召集了所有在凡间的动物的头头，对它们说："要规定生肖非常重要，明天早上太阳一升起，所有动物要去渡一条江，谁先渡过江，就按先后顺序排名。渡江的动物越多属相也就越多，而人们的寿命也就越长。这件事你们要铭记在心。"

当天晚上，动物们聚在一起商议次日如何过江，谁先渡江。有的说是野兽之王是老虎，应当让老虎先过江；有的说是动物中力气最大的是黄牛，应该让黄牛先过江。它们争来争去最后决定让黄牛先过江，再让老虎过江，其余动物可跟着老虎自由过江。动物之中老鼠是最弱小的，不要说第一个到达岸边，就连过江都非常困难。但小老鼠聪明过人，想了很长时间，便在那晚趁着黄牛睡熟的时候，悄悄地钻到黄牛的大耳朵里。

第二天，太阳刚升起黄牛便率领众动物过江，黄牛第一个慢慢地游到岸边。突然老鼠从它的大耳朵里跳出来拼命地向前飞跑，并大声喊叫着："帝释天，我老鼠先到！我老鼠先到！"帝释天便把老鼠封为属相之王，将它放在属相的第一个，其余的按到达岸边的顺序依次排名，排名顺序是牛、虎、兔、龙、蛇、马、羊、猴、鸡、狗、猪。由于猪到岸边累得气喘吁吁，尾巴不停地左右摆动，正要渡江的其他动物都说："你们快看，猪好像在向我们昭示不要过来，十二个属相已经够了。"这样众多动物就没有渡江，于是猪就成了第十二个属相了。

传说，如果猪过江后，不摇晃尾巴，属相就不只是十二个，而人们的寿命也会比现在还长。

12. 热西马玉塘连绵起伏的小山丘的由来

波密县玉许乡白玉村至玉仁则普冰川即波堆河一带有很多小山丘，其中热西马玉塘一带小山丘最多。最大的山丘直径有五六米左右，最小的有一米左右，共几千个山丘。在20世纪30年代英国探险家曾经得出结论，这些山丘是古代战场上去世的英雄先烈的坟墓。但在当地的民间传说却有另一个版本。

吐蕃王朝的赞普赤松德赞时期邀请天竺著名的密宗大师莲花生来西藏传法布道，需要兴建西藏第一座寺庙桑耶寺。莲花生大师按照赞普的旨意从当时西藏地方神那里获取构建寺庙需要的土、石头、树木等。当时波密地方神开会一致决定兴建桑耶寺时送去土、石等。选定吉祥的日子后，他们在热西马玉塘准备好土和石头，一同启程。上路时他们遇上了一只从工布飞回的小乌鸦，小乌鸦告诉地方神，桑耶寺已经建成，你们的这些土和石头用不着了。地方神相信了小乌鸦说的话，便把那些土和石头堆放在那里，各回各地。其实这是小乌鸦的谎言，因为当时桑耶寺根本就没建成。波密地方神也受到了藏地诸多地方神的指责。处理结果是土地容不下水，导致如今房屋不像其他藏区房屋，房顶不是平面，是斜面，且两面都有木板。当然小乌鸦也同样受到了惩罚，从此，小乌鸦不许离开林芝地区飞往卫藏地区。说起来也很有意思，因为拉萨及日喀则等卫藏地区见不到小乌鸦。

传说归传说，我们要相信科学，如果用科学的观点来解释，波堆河那一带的小山丘是冰川纪末期形成的。在冰川纪快要结束时，由于地球表面温度增高，冰川开始融化，冰川裹挟着土石向上下移动。冰河时代的末期结束之后，地球的温度越来越高，后来，湖泊也变干，冰川滚动带来的土跟石头堆积起来，就形成了我们今天所看到的小山丘。

13. 达大山泉与木古黑水

在很久很久以前，如今的波密县多吉乡达大村非常缺水，人们要走一条下坡路到很远的河边去取人畜饮用的水，而灌溉农田只能依赖雨水。由于几乎年年都遭受旱灾，村庄的所有人家缺少粮食，生活非常艰难。

在达大地方的东北面一位修行者耳闻目睹了这个情况后，村庄众生的困苦便成了他心中最大的包袱。

过了一段时间，修行者委托仆人捎带很多金钱和一封信去印度，并叮嘱说："你要不怕艰难困苦去印度一趟，那里有座叫作马拉雅的山，山上有我的根本上师掘藏圣者在隐居，你找到他后把这封信和所有金钱奉上，请求他赐给水的宝藏，大师会如所愿把水的宝藏赐给我们。若能将水的宝藏带回家乡，那么我俩就为这里的众生办了一件崇高的事业，长时间的修行也就有了美好的结果。"

仆人用了一年半的时间远赴印度，到了印度的马拉雅山，拜见了隐居的根本上师掘藏圣者。仆人向大师陈述了修行者的话；大师将一个精美的小铜箱子交给了他并说道："由于这个箱子非常宝贵，所以在返回的途中要像爱惜自己的生命一样珍惜它，千万不要打开箱子，一定要完好无损地给到修行者的手上，这样就能实现你们的心愿。"

于是仆人又从马拉雅山往回赶路，他把大师给的小铜箱子紧紧地裹在包袱里带上。在途中他听到从这个小铜箱子里发出"沙、沙、沙"的声音，尽管有一些一探究竟的欲望，但他牢记大师的嘱咐，打消了开箱的念头。

仆人不辞劳苦、翻越千山万水，终于回到了离家乡达大还有一上午路程的一处叫作木古的地方。到了木古之后，家乡达大清晰可见，仆人心里无比高兴：现在与到了家乡达大没有区别了，修行者会怎样赞扬我呢？该怎么告诉修行者自己经历的艰难困苦和遇到的各种危险呢？他随即就在木古村庄的山脚下打尖，吃完饭又从这个小铜箱子里不断地发出"沙、沙"的声音，仆人心里想：现在与到了家乡达大没有区别了，这小铜箱子里面究竟装了什么，打开看一下应该不会有什么不妥吧？他这样带着侥幸的心理便把小铜箱子打开了一点，还没有看清楚突然从里面钻出一条碧绿色的蛇，他立刻将箱子盖用力关上，可是只把蛇的尾巴压断留住了，而蛇身却逃到木古村庄的山脚下的一棵大树干下钻了进去，旋即从树干下汩汩地流出了水。仆人心里想：这下我辛苦得到的结果全都成了泡影。由于心里充满了懊悔、苦恼和焦急，便反着祈祷道："愿这水只能喝，别的什么也没有用。"立刻流水的水渠变得越来越低，从山脚下往木古村庄右面顺着绕了半圈，最后流到曲宗河里。由于仆人反着祈祷，这条称作木古黑水的溪流不仅绕着村庄流进河里，而且流水的壕沟很深；这水除了可以喝以外，不能灌溉农田。

仆人在伤心懊悔中来到达大地方深处的修行者住地后，将事情原原本本告诉了修行者。修行者说道："哎呀！真可惜，功亏一篑了。现在后悔也没有用，你不如带上这个小铜箱子走到这个地方山谷的深处把蛇的尾巴慢慢放走，也许不至劳而无功。"仆人照办了，于是从这个地方山谷的深处出现了一眼小小的泉水，这水也是只能饮用，却不够灌溉农田。传说达大山谷的水和木古黑水因为是印度马拉雅山的宝藏所化，喝了这个水人就会变得聪明美丽。

波密县松宗乡西面的东曲村的旁边有一座三个山峰连在一起的大山，山顶白雪皑皑，山腰森林葱葱，山脚溪流淙淙。这座山就是著名的东曲三姐妹山。

很久以前，在东曲附近的一户人家里有三姐妹。一年夏天，她们到东曲的上部牧场放牧同时做夏季牧活，一位同村的老大娘也来到牧场住在她们的旁边成了邻居。

三姐妹不仅勤劳，而且善于向别人学习做事，这成了她们的习惯。到了夏季牧场后，她们在牧场首次搅拌牛奶提炼酥油后就到了吃晚饭的时间，这时最小的妹妹问大姐："今晚我们吃什么?"大姐用俗话回应道："不供奉山神就没有福报，不如邻居炉灶使人耻辱。你去看一下邻居老大娘首次搅拌牛奶提炼酥油后，晚饭吃什么，这样就知道晚饭该吃什么了。"小妹说："好的。"便马上去看邻居老大娘晚饭吃什么。她一到老大娘的门口不仅闻到酥油味，还听到融化酥油发出的"呲呲"的声音。小妹回家把这些告诉了两位姐姐。大姐说："不如邻居炉灶使人耻辱。我们平时干活非常劳累，今天就把搅拌牛奶提炼的酥油融化后一块儿吃。以后可以再搅拌牛奶积攒酥油。"于是她们将首次搅拌牛奶提炼的酥油融化后吃了。

就这样她们第二次搅拌牛奶，第三次、第四次、第五次、第六次搅拌牛奶提炼出酥油后，都要让妹妹去看邻居老大娘吃什么，而看到、听到的情况都一样。三姐妹每天晚饭都为了"不如邻居炉灶使人耻辱"，把所有酥油融化后吃掉了。

时间一晃就到了秋末，家乡的人们赶着骡马来到牧区要迁移牧场了。

三姐妹在牧区没有积攒一点酥油，看到迁移牧场的人们来了非常着急又害羞，便忙碌起来，大姐对小妹说："你快去看看迁移牧场的人是不是到了邻居老大娘那里，如果老大娘也同我们一样没有积攒的酥油，那就没事。"小妹便马上跑到邻居老大娘那里，只见家乡的人们从老大娘房间里搬出一包又一包酥油，不仅给骡马驮上还给牛驮上了。小妹根本不相信，走进老大娘房间问道："大娘，您每天每顿饭都把酥油融化后吃了，您还有那么多酥油是怎么来的呀？"老大娘微笑着回答："牧民如果不积攒酥油，每顿饭都吃酥油的话，就不可能有那么多酥油了。"小妹更加不相信并将自己经常在老大娘家旁边闻到酥油味和听到融化酥油声的情况告诉了老大娘。老大娘听后大声笑着说："这是我们家乡牧民的习俗。搅拌牛奶提炼出酥油后，取一小块粘在炉灶上献给土地神，用桦树皮点燃炉火时你就闻到酥油味和听到融化酥油的声音。"听完老大娘的话，小妹妹非常羞涩尴尬，马上跑回去把情况告诉了两位姐姐。

在她们看到牧场里都忙碌着给骡马驮酥油，准备返乡驮东西的牲口排着队就要过来了，便深感不安；当有人过来帮三姐妹迁移时，三姐妹惊慌失措头也不回地朝山上跑去。她们来到一座山峰一字站开，变成了三位一体的山峰。

如今，每年牧民来到这个牧场后，三姐妹山羞赧地用云朵遮掩，有时雷声隆隆下起瓢泼大雨。看到牧民在房间里烧炉子冒出炊烟后，她们便大声喊："不要比炉灶，要积攒酥油。"

15. 松宗乡东曲村三姐妹山的传说之二

在西藏波密县松宗乡辖区称作东曲的地方，有一座美丽的三个山峰连在一起的雪山，人们把这三个雪峰叫作东曲三姐妹山。那么，为什么把这三个雪峰叫作三姐妹山呢？民间有这样的传说。

在很久以前，在称作东曲地方有一个既是很好的牧场又有秀丽的景色，同时还有肥沃农田的优良的半农半牧的村庄。在这个村庄有一户血统高贵、作风正派的夫妻俩有三个如同心肝宝贝、视为掌上明珠的女儿。这三姐妹外貌犹如花儿一般美丽迷人，心地如同菩萨一样仁慈善良。

每年夏季来临时，夫妻俩赶着所有牲畜到牧场去。三姐妹留在家里同邻居一起到农田里做农活。这一年大姐满十五岁了，快到夏天时她同两个妹妹商量道："世间有句俗语道：'男子十五是父亲的伙伴，女儿十五是母亲的伙伴。'我今年已经十五岁了，带你们两个妹妹去做牧活，愿意吗？"两位妹妹听到这句话高兴得不得了。三姐妹的想法都一样。

在夏天到来时，三姐妹按之前商量的，赶着家里的所有牲畜去了牧场。本来三姐妹既善良又勤劳，可是一方面由于牧场的风景非常美丽令人心旷神怡，游玩欣赏美景耽误了干活；另一方面由于三姐妹对于放牧没有经验，影响了劳动收入。

当她们积攒了一些酥油和干奶渣后，大姐说："父母平时教导我们，如果要做一个高尚的孩子，对上要信仰并虔诚地供奉三宝；对下要怜悯乞丐并尽量多给发放布施；中间要很好地侍奉并供养僧人。我们去朝圣供佛吧。"然后，三姐妹带上酥油和干奶渣供佛去了。当她们又积攒了一些酥油和干奶渣后，老二说："父母平时教导我们如果要做一个高尚的孩子，对上要供奉三宝，对下要怜悯乞丐并尽量多给发放布施，因此应慷慨地施舍乞丐。"所以，只要乞丐来乞讨，三姐妹就毫不吝惜地把酥油和干奶渣施舍给乞丐。再过一些日子，当她们又积攒了一些酥油和干奶渣后，老三又说："父母平时教导我们，如果要做一个高尚的孩子，对上要尊敬老人，对下要爱护小的；我是最小的孩子，你俩应该带上我到比此地好玩的地方去游玩。"于是，三姐妹带上酥油和干奶渣等等做成的美味食物经常出游：有时到此地的玉湖边，有时又到白湖和黑湖边游玩。

草木茂盛的夏季三个月的时间瞬间就过去了，凉爽的秋季降临大地，山上的草坪也变成黄色，山下的树叶变成红色时，别的牧民都让骡马和牦牛驮上酥油和干奶渣依次运回家乡。由于三姐妹没有能够像其他牧民一样积攒很多酥油和干奶渣，怕回去后既在街坊邻居面前感到羞愧，又在父母和亲朋好友跟前抬不起头，便决定继续待在牧场。如同俗语说的"平时不烧香，急来抱佛脚"一般，想办法积攒酥油和干奶渣。

春夏秋冬四季更迭，不久天气变冷，一天山上忽然下起了雪。按常理每当下雪时，马和羊都朝山上走，黄牛下到山下走进树林中，只有母牦牛和母犏牛会进入牲口圈。于是三姐妹首先挤母牦牛和母犏牛的奶，然后把黄牛赶进牲口圈里，当她们上山去准备赶回所有在雪中继续朝山顶奔去的羊和马时，雪越下越大，最后三姐妹的头和身体被白雪裹住，变得仿佛雪人一般。此时当地的土地神看到三姐妹如此不畏艰难，心里既怜悯又钦佩，便变成一位白发老人来到三姐妹面前说道："哎呀！三位姑娘你们这样固执没有用啊！不如马上赶着牲畜回到农区的家里，我会帮你们的。你们三位确实是对三宝忠诚、尊敬父母、对众生怀有仁慈和怜悯之心、干活非常勤奋的优秀的三姐妹。由于我钦佩你们，因此要让此地的西面雪山上出现三位的塑像。"说完便消失了。随后，没过多久这座山的山顶上就自然地形成了三座如同玻璃佛塔一般的山峰。

此后，人们将这三座山峰叫作东曲的三姐妹山。三姐妹的故事宛如流水一般至今还在当地民间广泛流传。

第三章

动物故事

1. 鹦鹉王的考验

在远古时代，有一座遍布森林的大山，山中有一只鹦鹉王。这个鹦鹉王拥有成千上万的鹦鹉奴仆，其中有两只歌声最嘹亮、羽毛最绚丽的鹦鹉，经常刻意讨好鹦鹉王。为了让鹦鹉王高兴，每天千方百计地在大王面前进行各种表演。这两只鹦鹉最拿手的马屁是将一根长棍用嘴叼着，让鹦鹉王坐在中间——名曰请大王坐轿游山玩水。

马屁持续了很长一段时间。一天，鹦鹉王暗自心想：这两只鹦鹉对我如此的亲、如此的好，但这种做法究竟是发自内心还是出于讨好呢？于是故意装病，睡在烂树叶堆里一动不动。那两只鹦鹉召聚了很多鹦鹉当面问鹦鹉王怎么办，鹦鹉王装死不说话。那两只鹦鹉见大厦将倾，鹦鹉王已死，就用一点烂树叶集中盖在王尸之上，然后大声喊叫着投奔另一座山头去了。

这两只鹦鹉见了另外一个鹦鹉王，说道："我们山的鹦鹉王已去世了，恳请让我俩当你的王臣，我俩一定遵照你的指示老实办事。"另外那座山的鹦鹉鸟王说道："你们的大王是否真的已死？我得亲自去看看，以防将来出现争议不好。"两位长袖善舞的马屁精都说大王真的死了，带着新鹦鹉王回到了自己的旧山头。

到王墓查看，见不到大王的尸体，到处找也找不着，最后发现在一棵树枝上依然落着原鹦鹉王。不仅没有死，而且活得好好的。两只鹦鹉立即谄媚地向原鹦鹉王身前走去，恭恭敬敬地施礼，原鹦鹉王说道："我全明白了你们两位的内心真情是什么样的，因此根本不需要你们虚伪的尊敬和假意服务。"说完拂袖而去。新鹦鹉王见此情景独自返回了领地。两只鹦鹉失落地远飞到未知山林去了。

这个故事告诫人们，不论做事、交友，都要真诚以待。交朋友要交那种情谊长久、能相互信赖和依靠的人，千万不可交今天和你亲近，明天和他人相好，关键时候人影都看不到的两面派。

2. 小兔子智驱大老虎

从前，有一座大山，山腰有一片茂密的森林，山下有一条川流不息的小河。山里生活着各种各样的生灵，他们每天饿了就一起到山腰吃草，渴了便一起去山下饮水，一直以来大家都和和气气，没有任何争吵和争斗，过着和谐共存的幸福生活。后来，山里来了一只老虎。

凶恶老虎的到来，把祥和的森林变成了混乱不堪之地。此时住在森林与草地之间的智者兔子想，应该想一个办法驱逐这只凶恶的老虎，要不然住在这座山里的弱小生灵会被这只凶虎吃光，最后自己也逃不出恶虎的魔掌。他冥思苦想，终于想出了一个整治恶虎的妙招。

一天，兔子来到森林。他从一棵桦树上剥下一块树皮，然后用黑炭在上面画上密密麻麻弯弯曲曲的画，再逐渐靠近那凶恶的老虎，假装万分着急的样子来回奔跑。他一手拿着那张画。一会儿看看，一会儿挠头。过一会儿背着双手来回不断地走动，表现出着急的样子，还自言自语道："哎呀！哎呀！这到底是什么猛兽王呢？这么厉害？下这样的严令。该如何才能完成这个重任呢？"兔子又看了看自己手中的那张树皮，生气地埋怨道："你看明天就要上交，活老虎皮一张和死老虎皮一百张，这一张活老虎皮倒是容易找到。最近山林里钻来了一只老虎，只要指点给他们，皮子由他们自己去剥，我不用动手了；但是这一百张死虎皮到哪里去才能弄得到呢？"那凶恶的老虎听到兔子的话后非常担心，以为是某个兽王给兔子写信下达的指令：兽王准备到此山，并且要收集很多的虎皮。他觉得应该趁早远离此山，跑到别的山头去，这样才能避开危险。于是这只凶恶的老虎慌忙地、不分白天黑夜地跑到另外的山里去了。

从此住在这座大山里的生灵们又恢复平静愉快的生活，再也没有任何害兽的骚扰。生灵们纷纷赞扬兔子说："你真是一只聪明伶俐的兔子。"生灵们不约而同地给兔子起名为"洛邓兔子"（有智兔子之意）。兔子从此扬名四方。

3. 愚蛙的良果

很久以前有一个很美丽的动物故事。从前某地有一座山，山下有个小小的水塘，塘内聚集着很多青蛙。一天在天上下着毛毛细雨的时候，青蛙们兴高采烈地商量说："今天的天气真好，我们一起去爬这座山，到山顶上看看风景，说不定山那边比现在我们住地的条件还要好好几倍呢。"

大家都同意爬山去看看。于是争先恐后地开始爬山，刚到半山腰的时候雨停天晴了，炽热的阳光下青蛙们又累又热难以忍受，无精打采地相互说道："这下子我们实在爬不动了，不如还是回到原来的池塘里为好。"说完不由自主地一个接一个下山了，跑得一个比一个快，不一会儿到了原来的那口池塘里。但其中一只执迷不悟的愚蛙顽强地坚持继续爬山，经过努力最终爬到了这座山的顶峰。

到了山顶，它看到这座山的后面是让人目不暇接的好景色，一片绿油油的草坝上盛开着五颜六色的花朵，中间镶嵌一处美如翡翠镜子般的湖泊。这个执迷不悟的愚蛙从此在这天堂般的地方享受着幸福美满的生活。

原来这个青蛙听力不好，它来前只听到青蛙伙伴们爬山，却没有听清来到半山腰后决定返回的话，因此它只顾向前爬行，终于到达了山顶取得了胜利，并且通过艰辛努力终于找到了这个美丽舒畅的新家园。更巧合的是此处有一只独蛙，它们巧遇后日久生情成了夫妻，不久后生下了一群可爱的小青蛙。从此，这个地方就变成了青蛙的乐园。

这个故事说明任何人再聪明，如果没有坚持到底的雄心壮志和刻苦努力的意志，是不可能得到回报的。说明一个人平时没有勤奋之心和毅力就得不到丰硕果实，也有力地证明了办任何事要坚持到底，有始有终才是取得优异成绩的根本基础。

4. 选拔禽类之王

在远古时代，禽类因为没有一个属于自己的王而一直耿耿于怀。一天，天下所有禽鸟集中在一起商量选拔禽王之事。蝙蝠是世上会飞的动物中最狡猾、最难看且架子最大的一个。听到这决定后，它心想要是能选上我当禽王该有多好呀！但又想到猫头鹰在禽类中有一身美丽漂亮的羽毛十分神气，明天有可能选上它。于是它立即跑到猫头鹰那里，装出一副十分关心的样子对猫头鹰说："明天选禽王你很有可能称王。但是我非常担心，因为你平时少言寡语，恐怕到时提问不能立刻回答。"猫头鹰呆呆地看着蝙蝠在想，明天肯定会出题问答，怎么办呢？于是将计就计地问蝙蝠说："你会怎么回答呢？"蝙蝠嬉皮笑脸地对猫头鹰说："明天禽鸟们都到齐后，主持人会问大家说，谁是屠杀百禽鸟的屠夫，如若你不马上回答说是自己。那肯定选不上禽类之王。"猫头鹰听后，当真把蝙蝠的话牢牢记在心间。

第二天一早，所有禽类吵吵嚷嚷地集中起来了。主持禽出来让大家安静下来，然后说道："今天要选禽类之王。在选之前要清理对我们禽类中危害最大的鸟禽，因此我如果问，你们得马上回答是谁。"但是猫头鹰在想着蝙蝠教它的那些话，而根本没有听清会上说的话，正在这时主持禽大声问道："谁是百禽鸟的屠夫？"话音刚落猫头鹰大声回答道："是我！"这时所有禽类抓住猫头鹰拳打脚踢，并将之隔绝开来，同时判猫头鹰只准晚上出来觅食白天不准出来活动。之后才宣布竞选禽王的事："明日早晨公鸡打鸣时全体禽类沿着各路飞回这里，谁先到便选谁为禽类之王。"当晚回到家中，狡猾的蝙蝠迫不及待、专心致志地施展二十一种心识，想出了在身上带着一袋子土，然后躲进白胫老鹰羽毛中的办法。

第二天一早，飞禽们你追我赶地展翅飞向蓝天，白胫老鹰第一个到达目的地，高兴地说道："今天我是第一名。"突然从羽毛中钻出来的蝙蝠狠狠地说道："你的上面还有我呐。"接着其他飞禽们也陆续来到这里。见此景后，禽类们不同意选蝙蝠为王，主持禽宣布：现在我们看谁落地落得最快就选它为禽王，话音刚落蝙蝠立即将早已准备的那袋土套在自己脖子上跳了下去了。由于身上带的土沉重，蝙蝠摔得昏倒了。不一会儿其他禽类也陆陆续续下来了。此时昏倒在地上的蝙蝠被吵醒了，他马上高喊道："我是第一个落地的，并且还在这儿打了个盹儿你们才到的。"可是大家依然不愿意选蝙蝠为王，于是主持禽又说道：这样吧，明天大家看日出，谁最早看到日出就选它为禽王。

不甘心失败的蝙蝠回到家里，为次日选禽王比赛做思想准备。第二天拂晓时刻所有禽类都全神贯注地注视着东山山顶，蝙蝠故意大呼小叫地喊道："我看到太阳了！我看到太阳了！"此时禽类们奇怪地回头看，蝙蝠却是面朝着西山顶。这时蝙蝠又急转头望东山初升的太阳说："我真的看到太阳了！我真的看到太阳了！"禽鸟们才明白这又是蝙蝠的一个骗局，于是一致决定首先从禽类中剥夺掉这个阴险狡猾、胆子最小又最难看的家伙参选禽王的资格。所有禽鸟们都赞同在美丽多姿、羽毛又好看的杜鹃和戴胜鸟两位中选一位，叫杜鹃和戴胜鸟两位明天同到山顶上，谁的叫声好听又有穿透力的就选它为禽王。

到了第二天两位禽鸟一同到山顶上比叫声，杜鹃鸟的叫声一阵阵地传到山下村寨里，叫声清亮又好听。此时所有禽类公选杜鹃为禽类之王。也就是从那时起产生了"百禽向东，蝙蝠朝西"的讽刺之言。

5. 兔子复仇记

古时候，在一处森林里生活着狗熊、狼、狐狸和兔子四种动物。这四种动物经常在一起，遂成了很好的朋友。它们曾经一起发誓今后无论何时何地都不相互损害各自的利益和生命，紧密团结，共同防范外敌。

狗熊是一个既十分愚蠢又非常凶暴的大型动物；狼更是既凶残又无赖、还贪吃的动物；狐狸也是一个阴险、狡诈、无情无义、无羞耻的动物。一天，当兔子外出觅食之时，它们三个恶徒串通一气，把兔子所有的崽子都香香地吃了，还把兔穴毁成了一把灰。

等兔子回到巢穴时，狐狸装出一副非常痛苦的样子说："兔子大姐！今天你外出觅食期间我们这里突然来了一头非常凶猛的大狮子，它张口就吃掉了你的崽子，我们三个拼尽全力与它搏斗，由于猛狮力大无穷，反而把我们三个打得半死不活，没能救出兔崽子们，还把你的巢穴也给毁掉了。"兔子听后心想这三个坏家伙肯定是在欺骗自己，兔崽们就是它们三个活生生地吃掉的，到现在它们三个的嘴上沾满了兔毛和鲜血，如果真来了狮子，这三个家伙也绝不会像现在这样毫发无伤，这完全是它们三个的骗局。兔子想到现在马上跟它们拼命，自己根本不是对手，找个合适的机会再报仇也不晚。于是兔子暂时强忍着满腔的怒火和悲痛，装出十分感激的样子对他们说："三位好朋友为了我的崽子们与猛兽搏斗。这狮子本是食肉动物之王，幸好没有伤到三位的性命，这已经是不幸中的万幸了。你们三个嘴角上沾满了兔毛和鲜血，可见跟狮子的搏斗是非常激烈的。我虽然现在没有什么可报答你们的，但是我从今起牢记三位好朋友的好意。报答可期。"它们三个自以为阴谋诡计已成功，于是放心了。

过些天兔子与三个朋友同去觅食，大半天了都没有觅到一样东西，大家都饿得无精打采。正在这时对面来了一位行脚僧，背着黝黑的马达子，非常疲倦地走过来。兔子看到后想到机会来了，立即提议身边三个朋友去抢行脚僧的东西，并如此这般地交代它们分头实施。

狐狸突然一瘸一拐地走在行脚僧的面前。僧人发现后，心想难道这是神灵赐给我的狐皮帽吗？是个不易得到的宝贝。他低着头，弯着腰，伸着双手去抓狐狸，而狐狸是一个阴险、狡诈又灵活的动物，僧人抓不到时它慢；快要抓到时又快速跑开。就这样反复引诱地把僧人带到了很远的地方。行脚僧追了一路大气喘得如鼓风器，汗水滴得如下大雨。他来到了一棵大树下，放下脊背上的行囊，脱下脚上的长靴，都放在此地，轻装上路再次继续追赶狐狸去了。就在这个时候，狗熊、狼和兔子按照预先的约定，来到了大树下拿走了行脚僧的所有东西，很快集结到了预定的地方。狐狸把行脚僧骗到很远、很远的一处空地之后，突然加速返回到约定好的地方集结。它们四个集中之后，兔子心想这下有了报仇的好机会，它对三个坏家伙说道："我看现在把物品分了好些。"三个坏家伙异口同声地回答道："对！分了好！"又对兔子说："你是个有谋有略、智勇双全的人物，应该由你分给大家。"于是兔子拿起那双长靴对狗熊说："这双靴子分给熊大哥，因为你经常要爬树摘果子，更方便又威武。"又拿起那对钹叉对狐狸说："狐老姐家崽子多，经常敲起钹叉崽子们会高兴得连饭都不用吃。你会变成快乐之王的。"狐狸赶忙回答："谢谢你！谢谢你！"十分满意地接过这对钹叉。兔子再拿起鼓对狼说："狼二哥经常去吃羊。羊群只要听到鼓声自然会跑到你的面前来，而牧羊人听到鼓声自然就不敢过来害你。"狼非常感激地接过鼓，对兔子说："谢谢兔大姐！"恨不得马上敲鼓试试吃掉活生生的羊，想着想着流下了口水。兔子勉强看了看那黝黑的马达子里的酥油、糌粑和肉，无奈地说："这些你们不喜欢的东西还是留给我吧!"于是它们拿着分到的东西,各自满意地回去了。

此后,狗熊穿着那双长靴去爬树时,从树上滑了下来摔到了地上,身受重伤;更惨的是头撞到石头上,嘴里的牙齿全部脱落,变成了一个不能吃不能喝的奄奄一息的熊样了。狐狸拿着那对钹叉回到巢穴时狐崽们哭着喊着朝它涌来,母狐狸得意地一敲钹叉,崽子们由于没有听过这种声音吓得四处乱窜,结果大多数狐崽摔死在万丈悬崖。而那匹狼,发现远处有一群羊时,轻脚轻手地走近羊群用力敲起那面鼓,羊群听到鼓声后吓得四处狂奔;牧羊人发现后用枪打断了狼的一条腿。从此狼无法去觅食,瘦得只剩下了骨头,面临着饿死的处境。

狗熊和狼来到狐狸住的地方,它们商量说:"兔子如此欺骗和耍弄我们,灭了你的狐崽把我们整成这般模样,实在是忍无可忍,现在我们应该联手去找那兔子报仇。"于是它们三个四处找兔子,终于发现它住在一座山下一口岩洞里。兔子因为吃得好住得好,毛都变光泽了。兔子一看见它们三个,就抢先喊道:"喂!朋友们!朋友们!非常高兴你们三位来看我,但是我因为吃了那僧人又辣又苦的食品,患上了最严重的传染病。你们看我的毛都脱落了,毛色也全变了,全身都浮肿了起来,变成这般模样了。我不分白天黑夜全身疼痛,痛苦万分,实在无法忍耐,如若传染给你们那实在对不住,千万不要靠近为好。"三个坏家伙听到后不由得恐惧起来,迫不及待地离开,连报仇的心思都消失了。

狗熊和狼由于身受重伤无法觅食,吃不到食物,最后慢慢地被饿死在荒野里了。狐狸被猎人的套索套住也死了。

6. 善报恩德

从前在某地有一头大象和一只老鼠和谐地生活在一起。有一年当地发生了非常严重的干旱,花草树木全部干枯,此地变成了寸草不生的荒野空地。

　　大象见此景想到如若渡过本地大河向东走，既有前所未见的密林，又能看到到处盛开的鲜花。大象决定渡河，老鼠知道后对大象恳求道："我也想渡河，可是身子弱小无法渡过，请好朋友帮帮忙让我跟你一起渡河，今后一定会报答帮助之恩。"大象想了想，这个小小的老鼠能给我报什么恩呢？但毕竟我们一起相处了这么久，而且是好朋友，该帮忙时还是应该帮的。于是大象把小老鼠放在自己的背上说道："要抓紧坐好！"渡过大河它俩来到了一处食物丰富而环境美丽的地方。

　　大象的年龄比老鼠本来就大好几倍，再加上在新的环境中共同生活了那么久，身体一天天衰老。一天大象不小心摔倒在地无法起来，正在挣扎的时候老鼠飞速跑过来，热情地安慰大象。老鼠坚定地说："老象，没关系！这次由我来报答你的恩情。"大象听后半信半疑地说道："我身躯那么庞大，你身躯那么弱小又无气无力的如何才能报恩呢？"于是老鼠召集本地的所有老鼠，并带领它们从大象的一侧开挖土坑。一部分老鼠挖土；一部分老鼠运土，不一会儿从大象一侧挖出了一个斜坑。坑挖好后，老鼠立即钻到大象耳朵里使劲一咬，吓得大象猛地顺着斜坡站了起来。大家看到这一情景又惊又喜。老鼠们热烈地为大象鼓掌。

　　从那时候起便有了"有心报恩，老鼠扶象"的故事流传于世。

7. 聪明的麻雀

　　从前有一只麻雀和一只燕子把巢筑在同一块岩石，成为非常近的邻居。麻雀是非常聪明的禽鸟之一，而燕子是一只既愚蠢固执又对人不信任而且非常爱告状的禽鸟。虽然它们两家长期共同生活在一个地方，但是两家的思想意识和行为方式却完全相反，日久天长的两家关系越来越恶化，终究无法和谐共处了。

一天，在麻雀和燕子外出觅食期间，飞来一只蝙蝠，它捣毁了燕子的巢穴，还吃掉了所有燕蛋。这一天像往常一样麻雀回来得早了一点，而燕子回来得晚了一些。燕子觅食回来时发现自己的巢穴被人捣毁了，巢中的蛋也不见了，急忙问邻居麻雀事情的由来，麻雀实话实说："不知道是谁毁了你的巢穴，我也出去觅食了，这会儿刚到家。"确实麻雀根本不知道事情的由来，但燕子对麻雀怀疑并恨之入骨。从此以后经常发生这种事情却总也无法查实。燕子心想，这个罪魁祸首肯定是麻雀，因为它是一个阴险狡猾又善狡辩的恶棍，可自己根本不是它的对手，因此一时不知道如何才好。燕子左思右想就想起好友屠雕，可以叫它马上吃掉这只麻雀。屠雕听了燕子的遭遇，没有认真查实立即用爪子抓住麻雀飞到一个山坡上正准备吃麻雀时，聪明的麻雀哀求道："老雕哥！请你等一下，在临死时刻有三句遗嘱请你替我一条不漏地转告大家。"它说道："老牛缺了一只角，转告玉色杜鹃鸟未能善终；流僧鹛鸟，请念六字真经颂；告诉老伴莫尼干嘎要守三年寡；转告大姐斑斓细绳玉珠在关闭，转告稻田绿虫无天敌。"屠雕听后，不知该先吃麻雀还是先替它传达遗嘱。思索再三，拿不定主意，最后决定还是请示鸟王白颈鹰为好。于是第二天来到鸟王白颈鹰面前，把麻雀所犯的罪行详详细细地向鸟王作了上诉。鸟王听到后，立即向鸟警下令，把麻雀押上法场来并打两百法棍！鸟警们异口同声地回答道："威武！带麻雀！"把麻雀押到了法场。鸟王说："大胆麻雀！你这个麻雀中的败类。你无法无天地侵害同类禽鸟，犯下了大罪。根据飞禽国的法律，现在判你法棍杖击两百下。你有什么话说？"麻雀回答说："你们冤枉我了，但我也没有证人和辩护人，只好认法服罪，愿意接受法律的严惩。但希望在打法棍时把我按倒在山坡之上打，这样来往飞禽都能看到，也会为我来求情辩护的；如若把我按在凹地里打，飞禽都看不见我挨打，也不会有人来帮我求情，我只有陷入苦难等死。"但是性格刚愎的鸟王心想：它现在是没有办法只好吐出真话。要求在坡地上打法棍，不在凹地里打。我偏要让它在凹地上挨法棍，根本不能让其他禽鸟见到前来求情。于是鸟王大声道："喂！法警们来呀！把罪犯拉出去，挖个能装麻雀身子的小坑，把它放在里头，如数不误地打法棍；如若不按法定惩罚，我要你们的鸟头。鲲鹏鸟监刑。"鸟警们坚定地回应道："得令！执行！"用绳子捆绑好麻雀押了下去，挖了小坑按照鸟王命令打法棍，结果无论怎么打就是打不到麻雀身上，只能打在土坑上。当两百下法棍打完后麻雀站起身来，大声喊道："惩罚完毕！"说完就飞走了。鸟警们也无法追上麻雀。麻雀又重返原地后，蝙蝠又破坏燕子的巢穴。燕子认为又是麻雀报复它捣毁的，它又去找鸟王。一边磕头一边大声哭求道："以前惩罚麻雀打法棍两百下，它不但没有悔改之意，而且更加凶恶了，给全禽类带来了更大的灾害。请禽王为如同我一样弱小无力的禽类做主。"鸟王听后感到非常愤怒，心想这次不好好整治麻雀目无禽法的罪行，今后无法立威；为了树立禽法威严，必须从严整治它。于是它大声喊道："法警们！你们一部分去把罪犯麻雀绑着押上来，一部分去请比鲲鹏威严的现任禽鸟刽子手的灰花大王鸟来，并恭恭敬敬地转告它们今天要严惩罪大恶极的麻雀，请务必前来参加执法。"于是禽类法警们迅速完成了各自的任务，刽子手灰花大王鸟到法场，燕子高坐在旁听席上，看到上上下下的众鸟们也齐了，鸟王白颈鹰威风凛凛地宣布道："请众鸟们听好，判罪犯麻雀让灰花大王鸟吃了。"此时灰花大王鸟正在走神儿，听到后突然爪子一松，结果麻雀逃脱了。麻雀无处藏身，看见一个牛角，忙钻进去了。正当灰花大王鸟无法抓住不知所措时，麻雀假装自言自语诱惑道："哎呀！这下子坏了，善恶轮回轮自己身上了。从前我的老父作孽多端最后躲到牛角里，追赶的禽鸟看到后飞向高空然后瞄准牛角尖直撞冲下来，把那个牛角撞碎了，杀死了我父亲。如今终于轮到自己身上了。"灰花大王鸟听了，心想就照此杀掉这只麻雀，于是飞向高空中然后用尽全力往地面牛角尖上冲下来。灰花大王鸟体外无伤痕，内脏却全被震碎，一命呜呼了。麻雀马上从牛角出来回了家。

从此燕子真正遭到麻雀的报复性迫害，使得燕子再次无奈地又去找鸟王告状，倾诉了麻雀的所作所为。鸟王也想除掉麻雀，一直没有找到有效的方法，以前施法棍和派刽子手灰花大王鸟去杀它不但没有制住它反而丧了命。到如今只有把它流放到遥远的四方山谷里去永远也不准它返回来。于是鸟王立即派了几个精干的鸟警把麻雀抓了回来，鸟王严肃地宣布："罪犯麻雀听好！你昔日所犯下的滔天罪行，现在数都数不清。按理说应立即处死你，但是为了挽回我们飞禽类在水中动物面前的威严，现在决定流放你到遥远的四方山谷里，永远不准返回来，如若违反此令，那只有死路一条！"这时鸟王又心想，以前所派的几个鸟警都没有办好此事，这次必须亲自处理流放事宜。于是鸟王把麻雀放在自己的左翅上，飞到了很远的地方。路上麻雀对鸟王说道："我犯下了如此大罪行，但非常感谢你们把我流放到别处去，还可以在人间继续生活，但是希望把我流放到高山花开的山标之处，便于观看千万个往返的客人，该有多么的舒畅。如若把我流放到麦浪滚滚的青稞小麦地里，那麦芒会直射我的身，玉色燕麦的长矛直刺我的心，要忍受各种酷刑，如此世上没有任何禽鸟比我更苦的了。"麻雀说着这些话，还假装痛苦地哭泣。鸟王听后，感到麻雀说了实话，一定要把它流放到青稞小麦地里受苦，于是把麻雀流放在五谷丰登的田地里了。从此麻雀在五谷丰登的农田里愉快地享受着阳光雨露的滋润和无忧无虑的富裕生活，彻底埋没了黑暗日子，迎来了光明的朝霞。

从此在人间流传起"流放边远，到了家乡"这句谚语。

8.聪明的蝙蝠

很早以前某地有个国王，他的王后是个心狠手辣、爱吃醋、贪权狡猾、好吃懒做、爱财抠门的女人，人们称她为狡诈的母狐狸。而这个国王原来是一个心平气和、爱民如子的好国王，但后来在坏王后的影响下，逐渐变成了一个性格粗暴，对臣下凶恶残暴的暴君，因此人们在背后称他为母狐狸的走狗。

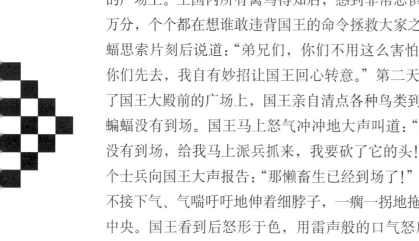

在一个炎热的夏天早晨，那个王后刚从懒睡中醒来时，听到宫殿前后的树上和屋顶上杜鹃鸟等各种禽鸟发出各种悦耳的鸟叫声，这让那个贪睡得像死猪似的恶婆王后感到十分厌恶，在她凶残无比的脸上立即布满了黑云，汹涌波涛似的怒气立刻冲上来了，她向国王大声骂道："这些鸟的怪叫声刺痛我的耳朵了，从今天起你无论如何要把整个国家的禽鸟都统统砍头，如果你不这样做这些鸟叫声会把我吵死在这里的。"于是国王依照王后的指示，立刻下达命令，召集所有大小官差，要求本王国境内的所有禽鸟务必于明日一早集中到国王大殿前的广场上。王国内所有禽鸟得知后，感到非常恐惧，慌张不安，悲痛万分，个个都在想谁敢违背国王的命令拯救大家之时，聪明伶俐的蝙蝠思索片刻后说道："弟兄们，你们不用这么害怕，没有关系。明天你们先去，我自有妙招让国王回心转意。"第二天禽鸟们统一集中到了国王大殿前的广场上，国王亲自清点各种鸟类到场的情况时，发现蝙蝠没有到场。国王马上怒气冲冲地大声叫道："恶禽蝙蝠到现在还没有到场，给我马上派兵抓来，我要砍了它的头！"此时突然跑来一个士兵向国王大声报告："那懒畜生已经到场了！"这时只见蝙蝠上气不接下气、气喘吁吁地伸着细脖子，一瘸一拐地拖着翅膀来到了广场中央。国王看到后怒形于色，用雷声般的口气怒斥道："你为什么不及时到会场！你敢违背我的命令！"此时蝙蝠机智伶俐地回答道："国王，实在对不起，请息怒。因为我来之前去数了王国内有多少雌雄禽鸟，结果耽误了时间没能及时到会场。"国王瞪大眼睛恶狠狠地问蝙蝠说："既然如此，那么我问你，我国究竟雄鸟和雌鸟哪个占多数？"蝙蝠马上回答道："如果将缺少雄鸟气概而一味跟从雌鸟的雄鸟算作雌鸟的话，雌的多一些，如不这样计算那雄的多。"这句话直接触动到了国王的痛处，国王就如鲜花遭霜打了似的，脸色全变了。他心想，以前尽听王后的话，对自己属下的臣民百姓实行残酷的惩罚和欺压是不应该的，这下禽鸟们把我算到雌类之中去了，为此感到非常后悔，于是让所有禽类各自回了家。

从此以后，这位国王处事时再也不听从王后的枕边风，减免了百姓差税，逐渐变成经常关心百姓疾苦的好国王。

9. 狗和狼互学疾速与气味嗅觉

早先时候，狗只有气味嗅觉而根本没有奔跑疾速；而狼只有奔跑疾速根本没有气味嗅觉。有一天狗和狼巧遇，狼对狗说："狗大哥，你能不能传授一点气味嗅觉知识给我？而我则可以教会你狼族的十八般奔跑疾速知识。"狗心想，狼是侵害所有家畜和野生动物的夺命者，是最野蛮残酷的野兽动物之类。怎么能给狼传授狗的气味嗅觉知识呢，倒不如趁机学一点狼的奔跑疾速知识为将来保护家畜提供帮助。于是狗非常轻快地说："可以，可以。我俩明天一早日照山顶时约在这里，然后相互传授气味嗅觉和奔跑疾速的知识。"其实狗和狼各自早就打算着如何欺骗对方。这条恶狼暗自盘算着先让狗教我气味嗅觉，然后我可以借口不教奔跑疾速知识；这条狗也在暗暗地算计着只要学到狼的奔跑疾速，我才不教给你狗的气味嗅觉知识等。

第二天，狗早早来到了前一天约定的地方，偷偷看着狼的奔跑疾速，随后狼也到达了约定之地。狼抢先对狗说："你先教我，然后我再教你好吗？"机智的狗回答说："你先教我奔跑疾速，然后我再教你狗的嗅觉。"

由于狗和狼长时间地推来让去、互不相让、相互警觉，时间已过了大半天。最后狗开口直说道："狼大哥，你想从我这里学到狗的气味嗅觉后，不想教我狼的奔跑疾速而去，但是我告诉你想欺骗我没那么容易，相反正如阴谋欺骗的人，最终只能欺了自己的例子，我虽然不懂什么狼的十八般奔跑疾速知识，但是从你刚才过来时的奔跑中我也学会了一点奔跑疾速法。"说完就回到主人家继续守护家畜。而这条流浪四处的狼依旧用着所谓狼的十八般奔跑疾速，而根本没有学到气味嗅觉法则。

第四章

童话故事

1. 生死沙山

从前，在一个村庄住着一对夫妻。他们膝下只有一个儿子。两口子把这个独子视作宝贝，根本不让他干活。没过多久，夫妻俩相继去世，将这孩子一个人留在世上。由于父母在世时过分溺爱，致使他既不会做饭，又不会缝补衣裳，更不会干农活，没有任何独立的生活能力，只能过着像乞丐一样的生活。

当父母留下的食物、衣物全用完后，迫于生计，他不得不去乞讨，即使衣服破烂不堪，也不会打补丁。一次，他到一个村子讨饭时，被一位好心的妇人看见。她想，这孩子看着挺聪明的，只可惜被父母宠坏，不但什么都不会做，而且变得如此懒惰，我得想个法子，让他成为自食其力的人。

于是，妇人把男孩儿叫过来，问他想不想念过世的父母，男孩儿十分干脆地回答说，非常想念。妇人说："如果是这样，你到一座叫作生死沙山的山上，就能见到你的已故父母。你愿不愿意到那座山上？"一想到能够见到自己的父母，男孩儿喜出望外，说："我非常愿意去，一定要去。"

妇人把针和一个线团交给男孩儿，指着当地最高的一座山说："你到那座山的山顶等一天，就能见到父母。"男孩儿信以为真。他走了几天后，方才到达山顶。一天，两天，三天，四天……他这么数着天数等待着，却不见父母的影子。相反的，山顶凌厉如箭的风从衣服的破烂处透进来，使得他感到难以忍受的疼痛和寒冷。为了御寒，他取出针线，将裂开的衣服口子——缝好，并且自己动手垒了一间围子。待在里面，心里感觉温暖多了。

过了好多天，还是没有见到父母，他只好离开生死沙山，去找那位妇人。妇人问他见到你父母没有，男孩儿显出一副无奈、失望的神情，说："不要说见到父母，要不是有这些针线，就被冻死了。"

妇人佯装十分欣喜的样子道："你见到父母了呀。这父母指的是你自己啊。"男孩大吃一惊，问道："为什么呀？"妇人答道："靠自己的手，学会寻找生计就等于见到父母了呀。"

小男孩回到自己的家里，心忖：再也无法实现见父母的愿望，如果不靠自己的双手创造幸福的生活，没有别的指望。从此，他有了自己动手的习惯。他以父母留下的房屋和田地为基础，从事农业和牧业生产，最终过上了自食其力、衣食无忧的生活。

2. 乐观和悲观

从前，有一对夫妻生了一对双胞胎儿子。夫妇俩分别给这两个儿子取名为嘎嘎（欢乐）和觉觉（忧愁）。这双胞兄弟非但是同父同母所生，而且是在同一个环境中，吃着同样的食物，穿着同样的衣服长大的。可性格却迥然有别。

嘎嘎不论遇到啥事儿，每天总是欢欢喜喜地度过；而觉觉就不同，不论父母每天怎样竭尽全力照顾、呵护他，却总是傲慢、任性、惊恐、焦虑、悲观地打发日子。

看到这种情况，夫妇俩商量道：这俩孩子的性格差异如此之大，其原因恐怕在于我们做父母的。为什么呢？因为一个叫嘎嘎，另一个叫觉觉，给他们取的名字就不公平。也许是缘于这种预兆，一个非常乐观，而另一个却是那样的悲观。为了对觉觉给予补偿，凡是最好的玩具都给他买，最好的衣服都给他穿，最好吃的都给他吃。从此后，嘎嘎每天都在牛粪堆里，觉觉每天都在各种玩具堆里。然而，嘎嘎把形状各异的牛粪拿到怀里，说着这块牛粪像什么什么玩具，那块牛粪又像什么什么，和往常一样愉快地玩耍。而觉觉却跟往日没什么两样，总是带着一脸的怒气、傲气和任性待在五花八门的玩具堆里。因为怒气和傲气，他压根不怕别人，也不懂得对人客气，很多玩具都被砸坏了。

　　夫妇俩经过长时间的思考，最终领悟到一个道理，即：改变一个人的性格，并不能单凭外在的物质条件。如果不能借助内心正确认知事物的智慧加以改变，就别无他法。

　　这个故事向人们揭示的道理：一个人一生的喜忧并不仅仅取决于外部环境和物质条件，而主要在于内心的把握。不管我们遇到什么样的环境和困难，都不能悲伤、沮丧；与其如此，还不如静下心来，以自信、勇敢和乐观的态度改变自己的内心，这才是至关重要的。

3. 动物救姑娘

　　很久以前，有一个山村，经常发生罗刹鬼跑到村子里伤害小孩的事情。而村子里有一个单亲家庭，母名次珍，领着一位名叫玉珍、年方五六岁的女儿生活。

　　一天，由于次珍妈妈要到山上树林里拾柴，没法将玉珍带上，只好把她一个人留在家里。次珍上山前对女儿叮嘱再三："我把你关在屋里，锁上门，从窗户里把钥匙递给你，直到妈妈拾柴回家，谁叫门你都不要开门。"说完，锁上门，把钥匙递给玉珍就走了。

　　次珍走了没有多久，那个罗刹鬼来到门外，喊了两声："喂，喂。"玉珍姑娘天真地问："你是谁？我妈妈不在家。妈妈叫我不要开门。"罗刹鬼知道情况后，想到这下可以骗这个孩子，就用女人一般尖溜溜的嗓音说："姑娘，姑娘，我是妈妈呀，快把钥匙递给我。"

玉珍半信半疑地说："如果你是妈妈，把手从窗户伸进来吧，我把钥匙给你。"这个罗刹鬼一乐，忙把一只长满毛的手伸进去，装成十分亲切的样子道："把钥匙递出来吧。"

玉珍一见毛茸茸的手，万分惊骇地说："啊哟，这不是我妈妈的手。我妈妈的手没有长这样的毛。"罗刹鬼想了想，说："姑娘，不让开门，那就给个火种吧。"玉珍姑娘不知道用火做啥，就把火从窗户里递了出去。罗刹鬼用火把手上的毛烧掉，再一次把手伸进窗户道："姑娘你看，我的手上没有毛，真的是你妈妈呀。"

玉珍见来者手上没有戴镯子，说："哦嚯，妈妈戴着手镯，你没戴，我不给你钥匙。"她仍旧没把钥匙给它。

罗刹鬼又想到一计。它从门口的麦草垛里拣几根禾秸，编了只手镯戴上说："姑娘，你瞧。"说着把手伸给姑娘看。玉珍把钥匙递到了它的手里。可是玉珍心里仍存些许疑虑，便趁罗刹鬼开门之际跑到里间，躲在房间角落里。

罗刹鬼到房子里搜了个遍，也没找到玉珍。因此，长长地叹了口气，自言自语地说："实在找不到了。"天真的小姑娘玉珍忍俊不禁，咔咔、咔咔地笑出声来，罗刹鬼一下子发现了她，立即把她带走了。

次珍拾柴回到家里时，不见玉珍，知道是罗刹鬼带走的。她立马把一皮囊糌粑团揣进怀兜，哭着去追赶罗刹鬼。沿途一只喜鹊看见次珍妈妈边哭边赶路，便问道："大娘，你怎么边哭边走呢？"次珍答道："我不哭谁哭？我女儿被罗刹鬼带走了，我去找她。"喜鹊说："大娘，虽我力气不大，但可能帮上忙，我陪你去吧！"喜鹊就陪她一起赶路去了。

走了一程后，她们遇见了一只小乌鸦。小乌鸦问："大娘，你哭着鼻子上哪儿呀？"次珍回答道："我不哭谁哭？我女儿被罗刹鬼带走了，现在去找她。"小乌鸦也说："大娘，虽我力气不大，但可能帮上忙，我陪你去吧！"小乌鸦也跟她们一起上路了。

她们走着走着，遇见了一只狐狸。它向次珍妈妈询问哭泣的缘由。次珍如前回答，狐狸也帮次珍妈妈一同去了。

途中一只兔子看见她们，也问次珍妈妈为什么要哭。次珍妈妈也跟前几次一样作了说明，兔子也陪次珍妈妈一起去了。

最后遇见了一只猴子和一只大雁。它们俩也跟次珍妈妈她们一起去了。

她们一路走去，发现罗刹鬼坐在一处挂着冰柱冰吊、朝西的岩洞口晒太阳。她们得知玉珍姑娘就在岩洞里，便为如何施救展开了讨论。猴子建议道，由狐狸、兔子和自己负责哄罗刹鬼，转移其注意力；喜鹊、小乌鸦和大雁跟次珍妈妈到岩洞里救姑娘。大家都表示同意。

于是，狐狸、兔子和猴子跑到罗刹鬼能看得见的地方玩耍、跳舞。罗刹鬼对此非常好奇，它聚精会神地看着狐狸、兔子和猴子。在这当儿，次珍妈妈、喜鹊、小乌鸦和大雁到岩洞里找玉珍。发现玉珍被罗刹鬼关进洞内一个小套洞里，并把小洞口用冰块垒墙堵住了。顿时，喜鹊、小乌鸦和大雁用嘴砸碎冰块，次珍妈妈用手轻轻清理碎冰，把玉珍救出来了。

玉珍脱险后，狐狸、兔子和猴子便停止跳舞，追赶玉珍母女和飞禽而来。罗刹鬼回到岩洞里时，发现女孩已经被人救走，就立即去追赶。

当它快要撵上玉珍母女一行时，狐狸让玉珍母女等先走，自己装成拾柴人，在路边削斧头把子。罗刹鬼一见狐狸就问："喂，你看见有位女孩打这条路过去了没有？"狐狸说："没有看见。你要追上女孩，就用这根木棍在你脚胫骨上打几下，你就会跑得速度很快。"罗刹鬼一听，对狐狸说："如果是这样，你就打一下我的脚胫骨。"狐狸使出全身的气力，用斧头把子狠狠地打了一下罗刹鬼的胫骨，就逃走了。罗刹鬼忍不住斧头把子带给它的疼痛，哎哟哎哟地不停呻吟着，一时步子都迈不开了。

待疼痛减弱后，罗刹鬼硬着头皮去追玉珍。就在它快要追上时，猴子让玉珍母女一行先走，自己装作木匠，在路边做起箱子来。罗刹鬼看见猴子就问："喂，你看见一个姑娘打这条路走过去没有？"猴子立刻回答道："看见了，看见了。你可能追不上。不过你若钻到这只箱子里去追的话，这个箱子能像鸟一样飞走，马上就能追上了。"罗刹鬼听到这话，一乐，说："那么你把这个箱子借给我吧！"猴子说："当然可以了。"说着就把箱子盖打开，对罗刹鬼说："请钻进去吧！"罗刹鬼心想这下我可以追上那女孩了，就毫不迟疑地急匆匆钻进箱子里。猴子随即麻利地关上箱子盖，套上锁，把箱子从高高的悬崖上扔下去，坠落到深不见底的沟壑。罗刹鬼发出震耳欲聋的叫喊声，变得粉身碎骨了。

在诸动物的帮助下，罗刹鬼终于被消灭。从此，玉珍母女以及这个山村的人们彻底摆脱罗刹鬼的侵害，得以享受幸福、恬静的生活。

4. 杰鲁王子和小叫花子芝推

从前有一处叫作杰的气候宜人、经济富庶、人人向往的地方。在杰的上部有一位叫杰堆的国王，国王有一位叫杰鲁的王子。王子相貌俊秀，为人耿直。杰的下部有位跟王子同龄的小叫花子叫芝推。他相貌丑陋，心狠手辣，不顾及业与业果，是杰堆王宫的放牧员。

王室有三位公主，她们的名字分别叫作斯鲁、欧鲁和童鲁。她们三人每天轮流跟放牧员小叫花子芝推一起去放牧。

一天，杰鲁王子代替大公主斯鲁，跟小叫花子芝推去放牧。他俩把畜群赶到山上吃草，进行射箭比赛。糟糕的是杰鲁王子的箭射进旱獭洞穴取不出来。当王子脱掉衣服，钻进旱獭洞里取箭时，小叫花子芝推心生歹念，往旱獭洞口塞入荆棘，搞得王子出不来。然后用烟熏旱獭洞，威胁道："喂，杰鲁，是想死呢？还是什么都答应我？"杰鲁王子无可奈何地说："大哥，只要你不要杀我。我不但一切都听你的，而且还要报答你这次不杀之恩。"小叫花子芝推想到自己的愿望有望实现，便说："那么你和我把名字、装束、身份等全部换掉。你做小叫花子，我当王子可以吗？如果你觉得这么做可以，你就发誓承诺，今后就是到了生死关头，也不得变卦。"王子应允，发誓按小叫花子所说的那样去做，并为防止将来有何变数，以三宝为证发了誓。

杰鲁王子从旱獭洞里出来后，穿上小叫花子芝推的破烂衣服和鞋子，给白里透红、俊美可与仙人媲美的脸上涂抹一层纸筋泥，再擦上炭灰，弄得跟小叫花子芝推一样又黄又灰。而小叫花子芝推则穿上王子用绫罗绸缎做成的衣服，把又黄又灰的脸洗洗擦擦一遍后涂脂抹粉一番。晚上杰鲁王子装扮成放牧员，小叫花子芝推扮成王子，赶着畜群回家。打这天晚上起，杰鲁王子就睡在楼下房间小叫花子满是虱子和虮的睡处；小叫花子却在楼上天宫般的王子卧室里盖着绸缎被子睡觉。

次日，王室依旧和往常一样给孩子准备了干粮，给装扮成小叫花的杰鲁王子备上一皮囊难闻的酒糟拌糌粑和一块没法吃的山羊脖子，让他去放牧。这天一同去放牧的是大公主斯鲁。一路上她对他恶言恶语地谩骂。他俩把畜群撵到山上后，装扮成芝推的杰鲁对自己的姐姐问道："姐姐，我们俩谁到上围子，谁到下围子？"斯鲁有点生气地说："平时我就待在上围子，你待在下围子，为什么今天又要问？"之后她到上围子，让王子待在下围子。临近中午，杰鲁王子问斯鲁道："姐姐，我俩的干粮一起吃，还是各吃各的？"斯鲁说："我吃的是酥油、一皮囊糌粑和一条绵羊腿，这个你想吃，我也不会给你的；你吃的是一皮囊酒糟拌糌粑和一块没法吃的山羊脖子，你给我，我也不想吃。所以，我俩只能各吃各的。怎么可以一起吃呢？"如此，他俩各自吃了各自的干粮。

过了午后，杰鲁王子问斯鲁："姐姐，我俩谁去把远处山头的牲畜赶下来？谁去收拢近处草甸的牲畜？"斯鲁回答道："你是我家的放牧员，远处山头你不去谁去？我是王国的公主，我不待在近处草甸谁待在这儿?"说完，让王子到远处山头，自己却留在近处草甸。

杰鲁王子悲伤地在远处的山头收拢牲畜的时候，以动听的歌喉唱起了这样一首哀怨的歌曲：

> 看得见看得见看得见，
>
> 山下面美丽的家园；
>
> 怀念啊怀念无穷怀念，
>
> 童年时母子的深情依恋。
>
> 杰鲁在杰堆的日子，
>
> 尽是请进来的恭候；
>
> 杰鲁在杰麦的日子，
>
> 尽是滚出去的斥吼。
>
> 漂亮的金戒指，
>
> 上面布满石子。
>
> 除了乞丐和我，
>
> 别人焉能得知?

斯鲁公主一点也没有听懂这首歌的意思，便从远处大声吼道："喂，你个小叫花子芝推别在这儿耍嘴皮子、唱好听的，赶快去把牲口赶过来。"

第三天，他的帮手是二公主欧鲁。装扮成芝推的杰鲁王子把问过大姐的话向二姐问了一遍。二公主回答得跟大公主没有一点区别。

下午，杰鲁王子悲伤地在远处的山头收拢牲畜的时候，又一次唱起了前一天唱的那首哀怨的歌。二公主也没有听懂这首歌的意思，也怒斥他："喂，你个小叫花子芝推别在这儿耍嘴皮子、唱好听的，赶快去把牲口赶过来。"

第四天，跟他去放牧的是三公主童鲁。他俩把畜群赶到山上后，装扮成芝推的杰鲁王子仍然和前面一样，对自己的姐姐问道："姐姐，我俩谁待在上围子，谁待在下围子?"三公主是个性情温和、心地善良、富于同情心的人。她说："弟弟，要是到上围子，我俩一起去；要是到下围子，我俩还是一起去。"于是，他俩上午待在上围子，下午就一起去了下围子。

中午时分，杰鲁王子对童鲁说："姐姐，我们俩的干粮是一起吃呢？还是各吃各的？"三公主说："弟弟，把你的一皮囊酒糟倒掉，把那块山羊脖子也扔掉，我俩把一皮囊用酥油接的糌粑和绵羊腿肉一起吃了吧。"说着就让装扮成芝推的杰鲁王子把一皮囊难闻的酒糟拌糌粑和一块没法吃的山羊脖子扔掉，一起吃了自己那份干粮。

下午，杰鲁王子问姐姐童鲁："姐姐，谁去把远处山头的牲畜赶下来？谁去收拢近处草甸的牲畜？"三公主说："远处山头的牲畜我俩一起去赶下来，近处草甸的牲畜也还是我俩一起去集中起来吧。"杰鲁王子高兴地说："啊，我开了个玩笑。我去把远处山头的牲畜赶下来。"三公主还没来得及回答，他就径直到远处的山上赶畜群。杰鲁王子在远处的山头收拢牲畜的时候，依旧和前两次一样，用美妙动听的歌喉唱起了同样的一首哀怨的歌曲：

> 看得见看得见看得见，
> 山下面美丽的家园；
> 怀念啊怀念无穷怀念，
> 童年时母子的深情依恋。
> 杰鲁在杰堆的日子，
> 尽是请进来的恭候；
> 杰鲁在杰麦的日子，
> 尽是滚出去的斥吼。
> 漂亮的金戒指，
> 上面布满石子；
> 除了乞丐和我，
> 别人焉能得知？

三公主是个见多识广、天资聪颖的姑娘，因此，她对这首歌的歌词感到特别好奇。当王子把畜群赶下山，让它们在放牧点围子附近的草甸上吃草时，童鲁把杰鲁王子叫到自己跟前，逼着他解释刚才唱的那首歌的歌词含义。可是王子根本不作解释。童鲁于是对杰鲁王子说："那我俩互相掏耳朵吧。"说完，他俩就互相掏起耳朵来。童鲁在给杰鲁王子掏耳朵时，从嘴里滴了一滴口水到王子腮帮上。她揩了揩王子的脸，揩掉了王子脸上的纸筋泥和炭灰，稍稍露出了一点又白又红的脸颊。童鲁认出了自己的弟弟杰鲁王子，杰鲁王子也抱住姐姐哭了起来。三公主问杰鲁王子为什么要这样。杰鲁王子把发生的事情一五一十地讲了出来，特别是把自己出于无奈，装扮成小叫花子芝推，并以三宝为证，发誓永不揭穿这一秘密的事情讲了出来。童鲁告诉他说："弟弟你不敢食言没关系。我有个办法：今晚我俩回到王宫后，你到芝推那儿，装成检讨的样子跟他说，今天有几只牲口走散了，没找到。到时我会让小叫花子来个解铃还须系铃人的。"

回到王宫后，杰鲁王子按三公主吩咐的那样，到装扮成王子的小叫花子跟前，装作检讨的样子说："王子，今天有几只牲口没找到。"如同披着羊皮的狼的小叫花子芝推坐在黄金宝座上，端起架子，傲慢地严厉训斥了他。这时三公主也佯装非常生气，拿一铜瓢水说："今天我多次跟他说，要是不早点把畜群收拢起来，就有可能收拢不起来。可他压根没有听进去。"边骂道："你这个无耻的小叫花子芝推。"边把那瓢水泼到王子脸上。顿时，抹在他脸上的纸筋泥和炭灰全部被冲刷干净，使杰鲁王子光彩照人的容貌清晰显露出来，使得宫殿里犹如升起了太阳。装扮成王子的心狠手辣的小叫花子芝推看到这里，出于愧疚和惊惧，自然地从黄金宝座上滚到地上，吐血而死。

从此，杰鲁王子重新登上黄金宝座。磨难的黑暗消散，欢乐的太阳从天空升起，杰堆王国也避免了一场政治灾难。

5. 吐元根种子的麻雀

很久以前在一个地方住着一户贫穷人家和一户富裕人家，两家各有许多的儿孙。穷人家的父母经常教育自己的孩子要用善心和诚心对待人和动物，而富裕人家的父母教育自己的儿孙从小就练习箭法、打猎本领。因此富家的儿孙们一个个变得骄横跋扈，而穷人家的孩子们则谦恭善良。穷孩子们每天不断地到山上去，砍柴火卖掉以维持一家人的生活。富家子弟却每天在捕猎玩鸟等吃喝玩乐生活中度过。

一天，穷孩子们照常到山上去砍柴火。在山上发现一只断腿小麻雀飞不起来，他们感到十分同情。于是小心翼翼地把小麻雀捧回家，用糌粑和糌粑汤喂食小麻雀。过了几天他们发现这只小麻雀突然吐出很多元根的种子。穷孩子们见到后感到非常稀奇，赶紧拿着元根种子给阿妈看，阿妈又把元根种子撒在农田中，此后过了几天到地里一看，长出了无数大大小小的元根，这户穷人家把大元根留存起来当粮用，小元根出售给别人。不久这户人家就过上了食衣无忧的日子。

富家的阿妈觉得非常奇怪，心想一定要弄清楚邻居家是如何富裕起来的。于是去找穷人家的阿妈问，而穷人家的阿妈是个真诚善良又爽快的人，把所发生的事一五一十地告诉了富家阿妈。

富裕人家看到穷人家变富非常嫉妒，总是在想要是我家有断腿麻雀该多好啊。于是给儿孙们讲穷人家如何富起的故事。富家阿妈学穷家，每天派自家儿孙去山上砍柴并嘱咐儿孙们注意观察断腿小麻雀。富家子弟们好几次到山上去砍柴，根本找不到断腿麻雀，无奈之下只好人为地用石头打了一只小麻雀，抓到后弄断麻雀的腿带回家交给阿妈；阿妈每天假心假意地用酥油糌粑喂食小麻雀。不久这只麻雀还真的吐出了许多元根种子。富家的阿妈见此景无比地高兴，把元根种子都撒向地里，同样过几天后又长出无数大大小小的元根。把元根全部运到家中切的时候，从每个元根中飞出了许多小鸟，喊着叫着："我们要为母亲报仇，是谁打断了我们母亲的腿，立即站出来。"并在家中飞来飞去。富家的儿孙们做了亏心事，心虚地躲藏在角落里。过了一会儿，小鸟都飞到野外去了。因为富裕人家带着嫉妒的心理学习穷人家，结果什么好处都没有得到。

6. 开心良药

从前有一位国王。他的势力昌隆强盛，仿佛要把世上所有财富都聚集在一起；还有数以百计的妃子，俨然要将天下所有美女都聚拢在一起。国事由大臣处理，家事由妻妾处理，国防由军队办理。按理讲，国王应是世上最快乐的人。

然而，这位国王总是摆脱不了忧愁和烦闷，连一天快乐的时候都没有。一天，国王给大臣们下令：你们到各国去请一位能开出开心良药的好医生。大臣们遵命到各国寻找能开开心良药的医生。几经周折，终于找到了一位声名显赫的医生，大臣就把他带到了国王面前。国王对医生说："你若想法子给我开个什么时候都能心神安宁、开心愉快的良方，朕不仅给你丰厚的奖赏，而且还封你为御医。"医生稍事考虑后说："我没有陛下需要的这种良方，也炼不出来。但可以教个寻找这种良方的办法。"说完，他立马拿起笔，写了一个处方：找一个在全国最开心的人，买下他的上衣给国王穿。"只有穿上那件上衣，国王陛下才能和那个人一样变得开心起来。"医生又说。

国王将大臣们分成几路，派到各自领地寻找最开心的人。终于找到了一位很有名气的开心人。但大臣们在向国王禀报时称，虽然找到了一位无人能比的开心人，可没法买他的上衣，更没法带回。国王一听，愠怒道："为什么？朕乃一国之主，怎会拿不到一件衣服？"大臣们回禀道："陛下，那位十分快乐的人是一个身无分文的乞丐，无论什么时候都赤裸着上身。这辈子压根没有穿过上衣。"听了这话，国王一时缄默无语。

这个故事所阐释的道理是，每个人对幸福有着各种不同的标准。

开心既是一个极其简单的事情，又是一个十分复杂的事情。对于生活，欲望越小，就越会开心；反之越不知足，就会越痛苦。人们应从各自的内心出发，彻底抛开欲念。否则，仅凭外部物质力量，永远满足不了精神需求。

7. 三兄弟各学本领

古时候，在一户富人家有三个男孩。三兄弟长大后，一天，父母给了许多金银，让他们到天竺国学习本领。

到了天竺，三兄弟商量好用父母给的金银做学费，用三年的时间，各自拜一位师傅，按自己的意愿学习一门知识。大哥把学费交给了一位资深法官，学习了很多法典；二哥把学费交给一位技艺高超的工匠，学习了打制金银铜铁等手艺；三弟是个懒散之人，沉湎于各种娱乐节目，用父母给的金银大吃大喝。转眼工夫过了两年，到了第三年他才想起要学一门手艺。可一方面已经没有足够的时间，另一方面学费也不够，没法学习过硬的手艺。于是，他向一位朋友打听学什么样的手艺花费最少、最容易学会、收入又多。朋友是个靠偷盗维持生计的人，而且心黑如炭。他就教唆三弟说：在所有手艺中花费最少、最容易学会、将来收入也最多的就是偷盗技术。三弟不知道朋友在教自己学坏。偷盗技术是毁人毁己的技术，学起来容易。因此，他学习了偷盗技术。此后，成了一个有名的盗贼。

三年后，三兄弟学成回到家里，父母特别高兴。问大哥学了什么知识，大哥回答自己学习了很多法典，学会了如何做一名法官；问二哥学了什么知识，二哥回答自己学习了所有高级工艺和普通工艺，懂得很多手艺；最后问三弟学了什么知识，三弟回答自己学习了偷盗技术，现在成了有名的盗贼。

听了小儿子回答的这番话，父母和所有亲戚都吓到了，便跟他说："你不该这么做，也不该这么对人说。"他答道："你们不要害怕，可以向国王申请准予我偷盗。"

第二天，三弟登门造访国王，请国王批准他偷盗。国王说："你若是真有无人匹敌的偷盗技术，那么我卧室枕边有一只金瓶。若能在三天之内把它偷走，我就不惩罚你。"三弟答应这么做了。

国王生怕金瓶被盗，便在外门、内门、中门等所有门口都安排很多警卫，昼夜把守。第一天晚上，三弟没有去偷国王的金瓶，第二天晚上也没有去。

第三天晚上，三弟带着一杆用削掉竹节、梢头紧紧套上一个布袋子的长竹竿，朝王宫走去。到达后从宫殿背后爬了上去，警卫们什么也没有察觉到。他从宫殿房顶一扇小天窗往国王卧室一看，因为国王、王后和警卫怕金瓶被盗，连续几个昼夜强打精神把守着，没能合眼，第三天夜晚一个个都疲惫不堪，困顿不已，鼾声如雷，睡得香甜香甜的了。于是，三弟把竹竿慢慢地从天窗伸进去，将套在竹竿顶头的布袋子塞进国王枕边的金瓶里，从竹竿一头吹气；等到把布袋子吹满气，让它卡在瓶颈内，就把吹气的竹竿那头堵死，把竹竿轻轻地抽了上来。三弟用这办法偷走了国王枕边的金瓶。

次日，国王从睡梦中醒来时金瓶已经被盗，感到十分惊愕，便马上派出许多士兵缉拿三弟。士兵们把三弟抓到国王跟前，国王下了处死的命令。

行刑前大哥跑到国王跟前说：偷走金瓶是陛下准许的，自己在天竺学习法律，只见过国王一诺千金的事例，却没见过国王不守信用的记载；如果国王做出如此不守信用的事情，将会出现没有人遵守国法和乡规民约的事，且有损于国王的名誉，不守信用的恶名必将传遍天下。听到这里，国王羞愧万状，说："朕就不处死这个盗贼，但今后他不得再行偷盗之事；如果以后再次偷盗，定将流放到远处。这就叫作国王一诺千金。"因此，三弟也不得不作出承诺：今后不再偷东西。

总之，三弟非但没有获得任何赴天竺学习本领所带来的好处，而且险些丢掉了自己的性命。

8．一皮囊碎金

从前，在一户富人家有一个善于花言巧语、投机取巧的小男孩。富人家的邻居是一户普通人家，他家则有一位傻气十足的小男孩。由于他们是邻居，所以这两个孩子成了朋友。从表面上看，他俩平时形影不离，但是聪敏的小男孩只要能欺骗傻男孩的时候，就尽可能欺骗他；只要能从他那儿捞点小便宜，就尽可能捞取。

一天，在他俩远行途中，傻男孩捡到一个皮囊。他打开皮囊一瞧，发现里面装了满满的碎金。傻孩子知道装的是金子，但因不知道其价值，就问聪明男孩：这些碎金值多少钱？聪明男孩立马想到了要骗傻男孩，说："这些碎金价格很高，可是这些金子归我俩共有。为什么呢？因为虽然捡到它的人是你，但知道它的价值的人却是我。我俩把这一皮囊碎金平分怎么样？"傻孩子是个一心一意对待自己朋友的人，就答："当然可以，我们是忠诚的朋友。"

过了一会儿，聪明男孩还不满足，想着继续欺骗傻孩子，便挖空心思想了计策。当快到家乡时，聪明男孩佯装跟傻孩子商量道："我俩不能把这些碎金带回家；如果带回家，就不再是我俩的了，会被父母收走。不如把碎金藏在山上，等到我俩谁需要了，就一起去取一点。"傻孩子又同意了这么做，按聪明男孩说的那样，在树林里一棵空心树旁边挖了个洞，把金子埋到那里面，盖上厚厚的枯叶，做得不易被人发现。

第二天，聪明男孩去找傻孩子，说今天我需要一点碎金，我俩一块去取吧。傻孩子就跟他一块去了。其实，那些碎金早已被聪明男孩私自拿回家了。可当他揭开洞口，摆出一副吃惊的样子说："哎呀，糟糕，这下完了，我俩的金子被人偷走了！"他又进一步讹诈傻孩子，坚持说知道金子藏在这儿的只有我们两人，一定是你偷的。傻孩子大为惊讶，除了反复说我根本没有偷，也就没能讲出其他任何理由。聪明男孩看到傻孩子惊愕失神的样子，就装出一副宽宏大量的样子说：算了吧，就当我俩运气不佳吧。

这时，傻孩子忽然醒悟过来，大声重复道："我根本没有偷碎金；如果要偷，一开始我就不会答应跟你分。绝对是你偷的。"聪明男孩想用的这个办法没奏效，就改用其他办法。他严肃且带威胁地说："我俩争来争去不会有什么结果，还不如向法官提出诉讼；是谁偷的，他会作出判决。要是你说不出个充分的理由，就有可能轻则受到监禁，重则判处死刑等各种惩处。到那时你可不要后悔哦。"聪明男孩用法官、惩处、监禁、判处死刑等词语吓唬傻孩子。然而，傻孩子像俗话所说，不做亏心事，不怕鬼敲门。因为心里无愧，就丝毫不惧怕、不屈服地同意向法官提起诉讼。

他俩到法官那儿提起诉讼。聪明男孩首先讲了很多有关碎金被傻孩子偷走的理由。他能言善辩，巧舌如簧。好在那位法官是个秉公执法、刚正不阿、聪慧伶俐，并具有丰富判案经验的人。他并没有马上作出判决，说："我得仔细调查一下。"聪明男孩说："我俩藏碎金的地方是那棵土地神居住的大树旁，谁偷的，土地神肯定看得清清楚楚。所以，要是问土地神，他会把一碗水端平，公正地分辨是非。"法官也同意这么做。

聪明男孩回到家里跟父亲商量后，决定由父亲躲进藏碎金地方近旁的空心树里，装成土地神。他还向父亲交代了怎么说话。次日，聪明男孩父子俩一大早到藏碎金的地方，做好充分准备后，返回到住地，与傻孩子、法官和乡亲们一道前往藏金的地方。

到那儿后，聪明男孩高声喊道："尊敬的土地神呀，请您清楚地告诉我们那一皮囊碎金是谁偷走的。"躲在树洞里的聪明男孩之父就装作土地神，用粗重的嗓音连着说了两声："是傻孩子偷的，是傻孩子偷的。"傻孩子气不打一处来，大声说："你这个土地神撒了谎！我今天先把你这个说谎的土地神烧死，然后你们再把我扔进火堆里杀死吧。"他说着说着，立即捡来很多干枯的树叶、树枝，扔进树洞里点了火。这时，聪明男孩心想糟糕了，便喊道："喂，得罪土地神可是大逆不道的行为。如果没有这个土地神，谁来当我们的救星?"说完，就准备救火。而傻孩子压根不让他灭火。事情的真相虽了然于胸，可法官一时缄默不语。火势渐渐变大后，聪明男孩之父被烟熏得受不了，就喊着"我不是土地神，别烧火啦!"从树洞里爬了出来。

聪明男孩的阴谋全然败露，羞愧难当。那一皮囊碎金自然重新回到傻孩子手里，归他一个人所有了。

第 五 章

生活故事

1. 贪心的猎人

从前，有位让野兽血流成河、声名远播的猎人，与他相伴的有一条名叫查杰的、能听懂人话的猎狗。

这位猎人让查杰撵什么野兽过来，它就撵什么野兽过来。这使得猎人可以把成百的麝香、熊胆、鹿角和野兽皮用马骡驮着去出售。周而复始，他就成了名扬十里八乡的恩秋① 人家。

然而，这个猎人是个永不知足的人。他不满足于现状，贪心既大，就不停地打猎。而且，他还想猎杀一只闻所未闻、见所未见的猛兽以夸耀众乡邻。而乡邻们认为过度猎杀不好，私下都叫他猎贪。

一天，猎贪扛着猎枪，牵着猎狗，到平时狩猎的崖沟摩岭、也就是白鹭也感到晕头转向，岩羊也觉得天旋地转的地方去狩猎。在横贯于令人惊悚的悬崖峭壁上唯一的一条小路上，猎贪对猎狗说："喂，神狗查杰，今天你给我撵一只从来没有见过的猛兽过来。"可是，查杰根本不走，它抱着猎贪的大腿号叫，潸然泪下。猎贪不理查杰的哀

---

① 恩秋：富裕猎户。

求，恶毒地谩骂、诅咒道："死狗！你为何不走？我养你为的是打猎。今天你要是不按我的要求赶一只前所未见的猛兽过来，我就把你杀了。"而且用石头砸，用脚踹，迫使猎狗查杰上山。这条猎狗跑得小腿酸痛，夹起尾巴，什么也没有撵到。事实上猎狗不愿去的原因是：猎贪没有见过的猛兽只有一样，能否征服它是个问题。

查杰上山过了半天，非但不见撵猛兽过来，连一声狗吠声也听不到。猎贪就自言自语地说："这死狗今天跑到哪儿去了？"

当太阳快要落山时，猎贪听到了查杰的吠叫。它的叫声跟平时完全不一样，叫得狂烈而急促。忽而像从天空远地传来，忽而像从大地深处响起，显得十分奇妙。如此这般，听到很多时而天空、时而地下、时而空中周而复始地旋转着响起的狂吠声，但是猛兽和猎狗都根本没有进入他的视线。过了好久，猎狗的吠声越来越近，它从天上发出刺耳的"岗、岗、岗"的叫声，把一头令人恐惧、全身上下冒出火花的猛兽撵到崖壁唯一的一条小路上，颤巍巍地堵在一处岩洞里。猎贪一边说着"啊啧，今天查杰还真的赶来了一头前所未见的猛兽啊"，一边把枪口对准那头猛兽，将手指头伸向扳机。在他正要扣动扳机的当儿，突然产生出一种恐惧感：他想，啊啧，这么大的猛兽能用枪打死吗？他不由得抬起头仔细看了一下。就在这时，猛兽立马变成狂猛的龙卷风，把那个猎贪和查杰从悬崖绝壁上掀了下去，然后火花闪闪地飞向了太空。原来这头猛兽并非是凡间野兽。

如果那个猎贪果断开枪，凭借查杰的威慑力，或许能镇住猛兽。然而，由于猎贪的胆怯和犹豫，葬送了自己和查杰的性命。

从此，世间便有了"河里淹死的是会泳汉，悬崖摔死的是好猎人"的民谚。

2. 好面子的头人

从前，在一个叫作艾拉加日的地方，有一位非常好面子的头人。

一次，头人要去拉萨。他就带上仆人，都盛装打扮，各骑一匹骏马出发了。走了很长的路，来到一个大村庄。村庄的人都跑来围观。其中一位恭恭敬敬地问候道："您好！您二位打哪儿来？"仆人是个心直口快的人，马上回答："你们好！我们从艾拉加日来。"

离开村庄，头人严肃地叮嘱仆人说："哦啧！人家恭恭敬敬地问我俩打哪儿来时，你就不会装成是远一点、名气大一点的地方的人，却要说是艾拉加日来的。你看，人家不但不会对我俩抱以崇敬的态度，反而漠视我俩，让我俩的威风成倍地跌份。因为艾拉加日是个很不起眼、没啥名气的小地方。以后若有人问候我俩、问我俩是从哪儿来的话，你一定要说成来自远一点、名气大一点的地方啊。"仆人觉得没有比自己主人更好面子的了，况且头人既没有一点能力也没有一点名气。头人的行为，正如俗话所说，铜充黄金，铅当银子，没有丝毫实际意义。他自忖：好吧，下次我可以向人作出令你满意的答复。

他俩又走了很长一段路，来到了一处很多人在路边干活的地方。有人不经意地问候他俩："二位老爷好！您俩打哪儿来？"仆人用假话作出了让人无法接受的回应道："你们好！这位大老爷和我来自遥远的北俱卢洲。"这回答使得所有人都不禁失声大笑。

走过人群，头人埋怨并训斥仆人道："哪有比你这个臭仆人更笨的人！别说是从北俱卢洲到这里，连南赡部洲边缘地带也到不了。这就成了另外一个洲的人。你撒这样的谎，谁会相信？"仆人说："请息怒，请息怒。老爷，我没回答好。以后绝不这么说。"

他俩又走了很长一段路，来到了一处聚集人众的路边。又有人问候他俩："您好！两位老爷打哪儿来？"仆人说："我回答不好，这回轮到老爷回答了。"他用双手做出表示恭敬的动作，并像介绍似的朝头人望去。头人没有立即想起合适的回答语，不知道该说什么好。因此，聚集于此的人们不由得连连发出了"哈哈哈"的笑声，致使头人更加羞赧尴尬，威风扫地。

3. 狗头雕鸟杀人，狗头雕人赔偿

从前，在一牧户有一位中年汉子专事牧羊。牧羊汉一年三百六十五天如一日，天天都要上山放羊。

一天，牧羊汉和往常一样上山放羊。到了夜幕降临、羊群归圈时，不见牧羊汉人影了。因此，家人放心不下，去找他了。

家人找到他时，只见羊群七零八落地散落在山头。牧羊汉鲜血淋淋地倒在山下的草地上。家人问他发生了什么事情，牧羊汉只是含含糊糊地说了两声"狗头雕，狗头雕"，便断气了。恰巧当地有个诨名叫做狗头雕的人。因此，牧羊汉的家人在未经仔细调查的前提下，以那位名叫狗头雕的人无故杀人为罪名，向官府提出控告。法官主观地认为：空中那个叫狗头雕的鸟不会杀人，这位叫狗头雕的人是唯一的嫌犯。因此，既没有对牧羊汉的死因进行调查，也没有询问那个叫作狗头雕的人，杀人动机和作案过程等都未进行审查释疑，就像俗话所说"头人一句话"、武断地认定诨名狗头雕者杀人，并想当然地作出严厉判决，勒令诨名狗头雕者给牧羊汉偿付命价。

后来，人们渐渐发现，那个叫狗头雕的鸟是可以杀人的。当它从空中飞过、爪子里的动物腿骨掉落而砸伤人，就有可能导致其死亡。

昏庸的法官指鹿为马、张冠李戴，枉判奇案。从此便有了"狗头雕鸟杀人，狗头雕人赔偿"的民谚。这既是对那种昏庸无能法官的无情嘲弄，也是对旧社会司法虚伪的批判。

4. 国王头上泼水

从前，有个国王，他有个非常聪慧伶俐的仆人。

一天，国王和大臣们对这个仆人说："你要是个聪慧伶俐的人，可不可以将你的聪慧伶俐在朕和大臣面前展示展示？"仆人说："陛下，说我是个聪慧伶俐的人，是人们随意奉承之言，我没有任何聪慧可以展示。就算有，也不敢在国王和大臣们的面前献丑。"国王和大臣们都想：说这个人是个聪慧伶俐的人可能真的是人们随意而为，实际上哪有比我们君臣更为聪慧伶俐的人。但他们有意让他出丑，于是逼迫仆人："你不必谦虚。你要是真的有什么可以施展的才智，就在我们君臣面前施展吧。可以给你丰厚的奖赏。"仆人说："如果我展示聪明才智，势必要冒犯国王和大臣们。"国王和大臣们固执地说："你当着我们君臣的面，无论施展什么样的聪明才智，我们非但不会生气、不高兴，而且相反真的会给予你丰厚的奖赏。你有本事就拿出来吧。"仆人心想：好哇。今天可算得到了杀杀国王和大臣们的威风的大好时机，便说："那我就遵从国王和大臣们的命令，略微展示一下。我不要任何奖赏，只求作出不责骂和处罚我的承诺。"君臣异口同声表示："你尽管施展聪明才智，我们绝对不介意。"

仆人严肃地说："我现在就把一件普通物件拿给国王和各位大臣看，谁要是认出这个东西，而且能讲出正确的理由，就把他看成是具有聪明才智的人可以吗？"君臣都不约而同地表示就这么办。然后，仆人到王宫外面，找来又粗又长的牦牛犄角，往里面灌了些水，直接端到国王和大臣们跟前，双手把它捧给国王，说："国王陛下，这只牦牛犄角是右角，还是左角？你们认出来，而且能说出其正确的理由，就算你们赢了；反之是我赢了。"国王笑着接起牦牛犄角，说："如果分不清一只牦牛犄角是左右哪个。算我枉自为王几十年。"说着，拿起这只牦牛犄角在自己头上比了比说："这是右角，很简单，只有犄角这样朝前长的牦牛，绝对没有犄角朝后长的牦牛。"这时，犄角里的水从国王脑门上流了下来。国王问："呀，这是什么？"仆人答道："国王陛下，请您不要生气，这是我泼在陛下头上的水。我要展示的才智也就是这个。"国王说："哎呀，你这太过分了。最起码要顾及国王的威严吧？"说完，怒目圆睁地斜视着。

仆人假模假样地说："刚才向国王陛下说过我不敢在你们国王和大臣们面前展示才智，但你们说当着你们君臣的面，施展什么聪明才智一点都不介意。就以为就像常言所说，君子一言，驷马难追。现在即便不给我奖赏，也不能斥责、迁怒、惩罚和责打我哟。"此时君臣们个个面面相觑，缄默不语，完全没有回应这个仆人的勇气。

5. 善良的福报

很久很久以前，在一个美丽富饶的河谷的谷口有一王国。王国有一位依法理政的国王叫岗萨阿丹。在河谷上游有一位德望可比君王、家产富可敌国的大户人家。这家东家膝下有三位貌比天仙、能赛织女的女儿，名字分别叫作斯鲁、欧鲁和佟鲁。

不知是什么时候起，上游的斯鲁、欧鲁和佟鲁三位姑娘都听说下游的岗萨阿丹国王打算娶一位貌美心良的女子为王后；国王也听说了河谷上游有三位美丽、能干的姐妹。三姐妹心里都在想，此生要是能成为王国的王后该有多好。然而，一方面要看宿业；另一方面取决于自己的性格、行为和能力，否则不会如愿以偿。而岗萨阿丹国王也不是只看重外表的人，他更看重的是品格和德行。为了考察斯鲁、欧鲁和佟鲁三姐妹谁最合适为王后，一天，国王扮成一个要饭的瘸腿老僧人，前往河谷上游。

岗萨阿丹国王一大早就来到斯鲁、欧鲁和佟鲁三姐妹平时背水经过的路上。他把拐杖扔到右边，乞丐的口袋扔到左边，横躺在路中间，假装摔倒。

起初斯鲁背着一只嵌有金箍的水桶，手里拿着一把镶有金线条纹的水瓢，佩戴猫眼石、珊瑚首饰，腰间装饰发出叮叮咚咚的铃铛声，走了过来。看到一个要饭的老僧倒在路上，她马上大声而粗鲁地说："喂，瘸腿老僧让开。本姑娘要去给阿爸和叔叔取熬茶用的水，给阿妈舅妈取造酒用的水，给本姑娘取出嫁时洗头用的水。"要饭的老僧人有气无力地说："姑娘，我上身发热，下身发冷，腰部寒热夹攻，起不了身。你要是有工夫绕，就请绕着走；要是没有工夫，就跨过去好了。"斯鲁姑娘是个性情粗暴、没有同情心的人。因此，她说："喂，瘸腿老僧，姑娘我跨过上部天竺国王的辩经场，跨过下部汉地国王的法庭，跨过中部卫藏①四翼②的议事场。从你这样一个该死的老僧身上跨过去没有什么了不起的。"说完便满不在乎地跨了过去。

斯鲁到了河边，老僧也爬到那里说："姑娘，你把上游的水当供神水，把中游的水当饮用水，把下游的水当洗漱水啊。"斯鲁姑娘粗言粗语道："狗拿耗子——多管闲事。要不要用水瓢敲你的头？"并把上游的水当作自己的洗漱水，把中游的水当作供神水，把下游的水当作饮用水。与老僧人说的完全反着来。在斯鲁姑娘背起水桶离开的当儿，老僧人说："姑娘，你一回到家，就换一下供神水，并口诵：

敬供啰！

向天神本尊三宝敬供啰！

向上部天竺国王敬供啰！

敬给天竺佛法之国王。

向下部汉地国王敬供啰！

敬给汉地律法之国王。

向中部卫藏四翼敬供啰！

敬给卫藏佛法之圣地。

向谷口岗萨阿丹王敬供啰！

敬给政教两旺的岗萨阿丹王。

向路口瘸腿老僧人敬供啰！

敬给证悟一切的乞丐老僧。"

斯鲁说："给你这个该死的老僧敬供呀？做梦去吧。"说完，愤愤然离去。

接着，欧鲁背着一只嵌有银箍的水桶，手里拿着一把镶有银线条

① 卫藏：前后藏地区。

② 四翼：叶茹、苑茹、布茹和孔茹。

111

纹的水瓢，佩戴猫眼石、珊瑚首饰，腰间装饰发出叮叮咚咚的铃铛声，走过来汲水。岗萨阿丹国王继续扮成一个要饭的瘸腿老僧人，把拐杖扔到右边，乞丐的口袋扔到左边，横躺在路中间，假装摔倒。欧鲁姑娘看到这个境况就说："喂，瘸腿老僧让开。我给阿爸和叔叔取熬茶用的水，给阿妈舅妈取造酒用的水，给本姑娘取出嫁时洗头用的水。"

老僧人说："姑娘，我上身发热，下身发冷，腰部寒热夹攻，不能起身，也无法挪动。你要是有工夫绕，就请绕着走；要是没有工夫，就跨过去好了。"欧鲁姑娘也是个性情粗鄙、心肠狠毒的人。因此，她说："我跨过上部天竺国王的辩经场，跨过下部汉地国王的法庭，跨过中部卫藏四翼的议事场，从你这样一个该死的老僧身上跨过去是没有什么了不起的。"说着，便毫不在乎地跨了过去。

欧鲁到了河边，老僧也爬到了河边。他说："姑娘，你把上游的水当供神水，把中游的水当饮用水，把下游的水当洗漱水啊。"欧鲁姑娘说："你管得着吗？要取什么样的水我自己知道。"她跟老僧人的教诲反着来，把上游的水当作自己的洗漱水，把中游的水当作供神水，把下游的水当作饮用水。欧鲁姑娘背起水桶离开的当儿，老僧人对她讲："姑娘，你一回到家，就换一下供神水，并口诵：

敬供啰！

向天神本尊三宝敬供啰！

向上部天竺国王敬供啰！

敬给天竺佛法之国王。

向下部汉地国王敬供啰！

敬给汉地律法之国王。

向中部卫藏四翼敬供啰！

敬给卫藏佛法之圣地。

向谷口岗萨阿丹王敬供啰！

敬给政教两旺的岗萨阿丹王。

向路口瘸腿老僧人敬供啰！

敬给证悟一切的乞丐老僧。"

欧鲁姑娘耻笑道："给你这个该死的老僧敬供呀？不把嘴里的舌头用手指抠掉就算不错啦。"

最后，佟鲁姑娘背着一只嵌有海螺箍的水桶，手里拿着一把镶有海螺条纹的水瓢来取水。岗萨阿丹国王依旧扮成要饭的瘸腿老僧，装作摔倒，横躺在路中间。佟鲁姑娘看到这个情形，便温和地说："对不起，老人家请让一下。我给阿爸和叔叔取熬茶用的水，给阿妈舅妈取造酒用的水，给本姑娘取出嫁时洗头用的水。"老僧人说："姑娘，我上身发热，下身发冷，腰部寒热夹攻，不能起身，也无法挪动。你要是有工夫，就请绕着走；要是没有工夫，就跨过去好了。"虽然佟鲁姑娘的衣服、首饰都比两个姐姐差，身材和长相也稍差一点，但是品赛珠峰，心似雪莲：对人忠诚如家犬，性格温柔胜过绵羊毛，心胸仁慈开阔如无边的大海。她说："我没有跨过上部天竺国王的辩经场，也没有跨过下部汉地国王的法庭，更没有跨过中间卫藏四翼的议事场。不仅如此，也没有跨过父亲叔叔们的茶园、没有跨过青年男子们的射箭场和幼儿们的游乐场，要是从你这样一个可怜的老人家身上跨过去有什么意思？"她把老僧人扶起来挪到路肩的上面，自己却从路的另一侧走了过去。岗萨阿丹国王对佟鲁姑娘感到比较满意，但还是匍匐着爬到佟鲁姑娘取水的地方说："姑娘，你把上游的水当供神水，把中游的水当饮用水，把下游的水当洗漱水啊。"佟鲁姑娘应声道："好的，好的，感谢赐教。"并照老僧人说的那样做了。佟鲁姑娘汲完水，正要背水桶的时候，老僧人说："姑娘，要不要我帮你把水桶背上？"姑娘说："老人家您有病，不用帮我背水桶。"老僧人摇摇晃晃地帮她把水桶抬到背上，并将一枚漂亮的金戒指扔到水桶里。当佟鲁准备走的时候，老僧人说："姑娘，先等一下，我有两句话跟你说。"姑娘柔声柔气地应道："您尽管说吧。"老僧人说："你一回到家，就马上换一下供神水。而且要念诵：

敬供啰！

向天神本尊三宝敬供啰！

向上部天竺国王敬供啰！

向下部汉地国王敬供啰！

向中部卫藏四翼圣地敬供啰！

向谷口岗萨阿丹王敬供啰！

向路口瘸腿老僧人敬供啰！

另外，请帮我转告你父母，把我留在你们家当马夫。"佟鲁姑娘答应照办。

佟鲁姑娘生怕把老僧人托她请父母留他当马夫的事忘了，一回到家里，便马上向父母请求道："恩泽深厚的父母，那边岔口有个可怜的瘸腿老僧人，让我恳请父母留他做马夫，请父亲、母亲认真考虑一下留那个老僧人当马夫的事。"深明大义的父母同意了她的请求。当佟鲁姑娘把水桶里的水倒到水缸里时，那枚金戒指发出满屋子的光亮，"咚隆"一声掉进缸里。父母双亲都惊讶地问道："是什么？是什么？"尽管佟鲁姑娘说不知道，但她父母往水缸里一瞧，发现是一枚金戒指。佟鲁姑娘换上供神水，在弹撒献新时，按照老僧人叮嘱的那样，最后说了一句："向路口瘸腿老僧人敬供啰！"遭到了父母和两位姐姐的严厉呵斥。

当晚，打扮成瘸腿老僧人的岗萨阿丹国王出任马夫，在佟鲁家的马厩里煮着无盐无佐的元根汤。斯鲁、欧鲁和佟鲁三姐妹拿着金乳桶、银乳桶、海螺乳桶挤母牦牛和犏牛的奶。这时老僧人说："呀，三位姑娘，给我熬的汤里倒一点点奶，我们一起喝吧。"斯鲁和欧鲁两姑娘恶语相向，大骂老僧人不知自尊。佟鲁姑娘可怜老僧人，偷偷给了一勺奶。这事被斯鲁、欧鲁发现后，在父母和佟鲁之间进行了挑拨。双亲气得厉声训斥，骂声如雷，说："从你今天早上到天黑前的所作所为和走姿坐相来看，跟那个瘸腿老僧人关系密切。良好的出身环境把你往上顶着，可你的所思所想有可能把你拖下水。你今天晚上就跟那个要饭的老僧人一起走。从今往后不许踏进我们家。你这么做，会毁坏我们家的名声，拖我们的后腿。"斯鲁、欧鲁两个姐姐也围攻她，要把她赶出家门。因此，佟鲁姑娘就哭着到了老僧人那里，向他诉说了事情的缘由。老僧人道："俗话说，'前世宿业改不了，额头皱纹去不掉'。说不定欢乐的太阳也会照到我们俩。"他告诉佟鲁准备第二天就走。

第二天一早，瘸腿老僧人拄着拐杖，对佟鲁姑娘说："我腿脚不灵，慢慢地先走；你就顺着我拐杖留下来的印痕跟来。"说完便先走了。佟鲁姑娘悲伤地哭着，循着老僧人的拐杖留下的印痕走去。

大约中午时分，老僧人在一个美丽富饶、草甸和松树相间、盛开着五颜六色的鲜花的地方烧着茶，等候佟鲁姑娘的到来。佟鲁姑娘一到，他立刻问道："呀，大家闺秀累了吧？好父母的女儿肚子饿了吧？"佟鲁姑娘是个能够吃苦、善解人意的人，她回答说："我不累，肚子也不饿，口也不渴。"

这时，扮成瘸腿老僧人的岗萨阿丹国王心想，她是个能吃苦的姑娘，心里也就更加高兴。他们俩吃完糌粑、喝完茶以后，老僧人又说："呀，我腿脚不好，先走了。你慢慢来吧。"佟鲁姑娘说："我们俩一起走吧。"老僧人说："这样可不行，我先走，问河那边的人家乞一乞，在河这边的人家讨一讨，要解决我俩今天的晚饭和明天的早饭。你从草甸上采摘一些各种各样的花，包成一个大包袱卷儿带过来啊。"

佟鲁姑娘走了很长一段路，地势变得越来越舒服，越来越开阔，老僧人的拐杖印痕时隐时现，致使她非常焦急。她看见河那边有一位放牧着像天上的白云落下草原一般的一大群绵羊的牧羊人，就唱道：

河那边的牧羊人，

请听我唱别走神，

可曾看见老乞丐，

拖着瘸腿慢慢行？

牧羊人回唱道：

哎呀姑娘真荒唐，

哎呀姑娘太轻狂，

我未看见老乞丐，

但见谷口英俊王，

骑着枣骝小马过，

乘着白唇野驴走，

快鞭疾马不寻常。

佟鲁姑娘更加着急，迈着步幅大小不一的步子继续往前走。走了一程，她看见河对岸一个放牧着如同片状石山滑倒在平坝上一般的庞大的牦牛群的牧人，便唱道：

河岸那边的放牧人，

请听我唱别走神，

可曾看见老乞丐，

拖着瘸腿慢慢行？

放牛人回唱道：

哎呀姑娘真荒唐，

哎呀姑娘太轻狂，

我未见过老乞丐，

但见谷口英俊王，

骑着枣骝小马过，

乘着白唇野驴走，

快鞭疾马不寻常。

又走了一程，佟鲁看见有一位放牧着像西边的晚霞落地一般的色彩各异的马群的牧马人，佟鲁姑娘像前两次向放羊人和放牛人询问的那样，仍旧以歌唱的方式问了牧马人。牧马人也用前面两个牧人一样的唱词回应了她。

这时，佟鲁姑娘心想，那位瘸腿老僧人或许是谷口的岗萨阿丹国王吧。随后她又自己否定自己："不可能，不可能。"

当太阳快要落山时，在谷口一座富丽堂皇、雄伟壮观、如同天宫似的王宫门口，成千上万的女佣背着水，来来回回地忙碌着，让人俨然置身于蚁群中；欢声笑语和引吭高歌声，如同林中的百鸟齐声鸣啭。佟鲁姑娘心想，人多眼多，人多耳多，问问前面那些男女佣人，或许他们知道老僧的去向。于是，就上前打听。一位神采奕奕的国王，透过王宫三楼的向阳窗户黄金菱形孔格，看到了佟鲁姑娘，立即给内臣们下令，把那女子带到宫殿里。几个内臣把佟鲁姑娘带到了王宫。王宫左右各拴着一只体格高大如母黄牛、每叫一声仿佛就要令人吓破胆的守门藏獒。那两条守门犬一见佟鲁姑娘，就狂吠着朝前扑，似乎要把铁链挣断，一会儿向姑娘扑过来，一会儿又趔回来，撕咬瘸腿老乞丐穿过的破烂衣服，用嘴巴晃一晃。佟鲁姑娘说着"可怜的老僧已经被狗咬死了"，哭了起来。她的哭声如公牛，泪如断了线的念珠，一时连话都说不出来。国王看到这一幕后，脸上露出了微笑。内臣们把佟鲁姑娘带到了国王面前。原来这位国王便是扮成瘸腿老僧人的国王岗萨阿丹。国王坐在金銮殿上。太后从银座上站了起来，把一捆丝线交给佟鲁姑娘，说："把你家人给你的绿松石、珊瑚和珍珠等饰品串起来吧。"佟鲁姑娘心里想，家里别说是绿松石、珊瑚，就连一颗蓝色的石子都没有给过我。我该拿什么穿这些线？她的心头笼罩着悲伤的云雾。这时，国王朝佟鲁姑娘背着的包裹使了个眼色。佟鲁姑娘立刻把包裹放下，打开一看，白色的花都变成了珍珠，红色的花变成了珊瑚，黄色的花变成了琥珀，绿色的花变成了绿松石，杂色的花都变成了九眼猫眼石，所有花都变成了一包袱卷儿百看不厌的饰品。佟鲁非常高兴地把这些饰品用丝线穿成很多项链，把一部分献给国王；一部分献给太后；一部分留给自己；还有一部分因为线不够，就分给了内臣们。太后对佟鲁姑娘非常满意，大臣们都很讶异。

过了一年多，佟鲁王后把自己思念家乡和父母的事情讲给了岗萨阿丹国王。国王准许佟鲁王后回家省亲，而且让其邀请她的全家到王宫赴宴。佟鲁王后奉国王谕旨回到家中，把自己如何跟老乞丐一起过日子，以及过得如何幸福等情况说给了父母。父母双亲觉得跟一个老僧人有什么值得高兴的，转而又看了看女儿的脸，发觉她真有些过得愉快的样子，心里感到惊讶和疑惑。姑娘按照国王的谕旨，把邀请父母和两位姐姐到自己家里赴宴的事说了说。父亲不愿意去。母亲和姐姐心想：他一个死到临头的老僧人能给我们大户人家母女摆什么宴？不过还是要去看看他俩的日子是怎么过的，就决定跟佟鲁姑娘一起赴宴。她们带上一个形状难看而又容量很大的，叫作阿甲查日①的碗和打了很多补丁、容量很大的，叫作纳敏纳古②的口袋启程了。

到达岗萨阿丹国王的地界时，许多臣民排起队，手举宝伞和胜利幢，奏乐迎候；到了王宫，她们看到身穿王袍的岗萨阿丹国王坐在左边的五彩黄金宝座上，佟鲁姑娘穿着王后的盛装，坐在右侧的银座上。内臣们坐在铜座上，外臣们坐在木座上。丰盛的饭菜香气扑鼻，青稞酒和白酒滴着晶莹的露珠，与天界的喜宴没有丝毫区别。佟鲁姑娘的母亲、斯鲁姑娘和欧鲁姑娘本想把叫作阿甲查日的碗和叫作纳敏纳古的口袋拿出来，可是羞愧难当，又无处可藏，连头也不敢抬一下。

宴会结束后，国王给佟鲁姑娘的母亲和两个姐姐各备了大量礼物，赠与母亲一百头母牦牛、赠与斯鲁姑娘一百只绵羊、赠与欧鲁姑娘一百只山羊，并嘱咐道："你们赶着这些牲口走的时候千万不要回头。如果回头，这些牲口就有返回来的危险。"母女三人喜出望外，赶着这群牲口回家了。

走了一段路程，母亲对两个女儿说："哎呀，出乎意料，佟鲁住的地方可真舒服。"说着一不留神回过头去，那群母牦牛把尾巴高高翘向天空，瞬间工夫，就朝谷口岗萨阿丹国王和佟鲁王后住的方向跑了回去。

---

① 阿甲查日：有花纹的大肚木碗。
② 纳敏纳古：九角九层的大口袋。

又走了很长一段路，斯鲁姑娘说："谁会料到那个僧人是岗萨阿丹国王装扮的。要是知道的话，我就可以当王后，成为这个地方的主人。"说完，不禁长叹一口气，回头往王宫方向望了一眼，使得所有的绵羊都咩咩地叫着往王宫方向跑回去了。

当她们来到一座小山头，欧鲁姑娘长叹一口气说："我好像真的没有福气。如果我好好对待那个老僧人的话，现在可能跟佟鲁妹妹一样，好吃好穿地跟国王一道在王宫欢快如仙哪！"她也不由自主地回了个头，致使山羊都蹦蹦跳跳地奔王宫方向跑回去了。

因为妒忌，国王和王后赠给她们母女三人的牲口，最终跑得一只不剩。

6. 数天数

从前，在一个佚名宗①里有一位性情温和、公正廉明、对眷属及仆人和蔼可亲、宽厚仁慈的好宗本②。但宗本却有一个残忍、贪婪、觊觎他人的财产、对自己的财产十分吝啬的管家。平时如果管家在宗本面前胡作非为，宗本就严厉地训斥他，把他收拾得不得不装出一副比猫还老实的样子。

一次，宗本去外地办事。其间，管家极度欺侮、伤害眷属、仆人和百姓。等到宗本回来后，管家又装作善待、疼爱眷属、仆人和百姓的样子。眷属、仆人和百姓中有个聪明机灵的人，很想把管家在宗本出门期间的所作所为向宗本告发，但一时没有得到合适的机会，不得不把话憋在心里。就像俗话说的"肚里着了火，嘴里不冒烟"。

一天，宗本问管家："我这次出门，来回一共用了多少天？"可管家吞吞吐吐，说不出准确的天数。

---

① 宗：相当于现在的县。

② 宗本：相当于现在的县长。

这时，那个聪明机灵的人觉得到了把这个残酷的管家的所作所为向宗本告发的时候，便巧妙地说道："宗本大人，您这次来回整整用了六天时间。"他假装掐指数天数，说："管家，您无缘无故打我的那天是头一天；不给我们眷属和仆人饭吃的那天是第二天；粥里放干肺，充作晚饭给我们眷属和仆人吃的那天是第三天；您抢走我的羚羊角鼻烟壶的那天是第四天；昨天是第五天；今天是第六天。"听了这些话，宗本劈头盖脸地把管家大骂了一通，责令他把剩下的糌粑和工薪及时发放给眷属及仆人，以作克扣口粮的补偿，并让管家把从那个仆人手里抢来的羚羊角鼻烟壶还给了本人。

通过这件事，其他仆人对那个聪明机灵的仆人都很赞赏："你数天数的做法实在管用，那可真是一石二鸟啊！"

7．违背世间法则的惩罚

古时候，有一个做事细致、争强好胜，一心想着积聚钱财的女人。

这个女人平时跟人聊天时总是说："哎哟，睡眠这事情真是浪费时间，把整整半辈子给白白荒废掉了。如果不睡觉，能多做多少事情？又能够积累多少财富啊。"

有一天，这个女人又跟人聊起这些事儿，恰巧被一位医生听到。医生对女人说："话可不能这样说。俗话说：'没有半生不靠睡眠、半生不靠水的人。'睡觉也是自然规律，人不能违背这个规律呀。"女人说："我可不懂什么规律不规律的。如果医生你有睡不着觉的药，我会给你足够的药费。"医生说："我只有暂时睡不着觉的药，哪有一生睡不着的药？就是有，也不敢给你。"

女人嘲讽道："医生，你只是不会配制这种药而已，哪里是不敢给哟。"医生说："听说吃猫头鹰的脑汁，晚上就会失眠。但到目前为止，还没有一个人向我要过这种药。"医生讲的"吃猫头鹰的脑汁，晚上就会失眠"这句话非常合这女人的心意。因此，她托了很多猎人去抓猫头鹰。

一天，一位猎人抓一只猫头鹰带了过来。这女人一高兴，毫不犹豫地把猫头鹰的脑汁全吃掉了。从此，这个女人就变成了白天黑夜都睡不着的人。起初她不分昼夜地干了很多活。过了几天，她身心疲惫，什么活也不想干了。最终，因为不论是白天还是夜晚都睡不着觉，她就白天跟其他人一起勉强干点活，晚上就变得伤心不已。一天晚上，她到处转悠。到楼上一看，人们鼾声如雷，进入了甜美的梦乡；到楼下一瞧，牦牛和黄牛全都在慢悠悠地回嚼着草料，舒舒服服地睡着；到骡马厩里一看，马和骡子全都竖着耳朵美美地睡着；走出院门，发现没有知觉的风，也静静地睡着；没有生命的河流，也伴着缓缓的流淌声安然睡着；甚至没有知觉的星星，也沉缓地眨巴着眼睛甜甜地睡着。她发现世界上除了她一个人，大地和动物都富于舒坦地睡觉的特征。她这才知道自己受到了违背世间法则的惩罚。由此，因难以言传的懊悔和痛苦，使得她患上风疾①，除双耳不分昼夜地嗡嗡作响，别的什么声音也听不见。

这女人干那么多活，既没能积累超过别人的财富，也没有感受到幸福。难以忍受的痛苦使她恨不得自尽。

8. 不加分辨的后果

从前，有个性格十分急躁而又非常傲慢自大的人。一天，他到森林里砍树。在林中藤和小树缠绕的一条小路旁使劲抡起斧头砍一棵树，左右上下哪儿也不看。一位经过这条小路的骑马的人发现了这一情景。

由于傲慢人没有把斧头砍过的地方留下的乱糟糟的藤蔓清理干

---

① 风疾：体内气息错乱引起的血管和神经系统所属癫症、神经官能症等病。

净，若是斧头被藤绊住，打到自己脑袋上的危险很大。骑马者于心不忍，立马停下马，好心好意地对傲慢人说："喂，朋友，如果你不清理斧头砍过地方的藤蔓，小心斧头打到自己脑袋上哟。"可是傲慢人根本没有认真听，误以为骑马者威胁自己：如果不把马走的路清理干净，就要砍掉他的头。于是火冒三丈，瞪圆了眼，咬牙切齿，揉揉肩膀，大声吼道："就你这么个倒霉蛋，居然命令我给你清理马过的路？马你来骑，让我清理'马路'？简直是岂有此理！你愿意走你的路就走吧。不然你再惹我的话，我就用手中的斧头，从你脑袋正中劈下去。"说着，就要凶巴巴地扑向骑马者。骑马者吓得都不敢说明是怎么回事，就策马扬鞭地跑了。

骑马者走后，傲慢人更加激愤，使出浑身力气，将斧头朝树上一砍，结果被一根藤蔓绊住。斧子没有砍着树，却被藤蔓弹了回来，砍上了自己的脑袋，血洒一地。傲慢人为傲慢付出了生命的代价。

有道是：

不对人言作分辨，

无端发火是莽汉。

误将达兰① 判马路，

结果己命赴黄泉。

9. 因一章喀② 丢掉性命

从前，在一个村里有两个单身汉，他们是一墙之隔的邻居。

有一天，甲单身汉出去打工得了一块章喀，他从干活的地方回到家后，为了给邻居乙单身汉炫耀自己的章喀，把弄到的唯一一章喀扔来扔去嘴里数起了几百个。这时，碰巧来了一个小偷。小偷听到数钱

---

① 达兰：藏语，意为斧头砍过的地方。与藏语马路为谐音。

② 章喀：旧时藏币计算单位。一章喀约合人民币两元五角。

的声音，心想这个人有这么多钱。他自言自语地说："我得想个办法，把他弄死，把钱全部弄到我的手中！"便偷偷地进去，把他除掉了。

于是小偷翻箱倒柜地找钱，结果这甲单身汉手里只有一块章喀。小偷一想，为了一块章喀杀了一条人命，罪过太严重，他非常后悔，便在乙单身汉门上写了"因一章喀，丢掉性命，请你帮我为他多念六字真言"。

第 六 章

幽默故事

1. 终生难忘

古时候，有三个年龄大小不等的僧人朋友。一天，中龄僧人对大龄僧人说："朋友，你是我们三个朋友中年纪最大的人，也是最长久的朋友。什么高兴话、痛苦话除了你，就无处可说。那位年轻人是个不计因果报应的无耻之徒。从今天起，我不得不跟他一刀两断。"

大龄僧人就问中龄僧人："他对你怎么啦?"中龄僧人非常遗憾而又悲伤地答："今天他对我说了很多终生难忘的恶言恶语。"

大龄僧人又问："他到底给你说了什么终生难忘的恶言恶语?"中龄僧人想了一会儿后说："我全忘了。"

2. 地震

从前有一个非常自傲的人。平时他多次向别人吹嘘自己的才智超群。

一天，当地发生了强烈地震。所有人都大呼小叫地跑出自己的家，到开阔的地方避险。这个自傲的人想了想，只有"地震"这一叫法，而没有"石震"的叫法。我不如爬到一块大磐石上安全些。因此，他独自一人奔着山头的大磐石而去。到了大磐石跟前，他便使劲往上爬，可掉了下来。心想是自己的鞋子打滑所致。他立即脱掉鞋子，重新爬，可仍然掉了下来，而且那块磐石也晃晃荡荡地险些从山上滚落下去。

这时，他才明白地震时不仅是地在动，石头也会摇晃。于是非常惊慌地大声喊叫："喂，小心点。今天我们这里不但地震了，而且还石震了。"

3. 脚板变黄

从前，有一位傻气十足而又非常自负的人。

一次，他从别人那儿听到人死后脚底板会变黄，便把这话当作真事。心想脚底板变黄了后一定是死了。

一天，他打着赤脚上山放牧。下午回家后，看了一下自己的脚底板。脚底板因沾上草汁，完全变成了黄色。他不知道这是因为草汁变黄的，心里就想："啊呀，完了。这下我已经死了。尸体怎么能放在家里，必须把它送到外头。"于是，他走到很远地方的路边，心里想着："现在我是具尸体。"便一动不动地躺着。

过了一会儿，一位商人赶着驮有很重驮子的毛驴群，打这条路上走了过来。到他跟前时，正巧是个泥沼地，致使一头毛驴摔倒，腿脚陷入了泥沼。商人不管使用什么办法，不能解开捆缚毛驴和驮子的绳子，根本不能把毛驴从泥沼里拖出来。他无计可施时，无奈地对躺在路边的人说："喂，朋友，帮个忙吧。"那人答道："可我是已经死了的人，怎么能帮你？"

商人以为他在说笑话，对他说："你没有死呀。死人怎么能说话呢？"可他带着哭腔回应："我的确死了。你若不相信，就看看我的脚底板，不是变成黄黄的了吗？”商人说：“你真的没有死，千万不要担心。不如帮我把毛驴扶起来。”傻子还说：“我不敢帮你。要是我帮了你，别人就会说死而复活的僵尸帮了你的忙。”说完，仍旧纹丝不动、四仰八叉地躺在那里，弄得商人毫无办法，就坚持把他拽起来，让他帮忙把毛驴扶起来。傻子掏出一把锋利的肋刀，很麻利地割断驴背上捆驮子的绳子，把一对驮子放下扶走驴，便说：“小子，看！应该这样扶。”

　　商人谢他帮忙，便问他：“你光着脚在草坪上走了很长时间吗？”他答道：“我是光着脚去放牧的。”商人马上说：“夏天光着脚走在青草上，脚底板当然会变黄啊。”傻子不由得再次看了一下自己的脚板。由于他从家里走马路过来的，脚底板的草汁全被马路抹掉，使脚板恢复了原样，这才知道自己还活着。他想了想这一天自己的经历，不禁大声笑了起来：自己确实没有死。

4. 时令变了

　　从前有一位老人，因上了年纪，就变成了聋子。可他却不知道自己耳朵聋了。一天，他非常遗憾地对孙子说：“俗话说，‘长寿好，但是活得太久不好。’还真是这样。看样子什么千奇百怪的事情我都有可能遇见。”孙子用手比画着说：“爷爷，请您不要难过。您能长寿，是您的幸福，也是我们全家的福气。如果我们在孝敬您方面有什么问题和不够的地方，您就尽管直接提出来，我们可以尽最大努力改正。”老人说：“根本不是这么回事。对于你们敬爱我，没有什么可说的。我伤心的是时令的变异。”孙子问道：“时令是怎么变的呢？”老人说：“以前春天布谷鸟‘咕咕，咕咕’地叫，冬天乌鸦‘啊，啊’地叫。可是如今，春天布谷鸟只是摇一摇尾巴，冬天乌鸦也只是张一张嘴，根本就不叫。这些不是时令变化的前兆又是什么？”

　　孙子笑着解释说：“爷爷，布谷鸟和乌鸦现在也还是这么叫的。

126

只是您因为年纪太大听不见而已。"老人这才安下了心。

5. 爱夸口而无耐心的猎人

古时候，在一个地方有一位喜欢夸口而没有耐心的猎人。

一天，他找了一个同伴去打猎。他和同伴翻过很多山、越过很多岭去搜寻猎物，但别说是大的猎物，甚至连一只兔子也没有打到。当他俩备受劳累和饥饿折磨之际，同伴对他说："你愿意歇一会儿，吃点东西充饥一下吗？"

"我没有在打到猎物之前吃饭的习惯。"他回答着继续朝前迈了几步。这个仅仅是夸口之人夸的海口，并非是固执的发自内心的誓言。正当他准备停止前进时，如同飞石中鸟（意同"瞎猫遇上死耗子"）一般，他看见在离自己很近的前方森林里有一只野山羊正在专注地吃草。因此，他想，我夸口没有夸错。这只猎物逃不过我的手掌心。我得给同伴夸更大的口。他做好开枪的充分准备后，掉转头，看着同伴问："喂，你带上做野山羊肝的盐和辣椒没有？"由于那个同伴耳朵稍有点背，便反问道："啊？"他用更大的声音再次问道："你带上做野山羊肝的盐巴和辣椒没有？"那个同伴还是没有听清，他又反问一声："啊？"

这时，这个没有耐心的猎人心里突然涌起无法抑制的气愤之浪涛，大声喊道："带上做野山羊肝的盐巴和辣椒没有？"致使那只全神贯注吃草的野山羊受到惊吓，犹如快速离弦的箭逃得无影无踪。

6. 两个僧人

古时候，有两个比丘到卫藏地区朝圣，途中俩人轮流做饭。一天，甲比丘碰巧做了一顿既可口又有营养的饭。他想，像今天这样的饭不会天天遇上。如果今天我一个人吃该有多好啊！

为使这顿饭全归自己享用，他想着法子，在向菩萨和护法神祈祷的同时，想了良久，最终想到了这样一个办法：用我的胫骨号角搅动饭，比丘乙就会嫌脏而不吃。他确信这个办法最好。于是说："喂，我游走四方，过着有什么吃什么的日子，对世间八法毫无感觉。所以，如今成了一名无净秽意识的瑜伽师。"

他用胫骨号角搅起了饭。比丘乙从他的行为窥见他的心思，说："喂，尊敬的比丘，我也已经成了一名走遍八方，勉强能够自食其力，特别是对世间八法同等对待，对万事万物持相同态度的瑜伽师。因此，不在乎食物的好与差。我如今成了个没有怜悯吝惜之心的瑜伽师。"说着，就把煮饭的锅抬起来摔在地上，使得锅摔烂，饭全被土弄脏，也使得两人谁都没有吃的。

这时，许许多多的鸟儿奔地上的饭而来。对此，他俩异口同声地说："好可惜，证德高深是好事。但没有比没有吃的更坏的事情了。"

7. 多舌的后果

从前，有一位姑娘特别爱干净，尤其是非常喜欢洗脸。洗脸成了她的一种习惯，只要一得空，她就洗脸。在家不定时洗；外出时，途中一遇到水也要洗。

一天，她家在做祭天法事时请来了一位上师。姑娘趁上师歇息的工夫，和往常一样洗起脸来。上师看见了，她也不理不睬，像没有看到一样。这让上师不悦。

晚上，上师做完祭天法事，准备回去。在离开她家时，又遇见这位姑娘在洗脸。上师于是口诵一诗对这个姑娘影射道：

"脸蛋浸在水里，
焉能出现奇迹；
请看水中鱼獭，

谁有多么美丽？"

不料姑娘也是一位智商不低的人。她并无任何生气的表现和骄慢的神情，而是面带微笑。稍事思忖后，回敬上师道：

"若是黄衣披身，

就能普度众生；

羽衣黄色鸭子，

该救多少生灵？"

上师没能有力地回击她的话，略感羞怯、惭愧。过了一会儿，上师又说：

"经常洗脸无益，

不如刻苦修习；

佛乃人生大道，

一生都要竭力。"

姑娘答道：

"嘲笑别人欠妥，

不知自己有错；

若不加强修炼，

焉能获得证果？"

上师听了，一时不知道该如何回应，深刻意识到什么时候都毫不客气地指出别人的缺点是莫大的罪过。

8. 执念

古时候的一天，一位首领带了一个佣人，赶着一群骡马准备前往拉萨，路过一处盗匪猖獗的荒山野地。

晚上，首领对佣人说："今晚你不能睡觉。如果睡着了，我们的骡马会被盗贼偷走。这地方虽然是个没有人烟的荒野，但是土匪有可能尾随我们到了附近。假如你觉得很困，就想一些各种各样的事情。

这样就不会睡着。总之，你得胡思乱想，避免睡着。"说完，他俩分别躺了下来。

由于生怕盗贼来，佣人大声念诵起《度母经》。对此，首领说道："不能这么大声嚷嚷。应该安静地躺着不要睡着。"过不多久首领自己昏昏欲睡，别无他法，便问："喂，你在想事儿吗？"佣人答道："我在琢磨这些尖锐的荆棘是谁磨出来的？这些圆圆的豆子是谁做出来的？谁给这些红红的油菜籽染上红色染料的？为什么河水不分大小都往下流？为什么这些火焰不分大小都往上燃？"首领就说："哦，就是这样。这么一想，就不会睡着。就这样坚持下去。"他觉得有佣人可以照看骡马，便放心地睡了个痛快的觉。

半夜，盗匪把所有骡马全部盗走了。而佣人也没敢高声喊叫，因为严苛的首领叫他"不要大声嚷嚷"，他不得不屏声静气地待着。

天快亮了，首领醒来，问："喂，你睡了吗？"佣人答道："啊，没睡着。因为老爷您叫我一个劲地想事，却绝不能大声叫嚷。所以，现在在想着我们的骡马被土匪盗走，该到什么路段了。"首领一听，气得哑口无言。

9. 不辨自我与他人

古时候，有一位没有见过世面的人。但他自以为是，觉得自己是个十分善于处理世事，英勇、聪慧的人。正像人们说的那样，"未见辽阔大世界，边地愚人好自高。"出乎意料的是，为办理某件事情，当地首领下令，让他前往拉萨。

由于自傲人平时瞧不起乡亲们，自视清高。为考验他，乡亲们装出一副诚心诚意的样子叮嘱他："这次你到拉萨，有很多需要谨慎对待的事情。如不好好考虑这些事情，就不能完成任务。"

自傲人问："那么应该怎么谨慎？"乡亲们答道："拉萨人口密度大，城市巷子多，邻里之间互不相识，形形色色的，甚至相互间容易弄错，会搞成不辨自我和他人。曾经就有人因为不辨自我和他人，而没能回到家乡。"自傲人心忖，就算是这样，也有分辨自我和他人的办法。我在鼻子上戴个海贝，就能区别他人了。想到这里，他给自己的鼻子穿个孔，戴上了一只海贝。前往上部太阳城拉萨。

到拉萨后的前几天并没有发生什么意外。可是有一天，他跑到很多人像海浪一般翻腾的街头，与一个戴着面具，鼻子上插着海贝的哲嘎①相遇。他大吃一惊：啊呀，乡亲们曾经讲的还真是有道理。这下他和我分不清了。他变得非常紧张，慌里慌张地问那个哲嘎："你是我吗？我是你吗？"在场的所有人都发出哄笑声，让他落到羞愧、尴尬的境地。

10. 买染料

从前，在一个日追（山中小庙）有一老一少两个僧人。他俩共有一匹做披搭用的白色氆氇。老僧人经常对小僧人说："我俩要是能买一捆子木质染料，就能把氆氇染上，做一件披搭。这样去做俗家经忏时，我俩可以轮流披用。"

有一次，老僧人要去俗家做经忏。临走时，他认真嘱咐小僧人："我去的这段时间要是来了卖染料的人，你务必想办法买一捆子木质染料啊。"

小僧人问老僧人道："那么拿什么买染料？"

老僧人在慌忙中将"钱粮等什么富余，就拿什么交换染料吧"，说成"到时你看什么'长'，就用那个最长的交换染料吧"。紧接着又重复了一句："你能知道'长'是什么吗？"

---

① 哲嘎：藏区独有的民间说唱艺人及其说唱形式，不失为群众喜闻乐见的藏族曲艺艺术种类之一。起初，一些乞丐以这一说唱方式为乞讨手段，到各地行乞。尤其在新年，到各家各户门前说唱吉祥祝辞，以讨得食物、饮品等。如今被正规文艺团体搬上了舞台。

小僧人自以为很聪明，说："哎哟，师傅，正如'江河渡过一半，水情了解一半'，您就是不讲全，我也全明白了。"

老僧人去做俗家经忏后，恰巧有位卖染料的商贩来到了日追。小僧人仔细想了想，要买染料，可拿什么做染料费？他把老僧人讲的理解成"物件里面哪个最长，就用哪个"，而没有理解成"哪个最多或最富余，就用哪个"。他仔细考虑之后，想到了最长的是一根绳子和一匹氆氇。还郑重而严肃地想到跟"正法要念多遍"是一个道理，所以要是不认真就不行。他把那根绳子和那匹氆氇比了比，看哪个长。结果发现那匹白色氆氇比那根绳子长，就决定用那匹氆氇交换染料，并问卖染料的商贩这么交易可不可以。商贩特别满意，在一捆子染料上还加了半捆子。小僧人心想，今天的生意做得非常顺当。老僧人叫我拿最长的买一捆子染料。我这回得到了一捆子半的染料。心里乐呵呵地、脸上笑微微地等待着老僧人回来。

几天后，老僧人做完俗家经忏回来了。这时小僧人心里想着，今天肯定会表扬我买卖做得好，便喜滋滋地期待着。老僧人问他："你买染料没有？"小僧人笑嘻嘻地回答："买了。"老僧人又问："拿什么买染料的？"小僧人回答说："我给了那匹氆氇。"

这时，难以遏制的气愤和吝惜之情，像比赛似的同时涌向老僧人的心头。他骂道："哎哟，把氆氇给人家，买回染料。你想要染什么？"小僧人一副理直气壮的神情辩解道："师傅您不是叫用最长的换染料吗？我俩的物件里最长的只有那匹氆氇。如果师傅您能指出比这个还长的东西来，可以算是我的过错。就是骂我，我也心甘情愿。"

老僧人把头甩向一边说："你可真是个地地道道的糊涂蛋。"尔后向他说明"（端、头）最长"的含义，并道："俗话说，'人言和刀剑，抓柄莫抓尖'，要掌握话语的精髓。"听了这些话，小僧人方才知道自己错了，并为此后悔不已。

然而，事情都已经发生了。就像世间古老俗话说的那样，"事前考虑是智者，事后懊悔是愚人。"再后悔，也没有任何用处。

11. 机灵的证词

古时候，有一位身处智慧黑暗、贪婪火旺中的国王。国王平时对奴隶们就像榨取血液和骨髓一般无限度地进行剥削。而自己对待生活骄奢淫逸，根本就不知道把持。

一天，国王把一条母牦牛的后腿放在桌子上，一边用刀子割着，一边贪婪地吃着。突然，一大块肉卡在了他的喉咙里，无论采取什么办法都无济于事：既取不出来，又咽不下去，最终使这位残暴的国王走向死亡了。

当内宦外臣们集中起来调查国王死因的时候，一位聪明机智的王宫内侍走了进来，毕恭毕敬地指着那条母牦牛后腿和那把小刀说："各位大臣，杀害国王的凶手是这个。"大臣们不知道因由，便威胁内侍道："你怎么说出这么荒诞无稽的话，是不是想欺骗我们？这两样东西是怎么杀害国王的？你要说实话，讲清楚。不然就把你视为杀害国王的凶手，绳之以法。"

内侍不卑不亢地站在大臣面前，假装万分悲痛的样子说："我怎么敢欺君犯上，杀害国王的真的是这两件东西。为啥这么说呢？

母牦牛腿块头太大，

白柄小刀割得肉太糙，

三十颗海螺似的牙齿嚼得太少，

红舌头推送得太早，

咽喉松耳石绿眼孔太小，

致使这位太阳般的国王瞬间就没了。"

至此，国王的死因全弄清楚了。大臣们个个目瞪口呆，无话可说。他们向为国王请上师、僧人做追荐的人员妥善布置任务后，各自回家了。

12. 大小两个僧人

从前，在一座寺庙里有一老一小两位僧人，两人一起搭伙。由于寺庙没有寺属百姓，他俩就只好靠平时做些俗家法事维持生计。

在两位僧人中，年长的僧人是个性情耿直、没有贪婪之心，不喜欢也不会花言巧语、谄媚恭维的人。而小的那位僧人虽然年纪轻，没有多少宗教仪轨等方面的知识和能力，但是天性中蒙上了贪财的垢污，不懂正法，却精于俗事。特别是巧舌如簧，善于奸狡油滑，并付诸实践。

一天，小僧人对老僧人说："平时我俩去做俗家法事时，由于不懂得对施主奉承、恭维和赞美，所以没有人给我们满意的资财。因此，以后我俩去做俗家法事时，应跟施主多说点话，特别是要多说些施主爱听的话。就我俩来说吧，你年纪大，能力也强，是大家公认的德高望重的老僧人。要是你来给施主们说好话，施主们一高兴，准会把我们奉若神明。"老僧人对小僧人说："我平时就不怎么喜欢跟人说好话，也不会说。可现在出于需要，要多跟人说话，嘴甜一点。我该怎么说这类好听的话？"小僧人便出主意道："这个很简单。到施主家里后，先问人家施主的年龄、庄稼的长势好坏、家畜的数量等客套话，逐渐地话题自然会多起来。然后，就可以适时对施主们说些恭维和赞美的话。"

又过了一些日子，一户人家请他俩念诵《般若十万颂》。小僧人事先多次提醒老僧人："师兄，这次你要记住我曾经教的那些话。"老僧人也点头许诺。

到了施主家，按长幼顺序，老僧人坐在席首，小僧人坐次席。没过多久，施主家的父亲和一个儿子从外面干活回来，问候了两位僧人。这时，小僧人便暗示老僧人，提醒他说话。

老僧人按小僧人教给他的说话方式和规矩，首先对这家父亲问候道："您今年多大啦？"父亲答道："我今年快到六十岁了。"老僧人

134

又问：“那么你们父子俩谁的年龄大？”这家父亲心中暗笑了一下，却没有表露出来，答：“我大。”老僧人再问：“家里有多少家畜？”父亲答道：“主要家畜有十几头母犏牛。还有黄牛、马、骡和一头公黄牛，加起来共有将近二十头（匹）。”老僧人继续问：“你们的骡子是公的还是母的？”“有一匹母的和一匹公的。”“骡子下驹了吗？”父亲心想：“哎哟，真笨。连骡子下不下驹都不懂。”但生怕让两位僧人尴尬，就说：“不会生骡驹。”谁知老僧人还问：“那么那些公牛是公的还是母的？”父亲带着嘲笑的神情答：“那头公牛是母的。”“那么那头公牛怀着公牛犊吗？”父亲窃笑一下：“不止公牛犊哟，它净生老公牛。”年长的僧人沉吟片刻后又问：“你家今年庄稼收成怎么样？”父亲又实话实说地应道：“今年夏季前半期庄稼长势非常好，可是后半期因为雨水少，产量不太高。”老僧人很遗憾地说：“可惜，你们没能在长势好的时候收割，这太糟糕了。”一听这话，这家老老少少都不禁捧腹大笑，整个屋子充满了笑声。最后，弄得这两个僧人非但没有拿到较高的酬金，而且羞愧难当。从此再也不敢出现在这家人能看见的场所。

老僧诵经成愚，不懂俗务，脱离实际，成了当地后代经常谈论的笑柄。

13. 不打自招

古时候，有一个经常偷鸡摸狗的人。一天，他假装到森林里捡柴火，却在村头森林附近一户人家抓了一只山羊，把它宰掉，装进筐子里，用小树枝盖住筐子，背回家了。

他路上碰见一位熟识的村民。村民随便问他道：“你去捡培果热苏①啦？”这个小偷心里正担心着装在自己筐子里的山羊头和山羊

---

① 培果热苏：为青冈零碎枯枝。

腿是不是露出来了，正像俗话说的"身子有病，才现病容"。他脸色一变，慌慌张张地说："什么？山羊头和山羊腿露出来了吗？"他失口说出了不打自招的话。这时村民已经清楚地知道了他偷山羊，装在筐子里了，便说了句揭穿黑钱罪错的话："我问的是培果热苏。可你带的是羊头羊腿啊。"小偷向这个村民磕头，颤声颤气地对自己偷山羊的行为表示懊悔，并连连央求不要向法官告发。由于小偷自己揭开自己的疮疤，从此便有了"培果热苏揪出了羊头羊腿"这一说法。

14. 幻想毁了现实

从前，一个贫穷家里有父子两人。父亲非常严厉，儿子稍微不对就马上动手打。儿子又是一个既调皮又机灵的小孩。

一天，父子两人吃了午饭后，在阳台上坐着聊天。父亲用手指着前面的一座大山说："你看，那座山上长了茂密树林，树林中绝对有许多獐子。"儿子立即把父亲的话题抢过去说："爸爸，爸爸，那我们可以套獐子了吧？""那当然，明年我准备爬到那座山上去，放很多很多抓捕獐子的套子。"父亲一说獐子，儿子又问："獐子有麝香，麝香值很多很多钱对吗？"父亲答道："对，如果能套上一个公獐子，把麝香卖给人家，用麝香换来的这笔钱，可买一匹好毛驴……"儿子听到父亲买毛驴的话高兴地跳起来说："哦！毛驴下了崽子的话，我一定要骑毛驴崽子！"父亲气愤地提起嗓门说道："唉！毛驴崽子不能骑，它撑不住会被你压残废的！"儿子又重复也绝对地说："我要骑！我要骑！我一定要骑毛驴崽子！"父亲更气愤地强调说："兔崽子，我说毛驴崽子不能骑，骑了会弄成残废的！"边说边重重地打了儿子一记耳光。由于用力过猛，把儿子的一边耳朵弄背了。后来，人们对此议论说："幻想中的毛驴还没有下崽，把现实中的儿子的耳朵弄残废了。"从此有了"幻想毁了现实"的这句民间谚语。

15. 阿古顿巴种头发

从前，在一个富豪家里有个老爷。他不到五十岁头发就全掉光，成了名副其实的光头老爷。老爷为了自己的头发掉完而发愁，经常打听着有没有能医治掉头发的医生。阿古顿巴听到此事后，心想这个老爷对本村百姓非常不好，趁此机会我要整一整这光头老爷。

一天，阿古顿巴手里提着药箱，在村子里穿来穿去走着，便嘴里反复喊："有没有需要种头发的人啦？有没有需要种头发的人啦？"到了富豪光头老爷家门口时，被富豪老爷听到"种头发"这三个字，老爷就像孔雀听到雷声般的高兴，把阿古顿巴请到家里，首先对他热情接待，然后了解"种头发"事情。

富豪家的光头老爷问阿古顿巴："你真会种头发吗？"阿古顿巴答道："啊呀，您老人家不知道吗？我是大名鼎鼎的种发专家，不信您亲身体验一下就知道。"老爷说："那么成功率高不高？"阿古顿巴道："既然种下去了，绝对没有一个不长的，但种的时候有些难度……"阿古顿巴的话还没有说完，老爷急着说："那在我的头上试种一下吧。"阿古顿巴说："这样随随便便种了不行，首先要找出不长头发的病因，其次要割掉病根，最后要举行隆重的种发仪式。这样才能种好头发。"老爷说："那你找一下我的病因吧。"阿古顿巴对老爷很恭敬的样子说："老爷啦！您老人家头上不长头发的病因，是肉和酥油吃得太多了，以后千万不能吃这些东西。"接着又说："要除掉病根，就必须把家里现存的肉和酥油统统都分给本村的百姓，因为他们平时吃不到这些东西，您也不能吃，留着就没有用，到了一定时间就会烂掉。在肉和酥油分给百姓的同时，要举行隆重的种发仪式。"老爷考虑片刻后，不愿把肉和酥油分给他人，便客气地说："家里的肉和酥油统统都分给百姓的话，除了老爷以外我家里还有其他人，那他们吃什么呢?"阿古顿巴又痛快地说:"对!对!对!那三分之一留给你们自己,三分之二分发给百姓吧!如果您老人家不除病根,我保证不了种发种成功啊!"老爷怕阿古顿巴不种头发,立即同意了阿古顿巴的建议,并商定了给百姓分发东西及种发仪式的具体时间。

到了约定时间,阿古顿巴又提着药箱,来到了富豪光头老爷家门口,全村的人都早就集中在门口,等着老爷分发肉和酥油。于是阿古顿巴先让老爷给全村百姓分发肉和酥油,然后,在众人面前大声说道:"乡亲们!今天是天空吉星高照、地上良辰集聚的日子。一是咱们老爷开恩,把他家多余的肉和酥油全赐给大家了。二是老爷请我在他老人家的头上要种头发了。种发成功后,老爷会变年轻二十岁。"阿古顿巴接着打开自己的药箱,拿出牦牛尾、黑山羊毛各一把,问老爷:"您老人家,请选择吧!想种哪一种头发?"老爷看了看,选择了牦牛尾,便说:"我要种这种头发。"

于是阿古顿巴让老爷坐在木椅子上,把双手捆绑起来,便从药箱里拿出一把锥子,在光滑滑的老爷头上,用锥子扎一次,把牛尾毛栽一根,没有栽完两根,光头老爷疼痛得哇哇叫着说:"你骗了我,哪有这种种法?"阿古顿巴答道:"我前面说过,头发种的时候有些难度,但您老人家没有好好听。不过以前我给许许多多人的头上种过头发,也遇到过各种各样的情况。有些忍受着疼痛,头发种得非常成功,这种人占绝大多数;有些人忍受不了疼痛,向我请假免种,这种人是少数;有些哇哇叫着死掉了,这种人是极个别的。"老爷一听到"死掉"两个字,就害怕地全身发抖,立即说:"我要向你请假,向你请假。"阿古顿巴不慌不忙地说:"这是您老人家可以选择的,我绝对不会勉强的。"说完收拾起自己的东西就走了。

第二篇

民间歌谣

波 卓

1. 供养歌舞

圣洁雪山之巅，
日月陪伴神仙。
繁星莲花八瓣，
供奉曼舞轻弦。

圣洁雪山之巅，
狮子陪伴神仙。
绿鬃莲花八瓣，
供奉曼舞轻弦。

岩崖密布神山，
白鸟陪伴神仙。

羽翼莲花八瓣，
供奉曼舞轻弦。

草坝顶之神山，
雄鹿陪伴神仙。
鹿角莲花八瓣，
供奉曼舞轻弦。

村镇之中神山，
儿孙陪伴神仙。
舞步莲花八瓣，
供奉曼舞轻弦。

2. 供养卓舞^①

供养喇嘛啰，
供养三世佛啰，
喇嘛三世诸佛，
供养曼舞轻歌。

供养父辈啰，
供养须弥啰，
父辈须弥神山，
供养曼舞轻歌。

供养伟男啰，
供养战戈啰。
伟男战戈威光，
供养曼舞轻歌。

供养母辈啰，
供养河流啰，
母辈河流碧海，
供养曼舞轻歌。

供养少女啰，
供养海边啰，
少女海边鲜花，
供养曼舞轻歌。

供养少儿啰，
供养丰收啰，
少儿丰收麦穗，
供养曼舞轻歌。

————————

① 卓舞，藏语中指歌舞的意思。

3. 请观看卓舞

首先不跳卓舞首先跳上卓舞，
首先跳卓舞地方圣洁印度地，
印度八百罗汉请来观看卓舞，
请来观看卓舞供养施奉卓舞。

其次不跳卓舞其次跳上卓舞，

其次跳卓舞地方吉祥拉萨地，
拉萨释迦两佛尊请观看卓舞，
请来观看卓舞供养施奉卓舞。

再次不跳卓舞再次跳上卓舞，
再次跳卓舞地方幸福昌都地，

昌都护法父母请来观看卓舞，
请来观看卓舞供养施奉卓舞。
再次不跳卓舞再次跳上卓舞，

再次跳卓舞地方富饶汉内地，
汉内地五台山请来观看卓舞，
请来观看卓舞供养施奉卓舞。

4. 舞的源头

一问舞蹈何处来，
舞蹈来自梵天界，
天界仓巴嘎布 ① 神，
品歌赏舞请快来。

二问舞是何处来，

来自人类自开怀，
人间白色救星佛，
品歌赏舞请快来。

三问舞蹈何处来，
来自龙宫地下垓，
龙宫尊纳仁青神，
品歌赏舞请快来。

---

① 仓巴嘎布：梵天婆罗门。

5. 劫波世界形成锅庄

劫波不成劫波成，
混沌初开劫波成。
一块衣襟大小地，
中间有湖如面镜；
镜湖之中有座山，
山形大小似支箭；
箭山之顶有棵树，
树形大小如香株；
香株树上有四鹏，
四鹏各下一枚卵；
一卵绿色如玉胎，

掉下树木成大海；
海水因此自然蓝，
河水雨水自成源。
一枚白色海螺蛋，
随风飘浮上了天；
海螺蛋变成白云，
雨水源头自然成；
一枚鸟蛋色金黄，
滚到黄域印度邦；
佛法日盛自兹始，
天竺梵音播远方。

143

一枚浅褐蛋银色，
原地不动雪域乡；
藏人黑头福劫地，

从此形成渐盛昌！
藏人黑头福未央！

6. 宇宙形成卓舞

谁知宇宙在何处形成，
如不知宇宙何处形成，
首先宇宙在天界形成，
自在佛是宇宙形成神。

谁知宇宙在何处形成，
如不知宇宙何处形成，
二次宇宙形成在人间，

六氏族① 宇宙形成藏人。

谁知宇宙在何处形成，
如不知宇宙何处形成，
三次宇宙形成在龙域，
龙王尊纳② 就是宇宙神。

① 六氏族：西藏远古六氏族。
② 龙王尊纳：龙王的别名之一。

7. 形成宇宙的好山谷

第一宇宙未形成，
第一宇宙就形成，
第一宇宙形成地，
吉祥印度好山谷，
形成模样多殊胜，
良辰吉日缘此地。

第二宇宙未形成，
第二宇宙就形成，
第二宇宙形成地，

吉祥拉萨好山谷，
形成模样多殊胜，
良辰吉日缘此处。

第三宇宙未形成，
第三宇宙就形成，
第三宇宙形成地，
吉祥昌都好山谷，
形成模样多殊胜，
良辰吉日缘此处。

第四宇宙未形成，　　　　　　吉祥内地好山谷，
第四宇宙就形成，　　　　　　形成模样多殊胜，
第四宇宙形成地，　　　　　　良辰吉日缘此处。

8. 经、军、法三者的形成

高山之巅螺号鸣，　　　　　　千军之上加万军，
印度法王螺号声，　　　　　　军事如何此话题。
佛法起源在印度，
甘珠上垒丹珠经，　　　　　　山脚响起鼓声震，
佛经如何此话真。　　　　　　汉地大王法鼓声，
　　　　　　　　　　　　　　法事起源在汉地，
山间竖有一面旗，　　　　　　法令之上加政令，
格萨尔王之军旗。　　　　　　政事如何此话珍。
军事起源在此地，

9. 格萨尔王诞生地

格萨尔王何处生？　　　　　　各种方马奉神灵。
大王生在查莫岭。　　　　　　如意神鞭何处生？
各族人民拜竭诚。　　　　　　神鞭生在藤木林，
枣红神马何处生？　　　　　　各种藤竹称至臻。
神马生在养马屯，

10. 伺莫冈的形成

幸福快乐其地方，　　　　　　伺莫冈的上游方，
形成幸福伺莫冈，　　　　　　形成了雪地山乡，

犹如长寿灌宝瓶，
从此为长寿灌顶。
伺莫冈的中游上，
世间大山之故乡；
犹如谕盟垒经卷，
从此教派各成帮。

伺莫冈的下游方，
玛旁雍错① 形成邦，
犹如供水甘露摆，
从此世界有海洋。

① 玛旁雍错：阿里境内著名神湖之一。

11. 岭国② 有名人称呼

圣人如意格萨，
犹如白璁念珠，
叔父总管大王，
百串佛珠瑞珠。
王子扎拉孜杰，
犹如白璁念珠，

叔父丹玛姜查，
百串佛珠瑞珠。
甲洛森姜珠姆，
犹如白璁念珠，
尼琼卢古察雅，
百串佛珠瑞珠。

② 岭国：泛指古代藏族地区。

12. 汉地、印地等的形成

印度之地如何样？
白色银元铺个垫，
红色珊瑚搭个帐，
绿色碧玉镶花边，
印度地方幸福邦。

汉域地方如何样？
黑色汉茶铺个垫，

白色酥油搭个帐，
红色北盐镶个边，
汉域地方幸福邦。

藏家地方如何样？
黄色郁金铺个垫，
丰收金穗搭个帐，
绿色江水镶个边，

藏家之地幸福邦。

13. 论说竖旗杆法

上方竖否旗帜?
上方竖有旗帜。
上方旗帜竖在,
后藏扎什伦布。
扎什伦布具有,
经堂一百八十。

经堂一百八十,
金顶一千二百,
金顶艳丽装饰,
万丈光芒耀世。

中部竖否旗帜?
中部竖有旗帜。
中部旗帜竖在,
圣地拉萨之处。
圣地拉萨具有,

经堂一百八十。
经堂一百八十,
金顶一千二百,
金顶艳丽装饰,
万丈光芒耀世。

下方竖否旗帜?
下方竖有旗帜。
下方旗帜竖在,
汉地五台山寺。
五台山寺具有,
经堂一百八十。
经堂一百八十,
金顶一千二百,
金顶艳丽装饰,
万丈光芒耀世。

14. 歌舞开场盛宴

一场卓舞堪殊胜,
有请八百罗汉尊,
喜欢卓舞请光临。

二场卓舞堪殊胜,

有请拉萨释迦佛,
喜欢卓舞请光临。

三场卓舞堪殊胜,
有请昌都护法神,

喜欢卓舞请光临。

四场卓舞堪殊胜，
有请察雅弥勒佛，
喜欢卓舞请光临。

五场卓舞堪殊胜。
有谢故乡父母恩，
喜欢卓舞请光临。

15. 促跳卓舞

跳个卓舞天空般，
天空无际亦无边；
跳个卓舞高山般，
高山坚定亦威严；
跳个卓舞河水般，
河流不断千年源；
跳个卓舞森林般，

森林更替循自然；
跳个卓舞大海般，
大海碧波水连天。
歌舞有尽意缠绵，
尽情欢乐莫迟延，
若是不领一卓舞，
伊枉为人犬一般。

16. 小小鸟儿歌喉美

小小鸟儿亮歌喉，
次仁措姆不随嗾；
唯有当着神佛面，
次仁措姆歌不休。

小小鸟儿亮歌喉，
次仁措姆不随嗾；
唯有当着清官面，
次仁措姆歌不休。

小小鸟儿亮歌喉，
次仁措姆不随嗾；
唯有当着长辈面，
次仁措姆歌不休。

小小鸟儿亮歌喉，
次仁措姆不随嗾；
唯有当着圣母面，
次仁措姆歌不休。

148

17. 山顶长有百种草

山顶长有百种草，　　　　　檀香神树树味香。
百种草都比不上，
藏红花儿花草香。　　　　　山下流有百种水，
　　　　　　　　　　　　　百种水都比不上，
山腰长有百种树，　　　　　雅江藏布乳汁香。
百种树都比不上，

18. 我们的好喇嘛

上好喇嘛去何干？　　　　　上好叔辈去何干？
喇嘛去将法事办。　　　　　叔辈依规去论谈。
佛事日盛法事圆满。　　　　村事和谐家事圆满。

上好官员去何干？　　　　　上好母辈去何干？
官员依法去断案。　　　　　母辈喝茶并聊天。
法事日盛政事圆满。　　　　品茶尝酒女功圆满。

19. 前中后三种飞鸟

三种飞鸟俱出发，　　　　　黄鹤飞翔居中心，
雄鹰秃鹫作前甲，　　　　　金黄澄澄拉萨降，
英姿飒爽拉萨降，　　　　　敬拜释佛焕金身。
诚拜释佛献哈达。

　　　　　　　　　　　　　三种飞鸟次第飞，
三种飞鸟结雁行，　　　　　绿林鹦哥后面追，

绿林鹦哥拉萨降，　　　　　　敬拜释佛供圣水。

20. 热巴孔雀舞

今早孔雀何处来？
孔雀飞自印度来。
孔雀身着何种衣？
金色绸缎身上披。
孔雀膳食有何种？
玉米甜果盛满盅。

今早孔雀落拉萨，
拉萨孔雀貌如花。
孔雀身着何种衣？
青色氆氇身上披。
孔雀膳食有何种？
甜果香糖盛满盅。

孔雀来自擦绒①地，
孔雀身着何种衣？
今早开屏彰美丽。

棉布绸缎身上披。
孔雀膳用食何种？
冰糖大米盛满盅。

今早孔雀更美丽，
美丽孔雀来汉地。
孔雀身着何种衣？
金绸银缎身上披。
孔雀膳用食何种？
大米白面盛满盅。

心想事成孔雀喜，
今日孔雀更美丽。
大喜孔雀敬杯酒，
庆贺吉利永长久。
伶俐孔雀向右转，
贤惠孔雀向左转，
食用盅粮放地面。
孔雀不贤向右转，
孔雀不伶向左转，
食用杯水放地面。

---

① 擦瓦绒：是旧时地域名称，即西藏境
内的怒江下游擦瓦龙和云南迪庆州一
带叫作上擦瓦绒，四川阿坝州的大小
金川一带叫作下擦瓦绒。

21. 热谐桃之花

桃子吃起甜美，
桃花见着艳丽；
吃了甜美桃子，
桃花不要妒忌。

太阳自是温暖，
月亮自是明丽；
享受太阳之暖，
月亮不要妒忌。

藏绸柔软适意，
花布自然美丽；
穿起柔美藏绸，
花布不要妒忌。

美是拉萨圣地，
舒适家园故里；
去了拉萨圣地，
家园不要妒忌。

22. 温暖莫如羊羔皮

最暖莫如羊羔皮，
不暖时间暖自己，
时间最暖是太阳，
温暖时间最美丽。

时间最亮是明月，
照亮世界最光明。

灯亮莫如青油灯，
只亮自己不亮人；

漂亮珊瑚饰瓷器，
不美世界美自己；
人间之美邦锦花，
装扮世界更美丽。

23. 巴唐理唐和杰唐

巴唐理唐和杰唐，
牛儿快来有草粮，
草长年有一米长。

巴唐理唐和杰唐，
马儿快来有草粮，
草长月有一尺长。

151

巴唐理唐和杰唐，
羊儿快来有草粮，

草长夜有十寸长。

24. 拉萨建在何处上

拉萨建在何处上？
拉萨建在湖泊上。
昌都建在何处上？
昌都建在江中央。
察雅建在何处上？
察雅建在白岩间。

巴唐建在何处上？
巴唐建在鲲鹏上。
理唐建在何处上？
理唐建在旷野上。
康定建在何处上？
康定建在三山间。

25. 我们向前走吧

我们向前走吧，
天空飘下雪花；
别看来势凶猛，
太阳出来就化；
雪水溶入大地，
万物生根发芽；

酿成丰收美酒，
兴奋狂舞向巴①；
大家一起跳舞，
幸福生活无涯。

_____

① 向巴：藏语，意为情人。

26. 姑娘巴桑布赤

姑娘巴桑布赤，
一身装扮简朴，
头顶白色纱巾，
迎风自然起舞。

姑娘巴桑布赤，
一身装扮俭朴，
金雕珊瑚耳坠，
叮当随步起舞。

姑娘巴桑布赤，
一身装扮俭朴，
金银镶嵌嘎乌①，
那是标志高贵。

姑娘巴桑布赤，
一身装扮俭朴，
一袭黑色上装，
那是藏产氆氇。

姑娘巴桑布赤，
一身装扮俭朴，
内着红色缎衣，
映衬如雪肌肤。

姑娘巴桑布赤，

一身装扮俭朴，
藏袍龙纹缎子，
曼妙身材如舞。

姑娘巴桑布赤，
一身装扮俭朴，
步摇海狮腰链，
犹如击节打鼓。

姑娘巴桑布赤，
一身装扮俭朴，
围着七色彩裙，
红霞护佑仙姑。

姑娘巴桑布赤，
一身装扮俭朴，
藏靴彩云三层，
度母轻盈莲步。

① 嘎乌：藏人盛装时胸前佩戴的一种金银制的宝盒。

27. 杜鹃松柏和柳树

松柏柳树和杜鹃，
根深叶茂小杜鹃，
林中老虎显虎威，
一身漂亮虎纹斑。

杜鹃柳树和松柏，

根深叶茂小松柏。
林中杜鹃长留居，
妙音山谷响声悦。

杜鹃松柏和柳树，
根深叶茂小柳树，

林中小鸟长留居，　　　　　　　羽毛艳如画中诗。

28. 好一座金山

壮美金山巍巍，
积起金色湖水；
金色湖水之中，
长出金色树木；
金色树木之杪，
落下金色小鸟；
金色小鸟落定，
唱起六符妙音；
六符妙音有韵，
青年听了兴奋。

壮美银山巍巍，
积起银色湖水；
银色湖水之中，
长出银色树木；
银色树木之杪，

落下银色小鸟；
银色小鸟落定，
唱起六符妙音；
六符妙音有韵，
青年听了兴奋。

壮美螺山巍巍，
积起螺色湖水；
螺色湖水之中，
长出螺色树木；
螺色树木之杪，

落下螺色小鸟；
螺色小鸟落定，
唱起六符妙音；
六符妙音有韵，
青年听了兴奋。

29. 最美的地方

何处地方最美丽？
金色草坝最美丽。
去年想聚金坝上，
没能欢聚留憾意。
今年欢聚金色坝，

欢欢喜喜扎西秀，
舞动吉祥歌如意。

何处地方最美丽？
银色草坝最美丽。

去年想聚银坝上，
路遥未聚留憾意。
今年聚集小伙子，
欢欢喜喜扎西秀，
舞动吉祥歌如意。

何处地方最美丽？

海螺草坝最美丽。
去年想聚海螺坝，
路遥未聚留憾意。
今年聚集小姐妹，
欢欢喜喜扎西秀，
舞动吉祥歌如意。

30. 三杰歌

普度众生喇嘛能，
行政执法官员行，
治病救人大夫真。
此三种人上等人。

遨游太空雄鹰能，
炫耀羽毛孔雀行，

悦耳妙音杜鹃真。
此三种鸟鸟之珍。

价格昂贵骡子能，
飞奔走力骏马行，
驮力无比耕牛真，
此三种畜畜上品。

31. 佛寺神殿之喇嘛

佛寺神殿之喇嘛，
头戴黄帽披袈裟，
手持佛珠真经诵，
三物俱全能修法。

掌握政权之大官，
头戴白盔披黄缎，

手持律法将令布，
三样俱全能施权。

妇人如水自河洲，
头戴玉饰身着绸，
身穿艳丽花色美，
三样俱全称女流。

155

32. 不变上宝座

高山冰川在祈祷，
雄狮乃是兽中宝。
兽族至猛不动摇。

高山岩石在祈祷，
雄鹰乃是鸟中宝。
善飞至快不动摇。

高原草地在祈祷，
花鹿乃是原上宝。

彩茸至好不动摇。

高山密林在祈祷，
猛虎乃是林中宝。
斑纹至美不动摇。

村寨家园在祈祷，
子孙儿女家中宝。
心肝至爱不动摇。

33. 高山冰川像白纸

高山冰川似白纸，
雄狮就像纸上字，
鬃毛如笔书写猛，
人类永远追不至。

高山岩石似白纸，
雄鹰就像纸上字，
羽毛如笔书写快，
人类永远追不至。

高原草坪似白纸，
花鹿就像纸上字，
彩茸如笔书写好，
人类永远追不至。

村寨家园似白纸，
舞者就像纸上字，
舞姿如笔书写美，
技艺永远追不至。

34.雪山白瓷曼札

雪山白瓷曼札，
雄狮曼札之巅，
绿鬃供养处远。

岩山白银曼札，
鸟王曼札之巅，
展翅供养处远。

草原碧玉曼札，
雄鹿曼札之巅，

鹿角供养处远。

茂林玛瑙曼札，
猛虎曼札之巅，
虎纹供养处远。

村镇金制曼札，
子孙曼札之巅，
卓舞供养处远。

35.衷心向往地方

衷心向往雪山，
雪山受命不迁。
衷心向往岩石，
岩山历久弥坚。

衷心向往河水，
河水不绝绵绵。
衷心向往村庄，
村庄和美千年。

36.里面坐有宝

高高雪山矗立在外，
在外矗立就是城垣。
白色雄狮坐在里面，
里面坐着就是神仙。
绿鬃茂盛就在侧面，

茂盛绿鬃就是装扮。

高高岩石矗立在外，
在外矗立就是城垣。
鸟王秃鹫坐在里面，

里面坐着就是神仙。
展翅羽毛茂盛侧面，
茂盛羽毛就是装扮。

高高草坝形成在外，
在外形成就是城垣。
雄鹿三兄坐在里面，
里面坐着就是神仙。
鹿角健长在头侧面，
健长鹿角就是装扮。

高高林区形成在外，

在外形成就是城垣。
母虎三妹坐在里面，
里面坐着就是神仙。
虎纹茂盛就在侧面，
茂盛虎纹就是装扮。

高高村镇坐落在外，
在外坐落就是城垣。
子孙兄妹坐在里面，
里面坐着就是神仙。
卓舞兴盛就在侧面，
放歌起舞就是装扮。

37. 观看四季

孟春仲春与季春，
观赏春光何处行？
春天最宜农田去，
雨润嘉禾足怡情。

孟夏仲夏与季夏，
观赏夏风何处佳？
夏月最宜草坝去，
大小草坝开鲜花。

孟秋仲秋与季秋，
观看秋色何处游？
秋游最宜观果树，
硕果累累满枝头。

孟冬仲冬与季冬，
观赏冬景去何从？
冬季最宜河边去，
冰河接岸马蹄风。

38. 鲜花卓舞

一棵树干三个杈，

三个树杈三朵花；

三朵花结三颗果，
三果三分奉三家：
一份花果献给佛，
祝慈愍佛永住世；

一份花果献给岩，
祝护法神比岩坚。
一份花果献给水，
祝福寿比水还长。

39. 吉祥三地方

吉祥印度之地方，
所长树木是檀香，
所飞落下是孔雀。
首推檀香枝叶茂，
次选孔雀羽毛亮。
心想事成俱吉祥。

吉祥拉萨之地方，
春风临地掀柳浪，
柳浪其中杜鹃唱。

首推柳树枝叶茂，
次选杜鹃叫声亮。
心想事成俱吉祥。

吉祥汉地之地方，
所长植物茶树乡。
所飞落下是凤凰。
首推茶树枝叶茂，
次选凤凰羽翅亮。
心想事成俱吉祥。

40. 福禄切玛和彩箭

蔚蓝天开福禄花，
日月福禄之切玛①，
繁星福禄之哈达。
福禄切玛和哈达，
长寿福禄盛之涯。

雪山盛开福禄花，
狮子福禄之切玛，
绿鬃福禄之哈达。
福禄切玛和哈达，
做事如愿功之涯。

① 切玛：糌粑、酥油等混合而成的食品，
于藏历新年等盛大节庆或迎接贵宾时
用的摆设品。

村镇盛开福禄花，
舞者福禄之切玛，

歌舞福禄之哈达。
福禄切玛和哈达,

吉祥如意乐之涯。

41. 莲花坝

美丽富饶莲花坝,
莲花坝的上游地,
一年长草有一丈,
马儿来了有草吃。

美丽富饶莲花坝,
莲花坝的中间处,

一月长草有一尺,
牦牛来了有草吃。

美丽富饶莲花坝,
莲花坝的下游地,
一夜长草有十寸,
羊儿来了有草吃。

42. 三光颂

东方东边升的,
旭日光芒太阳,
若是不往西去,
永据天空中央。
一直温暖大地,
没有比你更好,
你是温暖之光!

东方东边亮的,
皎洁如辉月亮,
若是不往西去,
永据天空中央。

黑夜从此弗有,
没有比你更好,
你是皎洁之光!

东方东边闪烁,
闪闪六宿星光,
若是不往西去,
永据天空中央。
世界圆满兴盛,
没有比你更好,
你是灿烂之光!

43.请看上方多热闹

请看上方多热闹，
满空摇动俱黄帽；
最乐便是谢喇嘛，
吉运降临加持咱。

请看上方多热闹，
满空摇动俱狐帽；

最乐便是谢上官，
吉运降临扶持咱。

请看上方多热闹，
满空摇动俱毡帽；
最乐便是谢叔父，
吉运降临救助咱。

44.商官诺布桑波

商官诺布桑波，
前往远方汉地。
不识茶叶树种，
耽搁三年之久。
识得茶叶树种，
学到福禄茶功。
汉地纳瓦察勒①，
搭起白色帐篷。
帐边垒起茶叶，

伙计提来水桶。
商管老二起来，
去将炉火烧红。
商管老大起来，
快将黑色茶冲。
汉骡棕色小驹，
山上牵回马棚。
骡夫嘎玛扎西，
唱首名曲放松。
藤鞭吉祥如意，
画出雍仲字号。

① 纳瓦察勒：藏语，意为湿地平坝。

45.山顶戴着白盔

山顶戴着白盔好，

山腰穿着白甲好，

山底挂着镶边好。　　　　　　　　水腰弯着弓之好，
水源漂着哈达好，　　　　　　　　水尾射出箭之好。

46.雪山哈达帷幕

高山其雪犹如哈达结帷幕，　　　　健长鹿角想比哈达飘白云。
顶上白狮好似哈达展花纹，
白狮绿鬃想比哈达飘白云。　　　　高高密林犹如哈达结帷幕，
　　　　　　　　　　　　　　　　老虎母子好似哈达展花纹，
高高岩石犹如哈达结帷幕，　　　　虎纹茂密想比哈达飘白云。
鸟王秃鹫好似哈达展花纹，
展翅飞旋想比哈达飘白云。　　　　六方大门犹如哈达结帷幕，
　　　　　　　　　　　　　　　　子孙后代好似哈达展花纹，
高高草坝犹如哈达结帷幕，　　　　跳起卓舞想比哈达吉祥呈！
坝顶雄鹿好似哈达展花纹，

47.奶湖边

富裕王宫奶湖边，　　　　　　　　外挂白铜之八环。
白色铜锅亮姿颜。　　　　　　　　铜白似妹心纯洁，
里盛牦牛鲜益奶，　　　　　　　　奶好表我爱意坚。

48.歌手弓箭

北方草原牛角丰，　　　　　　　　易贡谷里铁矿足，
歌手我要牛角弓；　　　　　　　　歌手我要好箭镞。
察瓦龙里竹子善，　　　　　　　　白颈雄鹰羽毛殊，
歌手我要好箭杆。　　　　　　　　歌手我要好箭羽。

黑色牦牛鬃有名，
歌手我要须弓绳。

刺毛①地方朱砂乖，
歌手我要好箭彩。

---

① 刺毛：某一地名。

49. 八层顶

雪山之巅八层阙，
白色雄狮不速客。
绿鬃茂盛最奇特。

草原顶端八层阙，
雄鹿三兄不速客。
鹿角茂盛最奇特。

山崖之顶八层阙，
白颈雄鹰不速客。
飞旋姿速最奇特。

六维村庄八层阙，
子子孙孙不速客。
卓舞翩翩最奇特。

50. 阿古旦巴次仁

阿古旦巴次仁啦！
莫说没有帽子话。
此帽次仁之巾克②，
阿古旦巴曾用它；
此舞次仁之珠杰，
不懂就要学习它；
装饰五彩之哈达，
不知就要认识它。
十一步和十二步，

彩色达和五彩达，
右边佳和左边佳。

阿古旦巴次仁啦！
莫说没有耳坠话。
此坠乃是白玉石，
阿古旦巴曾用它；
此舞次仁之珠杰，
不懂就要学习它；
装饰五彩之哈达，
不知就要认识它。

---

② 巾克：一种藏族帽子。

十一步和十二步，
彩色达和五彩达，
右边佳和左边佳。

阿古旦巴次仁啦！
莫说没有嘎乌话。
嘎乌十二生肖图，
阿古旦巴曾用它；
此舞次仁之珠杰，
不懂就要学习它；
装饰五彩之哈达，
不知就要认识它。
十一步和十二步，
彩色达和五彩达，
右边佳和左边佳。

阿古旦巴次仁啦！
莫说没有上衣话，
此衣后藏氆氇做，
阿古旦巴曾穿它；
此舞次仁之珠杰，
不懂就要学习它；
装饰五彩之哈达，
不知就要认识它。
十一步和十二步，
彩色达和五彩达，
右边佳和左边佳。

阿古旦巴次仁啦！
莫说没有藏袍话。
此袍是龙纹绸缎，
阿古旦巴曾穿它；
此舞次仁之珠杰，
不懂就要学习它；
装饰五彩之哈达，
不知就要认识它。
十一步和十二步，
彩色达和五彩达，
右边佳和左边佳。

阿古旦巴次仁啦！
莫说没有腰带话。
腰带方格花纹饰，
阿古旦巴曾用它；
此舞次仁之珠杰，
不懂就要学习它；
装饰五彩之哈达，
不知就要认识它。
十一步和十二步，
彩色达和五彩达，
右边佳和左边佳。

阿古旦巴次仁啦！
莫说没有鞋子话。
此靴彩虹图纹美，
阿古旦巴曾用它；

此舞次仁之珠杰，
不懂就要学习它；
装饰五彩之哈达，
不知就要认识它。
十一步和十二步，
彩色达和五彩达，
右边佳和左边佳。

阿古旦巴次仁啦！
莫说没有鞋带话。

此带俱五行图案，
阿古旦巴曾用它；
此舞次仁之珠杰，
不懂就要学习它；
装饰五彩之哈达，
不知就要认识它；
十一步和十二步，
彩色达和五彩达，
右边佳和左边佳。

51. 桥益何人

层峦叠嶂飘白云，
山下溪河水流清；
清流溪上金桥架，
金桥对岸过何人？
金桥对岸过高僧。

层峦叠嶂飘白云，
山下溪河水流清；
清流溪上金桥架，

金桥对岸过何人？
金桥对岸过官人。

层峦叠嶂飘白云，
山下溪河水流清；
清流溪上金桥架，
金桥对岸过何人？
金桥对岸过乡亲。

52. 三山三水

左山右山和中山，
右山顶树神旗杆，
左山山顶点桑烟，

中山山顶立宝殿。

雪水岩水和山泉，

神鸟饮水自雪山，　　　　　　人们饮水爱山泉。
野牛饮水去山岩，

53. 山峰最美形态

山峰最美形态，　　　　　　柔如绸缎衣裳，
东方檀香山峰，　　　　　　染色袈裟其物，
旭日太阳地方，　　　　　　没有比你更好。
柔如绸缎衣裳。　　　　　　山峰最美形态，
温暖世界水土，　　　　　　北方檀香山峰，
无人比你更好。　　　　　　白色盐类基地，
山峰最美形态，　　　　　　柔如绸缎衣裳，
南方檀香山峰，　　　　　　调整饮食味道，
红色染料基地，　　　　　　没有比你更好。

54. 天成圣堂里

雪山天成圣堂①里，　　　　　林中天成圣堂里，
雪狮自然是金顶，　　　　　　老虎自然是金顶，
狮鬃手铃丁零零。　　　　　　虎纹铃声丁零零。
岩石天成圣堂里，　　　　　　村落天成圣堂里，
雄鹰自然是金顶，　　　　　　子孙自然是金顶，
翅膀铃声丁零零，　　　　　　歌舞升平丁零零。

---

① 天成圣堂：意为自然形成的圣堂。

55. 高山外城墙

高高雪山外围城墙，
白色雄狮是屋里宝，
绿鬃茂盛都去见宝。

高高岩山外围城墙，
鸟王雄鹰是屋里宝，
展翅炫耀都去见宝。

高高草坝外围城墙，
鹿儿三兄是屋里宝，

鹿茸发达都去见宝。

高高林山外围城墙，
老虎母子是屋里宝，
炫耀虎纹都去见宝。

高高村镇外围城墙，
子孙儿女是屋里宝，
跳着舞蹈都去见宝。

56. 热琼欢歌起舞

热琼①前往天庭，
天庭十八层城；
热琼问候天神，
天庭十八层城；
欢乐平安无穷，
热琼舞起欢心。
高兴去了天庭，
从此不愿回村。

热琼前往非人②，
非人十八层城；
热琼去做问候，
非人十八层城；
欢乐平安无穷，
热琼舞起欢心；
高兴去了非人，
从此不愿回村。

---

① 热琼：此处指跳热巴舞蹈的小伙子。

② 非人：藏族古宇宙观认为宇宙由天庭、
龙庭和中间的非天、非人三层构成。

热琼前往龙庭，
龙庭十八层城；
热琼去做问候，
龙宫十八层城；

欢乐平安无穷，
热琼舞起欢心；
高兴去了龙庭，
从此不愿回村。

57. 六座山的后面

东方六座山后面，
百匹马索堆如山；
骏马不要嫌辛苦，
金鞍给你做装扮。

东方六座山后面，
百匹骡索堆如山；

黑骡不要嫌辛苦，
金尖茶送你装扮。

东方六座山后面，
百头牛索堆如山；
奶牛不要嫌辛苦，
金箍奶桶做装扮。

58. 好一匹骏马

青红骏马装饰美：
金鞍之好闪光辉；
软垫好比如意宝，
皮鞦犹似祥云飞；

马镫之好双聚鳌，
马尾之好丝线围；
尾结之好百结穗。
马鞭之好如意藤。

59. 今早太阳何处升

今早太阳何处升？
太阳升起岩山岑。
白岩山石如经殿，
秃鹫犹如庙祝僧。

今早太阳何处升？
太阳升起草原坋。
鲜花朵朵如彩墨，
草原广阔似画屏。

今早太阳何处升？
太阳升起水之滨。

碧蓝水儿如墨水，
水獭鱼儿如墨瓶。

60. 白色远扬

白色显扬远处扬，
白鹰落在白岩上。
白鹰白岩相映美，
两白相聚兆吉祥。

绿色显扬远处扬，
杜鹃落在柏树上。

杜鹃柏树相映美，
两绿相聚兆吉祥。

黄色显扬远处扬，
黄雁飞舞大海上。

大海黄雁相映美，
两黄相聚最吉祥。

61. 神山日照

上午日出照山崖，
白色山崖神宫夸，
白色秃鹫如庙祝，
白色翅膀像唐卡。

中午日照神山岭，
山岭犹如细柳营。

野牛犹如军之将，
角作武器斗敌能。

下午日照临草坝，
草坝如纸待描画。

雄鹿好似秘书长，
鹿角作笔号千家。

62. 阿青坝上搭帐篷

阿青坝的坝头上，
搭个神龙欢喜帐，
帐房顶上把金镶。

阿青坝的坝中央，
搭个小伙欢喜帐，
帐房之腰虹图镶。

阿青坝的坝下方，　　　　　　帐房边围银环镶。
搭个母辈欢喜帐，

63. 山岭嘎丹颇章

嘎丹颇章立山岑，　　　　　　中层聚集花雌鹿，
气势恢宏分三层。　　　　　　鹿耳竖起如听令。
上层中层和下层。　　　　　　业力犹如雌鹿群。

上层聚集花雄鹿，　　　　　　下层聚集花小鹿，
鹿角排如列众兵。　　　　　　炫耀斑点如出征。
业力犹如雄鹿群。　　　　　　业力犹如小鹿群。

64. 天空鸟儿高中低

湛蓝碧空鸟飞高，　　　　　　不是哈达是孔雀，
白色哈达风中飘。　　　　　　艳丽翅膀足炫耀。
不是哈达是雄鹰，
展翅但将飞力耀。　　　　　　湛蓝碧空鸟飞高，
　　　　　　　　　　　　　　绿色哈达风中飘。

湛蓝碧空鸟飞高，　　　　　　不是哈达是杜鹃，
红色哈达风中飘。　　　　　　悦耳声音足炫耀。

65. 卓舞杜鹃装点

好卓舞杜鹃装点，　　　　　　好卓舞杜鹃装点，
遍地跳不能随便。　　　　　　遍地跳不能随便。
喇嘛跳宣法大殿。　　　　　　上官跳执法断案。

好卓舞杜鹃装点，
遴地跳不能随便。
小伙跳跑马射箭。

好卓舞杜鹃装点，
遴地跳不能随便。
靓女跳节日佳宴。

66. 马儿相聚一百八

黄色公马骏驰，
欢乐福鞍相聚。
前鞍其头金做，
金克① 一百八十；
后鞍其头银做，
银克一百八十。
马鞍所费染料，

重克一百八十。
马垫所耗羊毛，
毛色一百八十。
马镫所用铁锭，
铁种一百八十。
镫绳所费丝线，
丝种一百八十。
马鞭藤制工艺，
上雕吉祥如意。

① 克：原藏族计量单位，1 克约 27 斤。

67. 黄花金来制

东方东山之阙，
金色黄花了得：
手触会留熏臭，
脚踩叠加恶业。

北方北山之阙，
白螺花儿了得：
手触会留熏臭，
脚踩叠加恶业。

西方西山之阙，
九珠花儿了得：
手触会留熏臭，
脚踩叠加恶业。

南方南山之阙，
碧玉花儿了得：
手触会留熏臭，
脚踩叠加恶业。

68.叔父旦巴姜央

叔父旦巴姜央，
旦巴姜央历沧桑，
身心不与时光老，
头戴战盔闪银光。

叔父旦巴姜央，
旦巴姜央历沧桑，

身心不与时光老，
身披战甲闪银光。

叔父旦巴姜央，
旦巴姜央历沧桑，
身心不与时光老，
脚蹬彩靴闪银光。

69.拉萨栽上柳树

圣地岂能无柳？
拉萨柳树栽遍；
拉萨栽了柳树，

柳树长势摩天；
地上柳叶积着，
拉萨功德圆满。

70.好座法

借问何处最舒坦？
拉萨城内最舒坦。
借问座法谁称贤？
释迦座法最称贤。
尊者布道真经诵，
信众向善手合南。

借问何处最舒坦？
工布区域最舒坦。

借问座法谁称贤？
工布苯日最称贤。
尊者布道真经诵，
信众向善手合南。

借问何处最舒坦？
汾乡善门最舒坦。
借问座中谁最贤？
高堂恩重最称贤。

父母流汗育儿女，　　　　　　　　子孙尽孝满堂欢。

71. 幸福之地

幸福之地数波密，　　　　　　　　幸福之地数波密，
四冈六沟俱灵气。　　　　　　　　四冈六沟俱灵气。
冈上犏牛沟良田，　　　　　　　　冈上骡子沟良田，
欢乐人间吉祥地。　　　　　　　　欢乐人间吉祥地。

幸福之地数波密，　　　　　　　　幸福之地数波密，
四冈六沟俱灵气。　　　　　　　　四冈六沟俱灵气。
冈上牦牛沟良田，　　　　　　　　冈上绵羊沟良田，
欢乐人间吉祥地。　　　　　　　　欢乐人间吉祥地。

幸福之地数波密，　　　　　　　　幸福之地数波密，
四冈六沟俱灵气。　　　　　　　　四冈六沟俱灵气。
冈上骏马沟良田，　　　　　　　　冈上牲畜沟五谷，
欢乐人间吉祥地。　　　　　　　　欢乐人间福禄地！

72. 歌舞乐为娱三圣

歌舞乐为娱三圣，　　　　　　　　娱乐三圣如商会。
常常结伴出大门。　　　　　　　　我的故乡曲宗寺，
我的故乡倾多寺，　　　　　　　　娱乐三圣垒经卷。
娱乐三圣如流水。　　　　　　　　我的故乡达兴寺，
我的故乡普隆寺，　　　　　　　　娱乐三圣如射箭。
娱乐三圣如穿袖。　　　　　　　　我的故乡达孜朵，
我的故乡松宗寺，　　　　　　　　娱乐三圣如哈达。

73. 松扬度母歌舞

度母山是上天造，
造就神山供人绕。
色然坝是上天铺，
铺就平坦供跳舞。

大鹏夫妇① 往下面，

小鹏丰收禾苗好。
麦穗高有童八岁，
颗粒大比喜鹊卵。

度母山是圣母山，
座座圣母展姿颜。
千佛山是胜利山，
胜利之山雄姿焕。

---

① 大鹏夫妇：两座大岩石山。

74. 鹦鹉杜鹃和凤凰

鹦鹉杜鹃和凤凰，
唯有凤凰无故乡。
杜鹃故乡是门域，
鹦鹉绒域是故乡。

唯有凤凰无故乡，
孤独清苦在异乡。
经年漂泊前业障，
故里萦回在梦乡。

75. 小小地方

这小小地方铺满金有多高兴，
铺满金有多幸福；
这三只金鸟飞上天有多高兴，
飞上天有多幸福；
这在空中盘旋有多高兴，
在空中盘旋有多幸福；
这从空中落下地有多高兴，

落下地有多幸福；
这落在地上啄着食有多高兴，
啄着食有多幸福；
这啄食一切如意有多高兴，
一切如意有多幸福。

这小小地方铺满银有多高兴，

铺满银有多幸福；
这三只银鸟飞上天有多高兴，
在天上飞有多幸福；
这在空中盘旋有多高兴，
在空中盘旋有多幸福；
这在空中旋绕有多高兴，
从空中落下地有多幸福；
这在地上啄着食有多高兴，
啄着食有多幸福；
这啄食一切如意有多高兴，
一切如意有多幸福。

这小小地方铺满螺有多高兴，
铺满螺有多幸福；
这三只螺鸟飞上天有多高兴，
在天上飞有多幸福；
这在空中盘旋有多高兴，
在空中盘旋有多幸福；
这从空中落下地有多高兴，
落下地有多幸福；
这在地上啄着食有多高兴，
啄着食有多幸福；
这啄食一切如意有多高兴，
一切如意有多幸福。

76. 祝愿吉祥舞

一

祝愿吉祥之良辰，
东方吉祥之山顶，
三人背着黄金到，
攀步吉祥此登临。
右手举着扎西箭①，
左手端着长寿瓶。

祝愿吉祥之良辰，

吉祥山前之腰身，
三人背着白银到，
踏步吉祥此登临。
右手举着扎西箭，
左手端着长寿瓶。

祝愿吉祥之良辰，
吉祥山下之山根，
三人背着碧玉到，
迈步吉祥此光临。
右手举着扎西箭，
左手端着长寿瓶。

---

① 扎西箭：举行招福时所用的吉祥物。

二

沟里白山拇指头，
梦想将来变庙宇；
沟端泉水马尾柯，

梦想将来变大河；
山腰片石大如羊，
梦想将来变山羊；
沟尾松柏牛尾抽，
梦想将来变牦牛。

77.三三相聚

蔚蓝天空之中，
相聚三个光明：
一位旭日东升，
一位黑夜明镜，
一位昴宿六星。

四方小庙之内，
传来三种声音：
一是喇嘛诵经声，

二是摇动银手铃，
三是檀木摇鼓鸣。

草坝舞场之上，
相聚三个快乐：
一是快乐舞场，
二是快乐舞姿，
三是快乐舞蹈。

78.相聚三个光明

蔚蓝天空一隅，
相聚三个光明：
一是旭日东升，
照耀大地温馨。
二是皎洁明月，
黑夜指路明灯。
三是六星昴宿，

如转圣山右旋。

下方村镇之内，
相聚三个快乐：
一是快乐舞场，
舞场既圆又阔。
二是快乐舞蹈，

176

舞姿花开万朵。
三是快乐歌声，

九狮呼啸山河。

79.吉祥村庄上部

吉祥村庄上部，
放置金色宝瓶，
瓶放各种宝物，
唯恐不能聚全，
去年不曾聚到，
今年有缘全聚。

吉祥村庄中部，
放有银色宝瓶，
瓶里各种宝物，

唯恐不能聚全，
去年不曾聚到，
今年有缘全聚。

吉祥村庄下部，
放有松石宝瓶，
瓶里各种宝物，
唯恐不能聚全，
去年不曾聚到，
今年有缘全聚。

80.三样佛塔

吉祥啦吉祥啦！
舒畅吉祥山谷，
筑起金色佛塔；
金色佛塔之上，
绘有各种图案；
即便三年连雨，
图画永恒不变。

吉祥山谷中央，
筑起银色佛塔；

银色佛塔之上，
绘有各种图案；
即便三年连雨，
图画永恒不变。

吉祥山谷其下，
筑起碧玉佛塔；
碧玉佛塔之上，
绘有各种图案；
即便三年连雨，

图画永恒不变。

81. 吉祥三宫

吉祥来！到吉祥！
吉祥村庄上部建有金子
佛殿，
　拿着白色哈达朝拜金子
佛殿。
吉祥来！到吉祥！
吉祥村庄中部建有护神
宫殿，

　拿着红色哈达朝拜护神
宫殿。
吉祥来！到吉祥！
吉祥村庄下部建有龙海
宫殿，
　拿着蓝色哈达朝拜龙海
宫殿。

82. 吉祥山上

在那吉祥东山顶，
雪白经幡风中飘。
不是白幡乃雄鹰，
风儿飘动雄鹰翎。

在那吉祥东山腰，
火红经幡风中飘，

不是经幡乃孔雀，
风儿飘动孔雀翎。

在那吉祥东山根，
湛蓝经幡风中飘。
不是蓝幡乃杜鹃，
风儿飘动杜鹃翎。

83. 吉祥山谷三件饰

吉祥山谷有三饰，
山顶白雪装饰美，
山腰檀香密林美，

山下江河装饰美，
吉祥山谷三件饰。

吉祥草坝三件饰，
草坝上游满骏马，
草坝中游满牛群，

草坝下游满羊群，
吉祥草坝三件饰。

84. 普龙金制大殿

黄色金子所建，
普龙 ① 金制大殿。
别变普龙金制大殿，
不变普龙金制大殿，
永恒普龙金制大殿。

绿色碧玉所填，
扎日碧玉湖泊。

别变扎日碧玉湖泊，
不变扎日碧玉湖泊，
永恒扎日碧玉湖泊。

白色海螺制成，
自心梅里雪山。

别变自心梅里雪山，
不变自心梅里雪山，
永恒自心梅里雪山。

① 普龙：波密地方历史悠久的一座寺庙。

85. 回到可爱的故乡

蔚蓝天空边上立金门，
不是金门是旭日太阳，
温暖世界大地回故乡。

蔚蓝天空边上立螺门，
不是螺门是皎洁月亮，

黑暗夜间指路回故乡。

蔚蓝天空边上立玉门，
不是玉门是昴宿六星，
昴宿六星闪闪回故乡。

86. 跳丰年卓舞

丰年来哟！来丰年哟！
好时晨经九天轮宝，
呀啦嗦经小腿右边，
丰收发长禾苗绿油。
丰收供啰！供丰收啰！
供一供二和供三次，
供三阿哦北果 ① 方向，
好时晨经九天轮宝，
呀啦嗦经小腿右边，
丰收发长禾苗绿油。
丰年来哟！来丰年哟！
好标志经吉祥八宝，
呀啦嗦经小腿右边，
丰收发长禾苗绿油。

丰年来哟！来丰年哟！
供一供二和供三次，
供三阿哦北果方向，
好标志经吉祥八宝，
呀啦嗦经右手方向，
丰收发长禾苗绿油。
丰年来哟！来丰年哟！
经大地莲花八瓣方，
呀啦嗦经小腿右边，
丰收发长禾苗绿油。
丰收供啰！供丰收啰！
供一供二供三次，
供三阿哦北果方向，
经大地莲花八瓣方向，
呀啦嗦经右手方向，
丰收发长禾苗绿油。

① 阿哦北果：一种歌的衬词。

87. 圣地康玉

形成康玉 ② 康玉形成，
康玉圣地方向形成，
好圣地是哲雪圣山，
是神佛念经聚集堂。

形成康玉康玉形成，
康玉圣地方向形成，
好圣地阳光铺卢山，
是叔父论吉语之地。

② 康玉：今波密县的（地名）乡。

形成康玉康玉形成，

180

康玉圣地方向形成，　　　　　　　是圣母转经必经路。
好圣地是朝圣之路，

88. 花花舞场

花花舞场黄金场，　　　　　　　我要离场舍不得。
年青舞者似金花。　　　　　　　你要离场别恋场，
金花鲜艳又好看，　　　　　　　银花翻山已远去。
我要离场舍不得。
你要离场别恋场，　　　　　　　花花舞场海螺场，
金花翻山已远去。　　　　　　　年青舞者似螺花。
　　　　　　　　　　　　　　　螺花鲜艳又好看，
花花舞场银子场，　　　　　　　我要离场舍不得。
年青舞者似银花。　　　　　　　你要离场别恋场，
银花鲜艳又好看，　　　　　　　螺花翻山已远去。

89. 招福吉祥卓

吉祥啦！　　　　　　　　　　　福地瑞颜喜海笑迎。
从东方招来吉祥秀，
东方金刚勇士正来临，　　　　　吉祥啦！
吉祥瑞颜喜海笑迎，　　　　　　从西方招来吉祥秀，
福地瑞颜喜海笑迎。　　　　　　西方无量光佛正来临，
　　　　　　　　　　　　　　　吉祥瑞颜喜海笑迎，
吉祥啦！　　　　　　　　　　　福地瑞颜喜海笑迎。
从南方招来吉祥秀，
南方宝生如来正来临，　　　　　吉祥啦！
吉祥瑞颜喜海笑迎，　　　　　　从北方招来吉祥秀，

不空成就如来正来临，
吉祥瑞颜喜海笑迎，

福地瑞颜喜海笑迎。

90. 斗舞开端

舞者歌手请出来，
三门①齐开请出来！
胸膛舞者乃仓廪，
今日就要开大门；
双臂舞者乃翅膀，
今日就要展翅飞；
腰部舞者乃飞轮，
今日就要转飞轮；

双膝舞者乃双轮，
今日就要转双轮；
双脚舞者乃线固，
今日就要滚线固。
胸脯吉祥园子里，
百羊般地铺着来；
喉咙玉色小道内，
放出百螺般歌声。
不到公鸡嗷嗷叫，
誓不放手舞者们！

---

① 三门：此处指思维门、心门、歌门。

91. 劝舞开端

高山顶上竖面旗，
虽然不是炫耀旗，
要看究竟山多高。
大河上面架座桥，
虽然不是炫耀桥，

要看究竟水多大。
舞场里面跳场舞，
虽然不是炫耀舞，
要看究竟会跳否。

92. 容不下的锅庄

高高雪山请您让开，
雄狮将要炫耀鬃毛，

虽然能容雄狮本身，
无法容下绿色鬃毛。

高高岩山请您让开，
雄鹰将要炫耀翅膀，
虽然能容雄鹰本身，
无法容下雄鹰翅膀。

高高草原请您让开，
雄鹿将要炫耀鹿角，
虽然能容雄鹿本身，

无法容下雄鹿角支。

高贵观众请您让开，
舞者将要炫耀锅庄①，
虽然能容舞者本身，
无法容下锅庄舞姿。

---

① 锅庄：藏语，意为圈圈舞蹈。

第二章

波　央

1. 吉祥庆典敬歌

歌供一供二供三，
第一供向蔚蓝天，
庆贺供上白牛奶，
祝贺羊儿满棚圈。

歌供一供二供三，
第二供向非天界，

祝贺供上青稞酒，
祝愿藏地获丰收。

歌供一供二供三，
第三供向下龙界，
庆贺供上酥油茶，
祝愿汉地茶业兴。

2. 三门歌

拉萨俱有三扇门，
扇扇大门是禁门。

首推佛教之法门，
不具三香开不成。

汉藏蒙产三香全，
上师奉香亲叩门。
若无三香不开门。

次排行政官之门。

不具哈达开不成。
汉藏和蒙哈达全，
手捧哈达轻叩门。
哈达俱全方开门。

三数姑娘之嗓门，
没有美酒开不成。
汉酒藏酒和蒙酒，
三酒俱全去敲门。
三酒俱全亮嗓门。

3. 头上黄花狐皮帽

头戴黄花狐皮帽，
祈愿战神保终生；
身穿绸和缎子袍，
祈愿战神保终生；
项饰属相嘎乌盒，

祈愿战神保终生；
下身穿有紫色裤，
祈愿战神保终生；
脚穿花色彩虹靴，
祈愿战神保终生。

4. 我要唱首山歌

我要唱首山歌，
日月快乐之歌，
繁星闪烁其间。
我要唱首山歌。
雪山雄狮快乐，
绿鬃摇动相和。

我要唱首山歌，
雄鹰快乐之歌，
翅膀摇动之间。
我要唱首山歌，
山中猛虎快乐，
花纹飘动相和。

5. 流浪歌

我是一个流浪哥，
无兄无弟独漂泊；
腰间长刀如兄弟，

凡事不用问如何。

我是一个流浪哥，

双脚做马浪山河；
坐骑脚下生凉风，
不喂饲料把水喝。

我是一个流浪哥，
无户无籍自由多；
我之上官林松柏，
不受支配奈若何。

6. 自我安慰歌

快活真是初生鹿，
吃口草来吸口奶。
说苦真是兔子崽，
上唇豁唇人中悲。

我走草原万里路，
伙伴唯有邦锦花。
你要走在泥滩中，
伙伴唯有河边柳。

7. 心中的悲歌

请狂风不要整我，
我不会常走山坡，
请父母不要恨我，
我不会常留家中。

恩重父母告诫我，
抛弃白衣穿红衣，
不穿红衣求求你，
白衣童装暖心窝。

8. 想出远门歌

远行拉萨并不遥，
北行拉日即能到；

不说拉日这上方，
拉萨之北行更好。

9. 阿青草原

在阿青草原上游，
马儿不跑鞍鞯齐。

马儿要跑就要跑，
不需跑就放在那。

在阿青草原中间，
箭不射箭手齐备。
需射箭就要射去，
不需射就放在那。

在阿青草原下游，
卓舞不跳舞者齐。
需跳卓舞就要跳，
不需跳舞放在那。

10. 察瓦冈和芒康冈

多康冈有三个冈，
察瓦冈上聚百羊，
白财福禄吉祥聚。
芒康冈上聚百牛，

奶牛福禄吉祥聚。
多康冈上聚百骡，
灰黑小骡福禄聚。

11. 梦中的天堂

昨夜梦萦在天堂，
梦中走在山岗上，
摘起黄色金花束，
敬向菩萨之身旁，
梦见菩萨活模样。

昨夜梦萦在天堂，
走在白银山顶上，
摘起白色银花束，

敬向父母之身旁，
梦到恩重很健康。

昨夜梦萦在天堂，
走在玉色山顶上，
摘起玉色玉花束，
敬向朋友之手上，
祝福情深谊又长。

12. 日月星三

太阳地球上方明，
照暖大地不疑问。

明月岩石顶上明，
照亮黑夜不疑问。

六星六山顶上明，　　　　　丰收五谷无疑问。

13. 昨夜的梦境

昨夜梦境里面，　　　　　捡到满满一把，
走到金山之间，　　　　　献给神佛还愿。
捡着金子花钿。

捡到满满一把，　　　　　昨夜梦境里面，
献给神佛还愿。　　　　　走到海螺山间，
　　　　　　　　　　　捡着白色海螺。

昨夜梦境里面，　　　　　捡到满满一把，
走到银山之间，　　　　　献给神佛还愿。
捡着银子花钿。

14. 不变彩虹

草坝山绵势恢宏，　　　　　早升彩虹不消失，
每条山沟一道虹。　　　　　如赏节目看未穷。
早升彩虹不消失，
如赏节目看未穷。　　　　　村周山绵势恢宏，
　　　　　　　　　　　每条山沟一道虹，
岩石山绵势恢宏，　　　　　早升彩虹不消失，
每条山沟一道虹。　　　　　如赏节目看未穷。

15. 花飘飘

花飘飘续花飘飘，　　　　　花飘飘过高山际，
雄鹿长角花飘飘。　　　　　祈愿不遭流弹敲。

花飘飘续花飘飘，
勇士战盔花飘飘。
花飘飘过高山际，
祈愿不遭劫匪谋。

绿飘飘续绿飘飘，
农田禾苗绿飘飘。

绿飘飘结硕果际，
祈愿不遇霜雪雹。

绿飘飘续绿飘飘，
少女头饰绿飘飘。
绿飘飘过村庄际，
祈愿不遭盗贼谋。

16. 斗歌前引

要说不要斗歌，
还要坚持斗歌。
既然想要斗歌，
十八天日夜斗。
不要向我斗歌，
斗歌朝着天斗。

如若数清星星，
可以向我斗歌。
不要向我斗歌，
斗歌朝向草坪。
如若数清花朵，
可以向我斗歌。

17. 对歌引头

要唱高音就唱高音，
我和天空喜欢高空。
要唱低音就唱低音，
我和大地喜欢低处。

要唱柔歌就唱柔歌，
我和绸缎喜欢柔软。
要唱狂歌就唱狂歌，
我和荆棘喜欢粗放。

18. 对歌答复

要唱小曲别有小羊，
我嘴里会出红豺狼；

要唱小曲别有小草，
我嘴里会出利镰刀。

19. 友好对歌

好歌高山顶上唱，
亮曲大海边上弹。
喇嘛叫我唱一曲，
就唱莲花大师赞。
壮汉叫我唱一曲，
就颂勇士沙场战。

姑娘叫我唱一曲，
就颂青春艳阳天。
好歌只能唱一曲，
一曲好歌金子般。
好歌只能唱一曲，
深情委婉如丝线。

20. 雪山碧玉露珠

上游雪山露珠降，
滋润草原换绿装。
原上一束新花发，
摇曳谷中播芳香。

党的恩情红太阳，

普照西藏放光芒。
百万农奴翻身站，
挣脱锁链得解放。

欢乐之舞跳不尽，
幸福歌声传四方！

21. 祝愿再次来相聚

今年马聚鞍齐年，
马儿出发祝吉祥，
鞍子留下纳福禄，
祝愿常常来相聚。

今年弓聚箭齐年，
箭儿出发祝吉祥，

弓儿留下纳福禄，
祝愿常常来相聚。

今晚人神集聚日，
舞者出发祝吉祥，
舞场留下纳福禄，
祝愿常常来相聚。

22. 耕地歌

起身耕牛唱民谣:　　　　　　坡地翻耕卷肥料。
平地翻耕剪皮条,　　　　　　金刚加持产量高。

23. 搅乳提酥歌

大神梅里雪山,　　　　　　　金箍花格搅乳杖,
请赐福禄酥油!　　　　　　　快快聚起福禄油!
然乌富饶神湖,　　　　　　　金色福禄之奶湖,
请赐福禄酥油!　　　　　　　快快聚起福禄油!
嗡嘛呢叭咪吽。　　　　　　　请赐牦牛福禄油!
　　　　　　　　　　　　　　请赐绵羊福禄油!
奶桶金箍搅乳桶,　　　　　　请赐山羊福禄油!
快快聚起福禄油!　　　　　　嗡嘛呢叭咪吽。

24. 放牧歌

八瓣莲花草原地,　　　　　　我持蜂眼石子带,
水草丰美羊快去;　　　　　　赶着牦牛转场去;
八瓣莲花草原地,　　　　　　我持花色石子带,
水草丰美牛快去;　　　　　　赶着羊儿回圈去。

25. 奶牛阿宗

小小犏牛相聚,　　　　　　　犏牛不用放牧,
草地边上犏牛。　　　　　　　犏牛牛圈自回。

犏牛牛圈自回，
垒起酥油围墙。
垒起酥油围墙，
拉萨供去神灯。

拉萨供去神灯，
清除今世罪孽。
清除今世罪孽，
报答父母恩情。

26. 打墙歌

(1)

吉祥院里夯屋墙，
领夯工头如意郎。
打夯一排男子汉，
帮工一队小姑娘。

姑娘想的少运土，
汉子想的把工放，
想法不同百花样。

(2)

红莲宝石为墙基，
黄丹海土为墙土。

如意宝树做夹板，
神树白木为夯锤。
吉祥哈达作墙绳，
吉祥围墙作墙院。
打墙头为如意宝，
打墙者为丰收苗。

(3)

壮汉加油加起油！
打墙角者壮剽悍！
好汉挺好挺好真挺好！
好汉威严歼敌震四方！
如若墙面掉了皮，
好看就是丢大脸！
好汉挺好挺好真挺好！

27. 洗氆氇歌

兹棱棱棱①，
棱果果果②。
白财绵羊卷毛；

---

① 兹棱棱棱：方言，意为洗洗呀洗氆氇。
② 棱果果果：方言，意为洗净洗出白
毡般。

兹棱棱棱，
棱果果果，
寿材山羊绒毛；
兹棱棱棱，
棱果果果，
好比黄色野牛皮。

28. 砍柴歌

眼看干柴挂云杉，
没有巧身不会砍；

身巧林中乌鸦鸟，
虽巧又无力量砍。

29. 提水歌

甘甜之水在海底，
没有巧身不会提；

大海之鱼身虽巧，
身巧无手瓢无寄！

30. 建房歌

拉萨城里建寺庙，
白色海螺当柱子，
绿色玉石当房梁，
红色珊瑚当盖木，

白色藤竹当盖顶，
微微瑞雨洒满地，
抬起右脚压压泥，
镀金黄铜装屋顶。

31. 做事都要一个垫

做事都要一个垫，
大山耸立需要垫。
宽阔草原大山垫，
垫托大山体伟岸。

做事都要一个垫，
大河流淌需要垫。
宽阔沙滩大河垫，
垫托大河流源远。

做事都要一个垫，
年青小伙需要垫。
虎皮豹皮小伙垫，
垫托小伙势威严。

做事都要一个垫，
娇娘美女需要垫。
白璁玉滩少女垫，
垫托娇女更美艳。

32. 是十合聚集

房屋四维九道门，
如俱金顶就十道；
我不让门高过天，
无法越过天高深。

火枪九圈花铁杆，
如俱火药就十全；

不让恶人超越我，
无法战胜雷和电。

骏马蹓步九种度，
如俱金鞍就十足；
不让他人超过我，
无法超越风电骤。

第 三 章

仪式歌与说唱

1. 热巴舞的前序歌词

(1)

呀……呀……
贤劫宗法要发展；
高僧之德日月悬；
高官靠山身康健；

五谷丰登年胜年；
人民欢乐无疾病；
世界祥和无灾难；
世界和平无战事。
六方众生幸福和美满！

央玛尼吾扎曲吾扎①！

(2)

呀……呀……
达磨金刚变身经，
智慧般若此扬名，
译师纳若班智达②，

---

① 央玛尼吾扎曲吾扎：藏语，意为响起念诵六字正言声音和赞美佛法的歌声。
② 纳若班智达：出生于公元十一世纪，是玛尔巴译师之师。

以及名译玛尔巴 ① 圣。
自在米拉日巴 ② 圣，
日琼多吉扎巴 ③，
娘梅塔波神医 ④，
无畏塔波嘎居，
塔波下方沟里，
圣安帕姆卓玛 ⑤，
成道岭地热巴 ⑥，
根本大德喇嘛，
呈献加被佛语。
央玛尼吾扎曲吾扎！

（3）

呀……呀……
那山方位土地神，
这山方位土地神，
潺潺流水土地神，

---

① 玛尔巴：十三世纪的玛尔巴·曲吉洛
  追，藏传佛教噶举一大派别创始人。
② 米拉日巴：藏传佛教噶举派著名传人
  之一。
③ 日琼多吉扎巴：米拉日巴徒弟。
④ 娘梅塔波神医：出生于十一世纪的塔
  波拉杰·琐南仁青，是宋代著名藏医
  及佛学家。
⑤ 帕姆卓玛：藏语，意为救度佛母。
⑥ 岭地热巴：《格萨尔王传》中所说的岭
  国艺人团队。

生物树木土地神，
箭羽大的岩石，
铜镜大的坪坝，
小小石粒石籽，
牛尾大的松柏树，
大德的神佛、大德的龙王，
护法争显神威，
美酒香茶敬你们。
央玛尼吾扎曲吾扎！

（4）

呀……呀……
那山左方土地神，
这山右方土地神，
潺潺流水土地神，
生物树木土地神，
箭羽大的岩石，
圆镜大的坪坝，
小石粒和石籽，
牛尾大的松柏树，
方位神和龙王，
大恩大德的神佛，
护法尊者显灵。
神威作福龙威霸，
大龙权威圣地上，

布日琼瓦 ① 的乐园里，

---

① 布日琼瓦：藏语，意为小伙日琼瓦，
系米拉日巴的徒弟。

2. 热巴道歌

(1)

呈敬上师喇嘛们，
呈献大德高僧们，
加持佛语慈人心。
高高蓝天三光明，
相互环绕次第行。
天下住着父母亲。
三光绕着四州行，
兆云不被风来吹，
日月不被天狗吞。
但愿时常能欢聚，
时时欢聚吉祥如意。

上游三座好山上，
山顶落着鸟王鹰，
山下住着父母亲，
但愿父母长寿幸福，
鸟王展翅空中飞翔，

愿无嫉妒和仇恨，
和谐相处无斗争。
央玛尼吾扎曲吾扎！

但愿白岩不被雷击，
但愿鸟王不被绳套，
但愿时常欢聚再聚，
时时欢聚吉祥如意。

草坝长着花卉茂密，
此处引来蜜蜂飞涌，
但愿花卉不被霜打，
但愿蜜蜂不受冰灾，
但愿时常欢聚再聚，
时时欢聚吉祥如意！

下游盛满的湖泊中，
此处引来鱼儿涌游，
此处住着父亲母亲，
鱼儿转着湖泊游去，
但愿湖泊不受干旱，
但愿鱼儿不受灾难，
但愿时常欢聚再聚，
时时欢聚吉祥如意！

百户庄子扎西秀①！
共众舞场扎西秀！
艺人热琼②扎西秀！

上游居住大禅院，
下游居住富施主，
流落在外热琼瓦，
佛陀园满扎西秀！

柱顶落着绿杜鹃，
妙音传向四方地，
梦兆不错梦兆好，
祝愿好梦扎西秀。

昨晚我的梦境中，
西方旭日竖大柱，
柱子顶上显狮威，
梦到雄狮显威鬃，
梦兆不错梦兆好，
祝愿好梦扎西秀。

(2)

昨晚我的梦境中，
东方旭日竖大柱，
柱顶落着白颈鹰，
展翅飞翔绕四周，
梦兆不错梦兆好，
祝愿好梦扎西秀。

昨晚我的梦境中，
北方旭日竖大柱，

昨晚睡的我梦中，
南方旭日竖大柱，
柱子顶上落大鹏，
梦着大鹏下蛋了，
梦兆不错梦兆好，
祝愿好梦扎西秀！
祝愿公众扎西秀！
祝愿舞场扎西秀！
热琼本人扎西秀！
吉祥满天扎西秀！
普天圆满扎西秀！

① 扎西秀：藏语，意为吉祥如意。
② 热琼：此处指跳热巴舞蹈的民间艺人。

3．热巴祈愿颂词

呀！
今日天空吉星高照，

今日大地适逢黄道，
今日丰收有好预兆。

大家欢聚团圆日；　　　　　　众生摆脱苦难日。

父母子女团圆日；　　　　　　佛法昌盛吉祥如意！

释迦佛法昌盛日；　　　　　　央玛尼吾扎曲吾扎！

4. 热巴颂词

今日天空吉星照，　　　　　　热巴足迹遍世界，

今日大地吉祥辰。　　　　　　热巴舞蹈会八方。

一是嘎乌金龙美，　　　　　　远游圣地到印度，

二是象牙扳指新，　　　　　　亲自接待是国王；

三是大小玉石多，　　　　　　近察来到汉地域，

四是珊瑚花缤纷，　　　　　　国王厚待问祺祥。

五是雄鹿角技好，　　　　　　祈愿百年常丰收，

六是热巴艺术高，　　　　　　跳起热巴迎吉祥！

七是扎西热巴吉祥呈。

5. 热巴老人的颂词

呀！　　　　　　　　　　　　今日所演之热巴，

今日天空吉星照，　　　　　　创于尊者米拉日巴，

今日大地吉祥辰。　　　　　　传承乃是热琼巴。

　　　　　　　　　　　　　　热巴舞有一鼓点，

莲花八瓣铺就地；　　　　　　热巴舞有三鼓点，

幸福美满弥漫地；　　　　　　热巴舞有六鼓点，

欢乐祥和聚福地。　　　　　　热巴舞有九鼓点。

三吉俱全庆跳热巴。　　　　　九鼓点技巧在牛角尖！

呀！　　　　　　　　　　　　呀！

神鼓如从大山举下来，
鼓槌如从大海里面飞起来。
鼓点不同步法变，
鼓声不同舞姿改。
鼓点和步法不协调，
就如热巴走魂差。
呀！
要说我们热巴表演功：
美不胜收观者眼里，
满意快乐演者心中；
演、观互动能出彩虹，
彩虹用手能捉在胸中跳动。

呀！
看我热巴老人身体棒：
该白其处犹如雪山映阳光，
该红其处好比海面射斜阳。
呀啦嗦！
看我热巴老人的发丝，
犹如垂柳叶子；
看我热巴老人之前额，
犹如十五之月圆；
看我眼睛，

犹如空中流星；
看我鼻子，
犹如金唢呐双管子。
上唇犹如金山。
下唇犹如银山。
不仅如此，
上身犹如佛经殿，
下身犹如法严结。
腰身犹如金刚铃，
膝盖犹如经法轮，
小脚犹如法花瓣。

呀啦嗦！
老热巴我从前看，
肚皮哪有看不见。
只是肚皮里是否有肠需存鉴。
从后看臀部哪会难，
只是臀部是否有骨骼需存鉴。

如此这样请跳好热巴舞呀，
热巴舞女们！

6. 热萨玛① 的说词

黄金首饰亮灿灿，
白银首饰白铮铮，
碧玉首饰绿莹莹。
热琼姑娘俱妆身。

美如仙女降凡尘，
丽似天空彩虹升。
足迹踏遍全世界，
舞蹈能跳各族群。

南边到过印度境，
国王赞扬姑娘纯；
东边到过汉地域，

国王夸耀姑娘真。

今日黄道吉日顺，
今日吉日好良辰；
三居良辰此庆贺，
呀！且看热萨姑娘展才能：

美如孔雀走踮步，
美如杜鹃发妙音，
美如鹦哥亮歌喉，
美如鱼儿炫技游。
跳起那尊者米拉日巴祖传的
热巴舞，
跳起来吧，
呀啦嗦！

① 热萨玛：藏语，意为跳热巴舞女。

7. 婚宴说词

（1）新娘下马垫品介绍

问：呀！新娘下马备何垫品？
答：
装饰品类有九套，

珊瑚、碧玉、琥珀等；
衣服类有九套，
真丝、绸子、缎子等；
牲畜类有九套，
马匹、犏牛、牦牛等；
皮张类有九套，
虎皮、豹皮、熊皮等；

垫褥类有九套，
棉垫、绒垫、毡垫等。

福禄日月般的新娘，
可回到天空般的家！
雪山狮子般的新娘，
可回到高山般的家！
高空雄鹰般的新娘，
可回到山川般的家！
林中老虎般的新娘，
可回到檀林般的家！

（2）新娘进家门仪式

房屋分为共下三层：
念佛喇嘛住上层。
尊贵佛门如何开？
手握三香叩佛门。
檀香丁香与草香，
三香俱全进佛门。

执法官人住中层。
官人法门如何开？
手捧哈达叩法门。
白色红色和黄色，
三种俱全进法门。

议事叔父住下层。

议事其门如何开？
献上美酒去叩门。
麦子青稞葡萄酒，
三酒备进议事门。

院分前中后三院：
前院牦牛聚满院，
牦牛见我如未见，
金箍奶桶引路看。

中院马匹聚满院，
马儿见我如未见，
金箍马鞍引路看。

后院羊群聚满院，
羊群见我如未见，
洁白羊毛引路看。

手捧哈达上梯沿，
楼梯廿一度母仙，
梯头天生啊① 字母，
院阔形似八瓣莲。
水缸积成福禄海，
外形好似吉祥山。
祈愿山中多动物，

---

① “啊”：藏文字母中最后一个字母的
借音。

202

祈愿水里鱼撒欢。
磨盘犹如海龟王，
上饰海螺下玉妆，
眼看糌粑白如雪，
却胜白雪一般积。
房柱莲花八个瓣，
就像父子血脉连，
父子血脉像檀木，
房柱金箍恒不变。
银制圆木做横梁，
双鳌柱头对着看。

（3）占卜术象结果：

今日天上吉星照，
不寒不热气候好。
今日地上吉时到，
三好聚集吉祥妙。
若要具有推山力，
必须具有倒海智。
今日大众齐聚此，
且听我诵吉祥词。

向上师喇嘛请卦象，
喇嘛所卜卦象好；
往那边卦师请占卜，
卦师所占占象好；
往下边术数师请术数，

术数师所算术象好；
各类预测都示好，
阴阳五行全都好。
一年之计在于春，
基础扎实好收成！
吉年吉日逢吉时，
做事都能如意成。
今天星座属胜日，
无论何事定获胜。

沟里雪山山环山，
雪里狮子舞蹁跹，
但愿狮子绿鬃茂。
山腰一片檀林间，
林中老虎自游转，
但愿老虎虎斑显。
山脚汇聚美湖湾，
湖里鱼类水獭满，
游技更好我祝愿！

后山狮子跳蹁跹，
绿鬃发达胜当前。
山脚层层布梯田，
水田好比叠经卷，
旱田犹如撒白纸，
祝愿青稞堆如山。
谷中流着一条河，
山系银腰带子舞婆娑。

（4）茶酒奶等说词

右手金杯端着酒，
祝词一番听从头：
幸福隆临火灶头，
灶里红火向上抽，
灶上放着吉祥锅，
甘露不断锅里流。
阿亚①青稞是父王，
哒亚②青稞是母后，
棕色③青稞库之宝，
声赤④青稞族之酋，
胡须青稞如喇嘛，
花色青稞像母舅，
白色青稞是俗人，
红花青稞是佛祖，
绿色青稞是祖母，
卡然青稞来伺候。
三年酿的有年酒，
三月酿的有月酒。
请喝三杯威望足。

父家上游的白蔗糖酒，

母家下游的红蔗糖酒，
察瓦龙沟的葡萄酒，
白玛冈的谷子酒，
察隅沟的红米酒，
波密家乡青稞酒。

周年酿的有年酒，
丰收年酒金灿灿。
全月酿的有月酒，
醇香月酒甜又甘。
黑夜酿的有夜酒，
夜酒点火就会燃。
白昼酿的有日酒，
昼酒醇香露滴盘。

吉祥八宝瓷碗好，
花纹轮王七政宝，
狮子酥油缀杯口，
请喝三杯威望高。
请亲属男女喝一杯，
龙年一到好吉兆。

左手银杯端着茶，
茶的来历听我夸：
汉地吉祥山产茶，
诺布桑布⑤首买它，

---

① 为青稞种类名称。
② 为青稞种类名称。
③ 为青稞种类名称。
④ 为青稞种类名称。

---

⑤ 诺布桑布：传说中的藏地大商人。

204

嘎玛扎西①驱骡子，
米娘次姆②运拉萨。
汉地开发茶叶时，
阳山茶叶白如纸，
阴山茶叶黑纸似，
阴阳之间茶红色。

上等花茶奉喇嘛，
二等丸茶敬官家，
三等菁茶献勇士，
四是厨师做粮茶，
五位女佣神茶供，
六位男佣贡子茶，
七上矿泉和雪水，
牦牛黄色酥油八，
藏北红色盐巴九，
九黄茶之搅九次。

茶喝三杯威望升，
明目提神智慧增。
高僧喝了佛事宏，
官人喝了法事兴，
叔父喝了事业顺，
母姨喝了家事和，
儿孙喝了胜敌人，

女儿喝了婚事祥，
儿童喝了游园盛。

螺杯里面盛上奶，
白色狮子奶其一，
玉色龙的奶其二，
水牛类的奶其三，
黄牛类的奶其四，
牦牛类的奶其五，
犏牛类的奶其六，
汗牛类的奶其七，
白财绵羊奶其八，
寿财山羊奶其九。
九类种的新鲜奶，
请喝三碗九合奶，
身体健康肤焕彩。
营养其高世无比，
喝了福临吉祥来。

（5）哈达说词：

我持手中白哈达，
上天三位天女纺织成。
人间三位织女纺织成。
地下三位龙女纺织成。
哈达头有八宝图，
哈达腰有轮王七政宝，
哈达尾有珍珠穗子飘。

---

① 嘎玛扎西：传说中藏地大商人诺布桑
　布的有名驮夫。

② 米娘次姆：骡子泛称。

哈达本是汉地产，
兴在藏区已经年。
商贾诺布桑布购，
驮帮嘎玛扎西搬。
木雅骡子驮藏边。
过河不用驮运费，
过桥不用过桥费，
翻山不去拜山神，
拜见喇嘛未敬献。

洁白的哈达向空抛，
八福轮帐幕碧空摇；
洁白的哈达往地下甩，
满地莲花八瓣开。
珍珠宝座据高台，
白色毡皮做垫胎。
外有不变汉地长城图，
内有不变万字连体排。
当着不变六氏族 ①，
这条纯洁白哈达，
献给两位新人祝和谐。

系上珍宝堆的哈达结。
第一系的哈达结，

上天大梵天王结；
第二系的哈达结，
人间雪域聂 ② 王结；
第三系的哈达结，
地下龙王珍宝结。
金刚一把结；
木雅玉孜结；
商贾绫罗结。
说笑语言结；
吃肉酥油结；
喝酒酸酵结；
金刚长寿结。
祝愿身体岩石坚，
祝愿寿命日月恒，
祝愿世泽比水长，
祝愿人寿一百岁，
祝愿眼见春秋一百载，
祝愿永得寿命万字宝！

（6）婚宴说词

请看银色铜宝镜：
俱有天生彩虹升。
俱有天生释佛发。
俱有天生如意树。

---

① 六氏族：藏族远古六氏族——色氏、
木氏、董氏、东氏、惹氏、柱氏。

---

② 聂：藏语，意为凶神。

今日送个吉祥央①：
请天竺王的佛央到；
请汉地王的法央到；
请尼婆罗的商央到；
请色莫岗②的马央到；
请大食地③的财央到。
从天空当中请个央：
太阳般的温暖央；
万物般的生长央；
云雾般的飘起央；
雨水般的下起央；
果实般的结起央。
从大地之上请个央：
高山般的矗起央；
雪山般的垒起央；
河水般的流起央；
大海般的静起央。

今日送个吉祥央：
请上苍仙女岗噶到；
请人世姑娘维坚到；
请龙宫姑娘水仙到。
请东方香味地的寿央到；
请南方地域的寿央到；

请西方水天佛的寿央到；
请北方财神地的寿央到。
请东南火神地的寿央到；
请西南恶鬼地的寿央到；
请西北风神地的寿央到；
请东北自在地的寿央到；
请上苍天王地的寿央到。
请四海龙宫的寿央到；
请地狱阎王殿的寿央到；
请妖、鬼、魔的寿央到；
请三界三地界的寿央到。

一切央俱来到：
请财央到家；
请田央到埂边；
请青稞央到库中来；
请衣央到柜中来；
请水央到缸中来；
请饭央到厨中来；
请畜央到院中来；
请人央到屋中来。
请恰④到央到（喊三次)！

---

① "央"：藏语借音，是福禄、福气、带
   来吉祥如意好运气的意思。
② 色莫岗：藏区的一个地域名称。
③ 大食：指古大食国，即今伊朗。

---

④ "恰"：藏文借音，是财喜课招来的
   意思。

（7）婚礼结尾吉祥词：

火灶左右中三灶。
右灶金箍灶，
茶水源源不断吉祥到，
骡子边上围起吉祥到。

左灶银箍灶，
酒水源源不断吉祥到，
肥田四方围起吉祥到。

中灶海螺神灶，
牛奶源源不断吉祥到；
牦牛边上围起吉祥到；
家中人员满座吉祥到；
库中粮食满仓吉祥到；
牛圈牲畜满院吉祥到；
人命岩石还坚吉祥到；
岩石永远不烂吉祥到；
寿命比水还长吉祥到；
河水源源不断吉祥到。

一切吉祥来到这儿：
人恰到来，富央到；
库 ① 来到，央来到。

牦牛母子各一百，
牦牛母子鼾声隆，
出圈不遇豺狼吉祥颂。

寿财山羊母子各一百，
山羊母子叫声隆，
出圈不遇豺狼吉祥颂。

马匹母子各一百，
马匹母子叫声隆，
出栏不遇害兽吉祥颂。

白财绵羊母子各一百，
白财绵羊母子叫声隆，
出圈不遇豺狼吉祥颂。

---

① "库"：藏语借音，是引来、到来的意思。

8. 哲嘎哈达颂词

愿善神得胜！
试问哲嘎如愿成就者？
是否有说词？

是否有颂词？
没有说词和颂词的哲嘎哪里有。

啦哈哈!

试问我手上所持这条白哈达,

是否有说词?是否有颂词?

没有说词和颂词手上不持白哈达。

请问各位观众,

哈达是否有父亲?

哈达父亲是树木!

请问各位观众,

哈达是否有母亲?

哈达母亲是河水!

这条哈达三种丝织成,

绵羊绒、山羊绒和蚕丝。

编织者汉地宫女三姐妹,

为此哈达多艳丽。

昔年哈达既织成,

飘挂河面随风行。

空中云雾落在哈达上,

哈达云雾图纹如此成;

大海水溅落在哈达上,

哈达水纹如此成;

檀木叶片落在哈达上,

哈达树叶图纹如此成;

邦锦花瓣落在哈达上,

哈达花纹如此成;

汉地长城影子落在哈达上,

哈达长城图纹如此成。

呀!这条哈达在汉地宝库三年储,

然后运往到雪域。

讲讲藏地哈达如何兴,

藏地哈达多用处:

高僧喇嘛讲法时,

需献白色哈达去;

上官大人执法时,

需献白色哈达去;

勇士征战沙场时,

需献白色哈达去;

新郎新娘登入婚姻殿堂时,

需献白色哈达去;

朋友新居乔迁仪式时,

需献白色哈达去;

亲戚婴儿出生时,

需献白色哈达去;

庆贺酒宴场合上,

需献白色哈达去;

动听献歌场合上,

需献白色哈达去;

庆贺、白丧仪式上,

需献白色哈达去。

哈达妙用无尽处!

呀!那么白色哈达从何

处来？

哈达来自东方金刚勇士处。

白色库中请福禄，

绿色妙果青稞从此出。

这条黄色哈达从何处来？

来自南方宝生如来处。

黄色哈达库中请福禄，

黄金白银等金属妙果从此出。

这条红色哈达从何来？

来自西方无量光佛处。

红色哈达库中请福禄，

碧玉珊瑚珍珠等首饰妙果从此出。

这条绿色哈达从何来？

来自北方不空成就如来处。

绿色哈达库中请福禄，

硼砂、盐巴等稀有妙果从此出。

这条蓝色哈达从何来？

来自龙王顶上珍宝处。

蓝色哈达库中请福禄，

神牛白头，灰色牦牛；

花色犏牛，白色犏奶牛；

红色骏马儿，棕色骡子；

白财绵羊，寿财山羊；

千头万头，从此发达遍地是！

呀！

哈达献给小青年，

祝愿所到之地吉祥满；

哈达献给黑色白蹄骏马，

祝愿马到成功取福禄回家；

哈达献给棕色骡，

祈愿汉地绿茶多往藏家驮；

哈达献给灰色牦牛，

祈愿藏北盐巴往藏家流；

举着哈达向雪山祈愿，

祈愿人心像白雪一样纯洁；

举着哈达向岩山祈愿，

祈愿人寿更比岩山坚；

举着哈达向河水祈愿，

祈愿人脉更比江水绵；

举着哈达向新居祈愿，

祈愿新居吉祥如意年胜年；

哈达献给老父老母，

祈愿长命百岁、寿比南山；

哈达献给青年男女，

祈愿所有小伙精通文字和术算，

祈愿所有少女长相美丽持家贤；

哈达献给房屋柱子，
祝愿新居吉祥恒不变；
哈达献给仓库，
祝愿粮仓粮食溢满，
储仓酥油肉类装满；
哈达献给财运箱，
祈愿财箱宝贝溢；
哈达献给牲畜圈，
祈愿各种牲畜满圈。

祈愿牛圈满犏牛吉祥来！
祈愿马圈满马和骡子吉祥来！

祈愿羊圈绵羊山羊吉祥来！
祈愿生活日盛吉祥来！
祈愿风调雨顺吉祥来！
祈愿生态环境美丽吉祥来！
祈愿世界和平祥和吉祥来！
祈愿一切生灵健康长寿吉祥来！
祈愿扬善法事吉祥来！
祈愿杜绝恶事吉祥来！
祈愿吉祥如愿永驻不变吉祥来！
高呼祝愿善神得胜！

第四章

别夏即夸说

1. 喇嘛小伙和姑娘

呀！

今日空值去星辰，

今日时逢日良辰，

今日天地时机好，

好喜庆事三临门。

喇嘛要有教法深，

无教无规猫头鹰。

好汉要有如天胆，

无胆石上盔甲呈。

姑娘要有美容貌，

容貌丑陋难嫁人。

2. 庆典"别"说

嘎嗨！（古）嘎嗨！我喊嘎嗨，

从嘎悟（古）之中抽条哈达，

白色（古）哈达一连三，

上扬（古）三下雪山顶，

祝愿（古）人头白如雪！

从嘎俉(古)之中抽条哈达，
黄色（古）哈达一连三，
扬向（古）三下岩山腰，
祝愿（古）健壮像岩山！

从嘎俉(古)之中抽条哈达，
绿色（古）哈达一连三，
扬向（古）三下江河方，
祝愿（古）人寿比江长！

3. 挥、拖、吹

男人之力有三挥：
好汉宝剑向敌挥，
凡夫鞭子向马挥，
懦夫棍棒向娘挥。

男人之技有三拖：
好汉射猎山上拖，

凡夫射猎坝中拖，
懦夫虐妻家中拖。

男人之气有三吹：
好汉吹起海螺号，
凡夫吹起白银哨，
懦夫吹牛叫声高。

4. 对你不比"别夏"好

说段"别夏"听开言：
"别"峰顶刺蔚蓝天。
日月想去抓住"别"，
日月焉能"别"比肩。
南云更作望洋叹。

"别"腰顶在金刚岩。
雄鹰想去抓住"别"，

雄鹰焉能别比肩。
猫头鹰更叹枉然。

"别"尾顶在江河中，
金鱼想要捉住"别"，
金鱼焉能"别"比功。
老蛙更是叹秋风。

5.妙语"别"的仓库

上游堆龙楚布寺①，
神佛喇嘛生于此。
中间色拉哲蚌寺，
甘丹两经②译于此。

阿嘎西宁蒙口地，
汉蒙绸缎产于此，
男儿聪慧有才智，
妙语"别夏"仓粮似。
愚人若是有盐卖，
慢慢论价唯一词。

① 楚布寺：建于公元1189年的藏传佛教
噶玛噶举派主寺。
② 甘丹两经：指《甘珠尔》《丹珠尔》两
套大藏经。

6.三种男子三个貌

好汉身形如金刚，
能文能武才智双。
中汉腰部像雄狮，

说话论语普通词。
懦夫屁股像皮囊，
拉稀放屁糟蹋粮。

7.相同勇士相遇时

两位好汉遇山岗，
谈论抱负说志向。
两位中汉遇山腰，

卖马购牛把价讨。
两位下汉遇山脚，
偷鸡摸狗商策略。

8.颂扬的"别"

向上看看多热闹，
上师头戴金光帽，

弘法布道威望高。

向前看看多热闹，
武官头戴盔甲帽，
旌旗猎猎迎风飘。

向下看看多热闹，
叔父蒙靴彩虹飘，
威风凛凛足炫耀。

9. 貌似相同质不同

上房公鹿跳舞魔，
下房公羊蹦踏和，
同为舞蹈不同果。

同为呼喊不同音。

黄色金钿与黄铜，
颜色相同价不同，
市场比价各西东。

山腰老虎吼叫声，
石缝狐狸哭喊声，

10. 上游若是无雪山

上游若是无雪山，
下游哪有玉色湖；
如若没有玉色湖，
哪有所长柳林树；

如若没有柳林树，
哪有杜鹃飞落聚；
如若杜鹃不飞临，
冬夏时节如何分。

11. 佩戴三器

上等男儿戴三器，
不像佩戴像装饰，
犹如经柱挂经书。

犹如经堂描壁画。

下等男儿戴三器，
不像佩戴如拖拽，
犹如家犬挣链开。

中等男儿戴三器，
不像佩戴如描画，

12. 三种男子心胸

好汉心胸如天空，　　　　　骏马奔走且由力；
雄鹰展翅击寒风；　　　　　慵汉心胸如灶门，
俗汉心胸如大地，　　　　　是进是出两由人。

13. 不败风和敌

我步山冈之时刻，　　　　　长剑不被风刮走，
狐帽与风比愉悦，　　　　　五彩牛皮护腰节。
狐帽不被风刮走，
帽带四股线拧结。　　　　　我步平坝之时刻，
　　　　　　　　　　　　　彩靴与水玩欢悦，
我步山坡之时刻，　　　　　脚上花靴不怕水，
腰剑与风比威烈，　　　　　带目三横并九结。

14. 刀的论说

战神比神灵还神灵，　　　　巴松 ② 之铁是祖母，
盔甲比碉垒还坚硬，　　　　古玉 ③ 之铁是儿孙。
战神从白色的碉垒内，　　　三铁合成铸剑尊。
出征！出征！战神要出征！　利剑一挥向蓝天，
手中这把宝剑刀亮铮铮，　　蓝天犹如布帛剪。
阿斯亚斯古斯三合成：　　　利剑一劈向岩石，
易贡 ① 之铁是祖父，

---

① 林芝古时产铁的地名。

② 林芝古时产铁的地名。

③ 林芝古时产铁的地名。

岩石劈成如沙粒。
利剑一挥向森林，
林木犹如剃胡须。
利剑一挥向大地，
土地切块犹血块。
看伊手中这把刀，

白白圆根切不校，
黑色木炭砍不碎，
红红血块切不销，
呀！是不是请战神们讲一讲！

15. 酒的论说

老虎山的那一边，
牧人山的这一边，
游僧岩洞独修炼。
播撒葱和大蒜种，
祈祷丰收年胜年。
一天两天到三天，
三天以后苗出全。
种瓜得豆神仙佑，
麦苗长成梳齿般。
一月二月累三月，
人勤地暖绿浪翻。
三月以后穗长大，
高如八月婴儿般。
一百男人从右割，
一百姑娘从左捆。
堆在花格麦架上，
沉沉托在犏牛肩。
铺在打场地上碾，
扬场净麦进家园。

锅里炒的喳喳响，
锅里煮的哗哗喧。
八镯桷中三天闷，
扯调伴嘴蜜蜜甜。
向着神佛敬上去，
合法守规功德圆；
向着上官敬上去，
依法断案百姓欢；
阿哥自我饮一碗，
心情舒畅若神仙。
好汉饮酒瘾上头，
稳坐垫上头脑清。
中汉饮酒瘾上嘴，
谈古论今不知累。
下汉饮酒瘾上心，
舞刀弄剑坐不安。
灶石犹如篮球扔，
火棍如似彩旗纷。
灶灰飞扬像飘雪，

217

母姨一阵哭声频。

16. 衣领在哪里

晴空哟晴空犹如铁色绸
缎衣，
衣领哟它在哪里让我告
诉你：
日月哟在哪里衣领在哪里。

江河哟江河好似宝剑锋利，
刀绳哟它在哪里让我告
诉你：
桥梁在哪里哟绳带在哪里。

沃土哟沃土犹如绿色马匹，
鞍头哟它在哪里让我告
诉你：
弯路哟在哪里鞍头在哪里。

17. 狐狸豹子和老虎

冈上（咕）之冈色莫冈，
色莫（咕）冈上筑狐巢。
日月（咕）光辉照狐身，
狐狸（咕）皮毛从此娇。

山顶（咕）红岩峰之岚，
红岩（咕）顶上筑豹苑。

岩水（咕）滴在豹身上，
豹子（咕）毛色变花斑。

山沟（咕）沟中藤木坳，
藤木（咕）林中筑虎巢。

藤叶（咕）落在虎身上，
老虎（咕）毛色变纹条。

18. 讥讽"别夏"

骑起骏马紧张相，
戴上狐帽乞丐相，
戴上金戒手指短，

你和服饰没配上，
人和骏马没配上，
马和鞍子没配上。

19.三个需要

藏地俗传三需要：
人老狗老马亦老；
纠纷诉讼老人调，
交易场上马不跑，
念经防涝狗能靠。

另有藏地三需全：

珠红芝麻和苗丹，
画龙点睛有它圆；
猫头鹰羽黄色尖，
有它犏牛可隔圈；
金鱼体内敛气裹，
有它方能渡大江。

20."别夏"问答

嘎耶！嘎耶！我有几问请
相告：
山上（咕）白帐可搭好？
山上（咕）白帐谁在搭？
可有（咕）图案画帐腰？
画者（咕）是谁可相告？
山下（咕）白铁可铸好？
炼铸（咕）工匠是谁可
相告？

嘎耶！嘎耶！你之所问俱

相告：
山上（咕）白帐已搭好，
白帐（咕）官员不需要，
夏月（咕）云雾作帐妙。
山腰（咕）腰带画得好，
裁剪（咕）纺织不需要，
山路（咕）如带系山腰。
山下（咕）白铁已铸好，
炼铸（咕）铁匠不需要，
冬月（咕）寒风铸冰雕。

21.自夸"别夏"

我呼嘎嗨一声声：

头戴狐帽吹火星，

狐帽未曾见火明。

二呼嘎嗨音霹雳：
穿上熊皮花衣把水吸，
熊皮花衣未曾沾水滴。

三呼嘎嗨音如鼓：
穿着鞋子跳起舞，
鞋上未曾沾灰尘。

22.三种汉子的骑术

上汉跑马在原野，
边跑边把鲜花摘；
中汉跑马横向跑，

边跑边把供香烧；
下汉跑马向山坡，
死抓前鞍稀屎阿。

23.说刀之源

手握宝刀亮铮铮，
此刀三种铁合成：
拉章① 之铁为父本，
察雅② 之铁当母亲，
易贡之铁做儿孙。
合成此刀成极品。
锻者乃是善伏铁，
助手九兄独脚客。
上弦之月打白铁，
下旬之月打黑铁。
月底廿九淬火水，

淬水用的火鬼血。
火候标准我来定，
锻出宝刀显特色：
刀背犹如旭日升；
刀锋犹如漆黑夜；
花纹犹如南云布；
刀尖犹如上弦月；
刀把金刚加持洁。

蛙皮好比上部岩石兀塌方；
把环好比百羊草坪上花
格样；
盘奴好比三兄出阵上战场，
刀柄好比五彩霓虹升吉祥。

① 藏区产铁的地名。
② 藏区产铁的地名。

220

24. 论说吉祥别

嘎仡！嘎仡！
我喊嘎仡、嘎仡声！
今日清空星辰良，
今日世间良星辰，
今日大地呈吉祥，
三喜相逢是良机，
要问战神何处来？
战神东方佛界来，
东方金刚呈吉祥。

要问战神何处来？
战神南方宝生来，
南方宝生呈吉祥。
要问战神何处来？
西方无量光佛来，
西方光佛呈吉祥。
要问战神何处来？
北方不空如来处，
北方成就呈吉祥。

25. 三种汉子抽烟相

要辨好中孬三汉，
不用他法看抽烟：
好汉抽起香烟来，
好似山巅煨桑烟；

中汉抽起香烟来，
似乎山腰飘云雾；
孬汉抽起烟卷来，
就像雨后泥蒸腾。

26. 三种妇女的起床相

良妇起床之早晨，
头镶玉珠顺起身，
供手合十磕起头，
摆上供品神堂净，
祝福祈祷遍遍诵。
良妇就是有善心！

中妇起床之早晨，
腰勒螺带再起身，
美丽端庄缓缓起，
边唱小曲边理鬓，
擦起家具忙卫生。
中妇就是有勤心！

孬妇起床之早晨，
先穿鞋子再起身，
找着右鞋丢左鞋，

口中不断脏话频，
口水鼻涕滴纷纷。
孬妇就是嫉妒心。

第 五 章

情　歌

1. 澜沧江乃神奇河

澜沧江乃神奇河，　　　　　下午变成金黄色，
上午流的碧玉波，　　　　　多变江水无鱼河。

2. 大水冲积沙滩口

大水冲积沙滩口，　　　　　若不来生引向好，
闻说修建沙子庙；　　　　　就会影响金鱼路。

3. 捡到银制嘎乌盒

绕转苯日神山日，　　　　　银光闪耀未敢戴，
捡到银制嘎乌盒；　　　　　若去炫耀闲话多。

4. 小小羔羊皮子袍

小小羔羊皮子袍，
面子是个锦缎飘，
镶边不是找不到，
只是在等水獭貂。

5. 山顶有头黑牦牛

山顶有头黑牦牛，
山下母牛黑如油。
所处之地分上下，
祝愿相见共白头。

6. 休与高山比身高

休与高山比身高，
都在日月下面漂；
莫跟河水比体阔，
都在大桥下面过。

7. 金灿灿的金莲下

金灿灿的金莲下，
白花花的雪鸡蛋。
大家都说我动了，
我放我拿甭分辩！

8. 灰溜溜的蒿草下

灰溜溜的蒿草下，
黑白沙鸡下土蛋；
大家都说我拿了，
看且不愿甭分辩。

9. 沟头四方庙宇高

沟头四方庙宇高，
求开门众多如潮；

门闩新换开不便，
如有供品则有谋。

10. 骑着灰马牵马驹

骑着灰马牵马驹，
矮骡正在伤心搐；

矮骡心伤也没用，
灰马绝对不放手。

11. 骑着玉马到后藏

骑着玉马到后藏，
后藏商人想买马；

黄金百两卖不卖?
万两黄金不卖它。

12. 本想能捡一支枪

蒙王造枪铁匠房，
本想能捡一支枪；

没有一支能用枪，
废弹陈药满地荒。

13. 本欲花色长枪夸

本欲花色长枪夸，
谁料一射尽脱靶；

不是绿铁枪不好，
火药配方出误差。

14.羌阿庆坝之坝头

羌阿庆坝之坝头， 不明我就准备牵，
犏牛拖着鼻绳走； 以证是否公用牛。

15.羌阿庆坝之中央

羌阿庆坝之中央， 不明我就准备牵，
奔马边走边拖缰； 以证是否公用骧。

16.你看上方景色美

你看上方景色美， 会看认出护神脸，
山沟岩上岩纹清； 不会就是岩石纹。

17.一望无垠之平坝

一望无垠之平坝， 最白莫过羊羔花。
盛开成千上万花； 最香当属藏红花。

18.宽广舒畅之大村

宽广舒畅之大村， 说说笑笑都不忌，
结交不别老中青； 奉献清白万不能。

226

19. 吉祥玉山山之巅

吉祥玉山山之巅，　　　　　　休言此块绸缎小，
一块绸缎被风掀；　　　　　　绸缎之上八宝全。

20. 我是汉马小浅棕

我是汉马小浅棕，　　　　　　不说一生不托鞍，
未托金鞍干净身；　　　　　　至少三年要干净。

21. 上方湖的花奶鸟

上方湖的花奶鸟，　　　　　　不是相互不相恋，
下方湖的黄小鸟，　　　　　　而是湖泊太宽了。

22. 东方吉祥山之巅

东方吉祥山之巅，　　　　　　有请白云捎句话，
绵羊群似白云闲；　　　　　　祝福伊人身心安。

23. 红色珊瑚蓝玉好

红色珊瑚蓝玉好，　　　　　　谁是三宝宝中宝？
黄色琥珀共三宝。　　　　　　自己心仪是至宝。

24. 情人刚刚离此村

情人刚刚离此村， 村庄内外一如故，
村内村外空荡荡； 心里失落眼走样。

25. 杜鹃飞走那一刻

杜鹃飞走那一刻， 不是山林内外空，
山头山脚空荡荡； 妙音一静山空旷。

26. 天鹅飞走那一刻

天鹅飞走那一刻， 不是临河边上空，
临河一片空荡荡； 颜色一失彰空旷。

27. 杜鹃飞走那一天

杜鹃飞走那一天， 我在枝头翘首待，
画眉心曲离别难； 愿你门域早回还。

28. 少年闺蜜走那天

少年闺蜜走那天， 我在月下翘首待，
姑娘心曲离别难； 盼你早日把家还。

228

29.香柏实乃神仙树

香柏实乃神仙树，
历夏三月根不腐，

经冬三月叶不落，
永恒不变常青树。

30.白崖晶石宫殿檐

白崖晶石宫殿檐，
雄鹰想落近盘旋；

不要落此污白净，
臭味熏天叫人烦。

31.柏树碧玉白塔尖

柏树碧玉白塔尖，
乌鸦想落近盘旋；

不要落此留污秽，
臭气熏天令人嫌。

32.杜鹃美丽声音妙

杜鹃美丽声音妙，
若能檀树寿比高，

或从柏枝获福禄，
二者居一某祈祷。

33.情人可爱才智好

情人可爱才智好，
若获双亲长寿道，

同龄当中获福禄，
二者居一我祈祷。

34.白雪山与红山身

白雪山与红山身，
昔日是我供奉神；

如今成仇不佑我，
少年意气另供神。

35.天空广阔鸟道窄

天空广阔鸟道窄，
白颈雄鹰难双飞；

大地宽阔马道狭，
白色铜马不并骓。

36.卿乃我中意情人

卿乃我中意情人，
愿结伴如影随形；

约法三章盟誓言，
如今双亲才耳闻。

37.金黄翅膀野鸳鸯

金黄翅膀野鸳鸯，
请将圆湖记心上；

今日不会后难测，
若遇相似或许忘。

38.白云苍龙之故乡

白云苍龙之故乡，
无云归乡没行囊；

白雪雄狮之故乡，
无雪归乡没住房。

39.门槛没被风吹掀

门槛没被风吹掀，
为有杉树顶门闩；

门闩没有掉下地，
为有吉祥哈达缠。

40.看到山崖想岩羊

看到山崖想岩羊，
羊肉不美怎会想；

看到村庄想情人，
感情不深怎会想。

41.上部阿里游览际

上部阿里游览际，
骏马眼里掉眼泪；

别太伤心大恩马，
骡马分工业所系。

42.诤言刻在石头雕

诤言刻在石头雕，
石烂字迹磨不掉；

喻言白色哈达结，
哈达烂了结不掉。

43.雄鹰螺爪把翅展

雄鹰螺爪把翅展，
高山顶上在盘旋，

并非想落山顶上，
而是亮舞展姿颜。

44. 沟里看见三座山

沟里看见三座山，
欲选最佳之山岚；

闻说岩山评至好，
应知其有崩垮嫌。

45. 有人推荐选雪山

有人推荐选雪山，
其实雪会化冰川。

我选美丽草坝山，
草山不变到永远。

46. 地下蚂蚁本无眼

地下蚂蚁本无眼，
想拖檀木胆如天；

莫说檀木拖不动，
小心蚁腰分两段。

47. 对岸美人金坠摇

对岸美人金坠摇，
请到这边架金桥；

桥通我俩金桥过，
闲言碎语桥下抛。

48. 严父慈母教谆谆

严父慈母教谆谆，
无事不要大河临；

若是不去大河岸，
怎见浪舞鱼翻身？

49.天上雨和地上花

天上雨和地上花，
从来一对老冤家；

夏季三月形不离，
冬季三月影无他。

50.冬月不见不用思

冬月不见不用思，
夏季再见也不迟；

雨润大地花绽放，
花映白云雨飘丝。

51.健康祝福带伊人

爱人居住那座城，
白云不分日夜临；

如若白云会带话，
健康祝福带伊人。

52.飘向东边之白云

飘向东边之白云，
不分日夜忙碌飘；

如若白云会人语，
很想每天捎口信。

53.高山顶上之太阳

高山顶上之太阳，
不带温暖带寒凉；

遥远地方之爱人，
不带爱意带心伤。

54. 方方圆圆马厩里

方方圆圆马厩里，　　　　来来回回转三圈，
圈马一百八十匹；　　　　没有一匹合吾意。

55. 阿青坪坝之上游

阿青坪坝之上游，　　　　若有步法走力壮，
马儿左右步悠悠；　　　　定有人来高价求。

56. 水文没有掌握前

水文没有掌握前，　　　　如若水文了解透，
不敢轻易小桥建；　　　　可架双桥试比肩。

57. 不吃核桃壳太坚

不吃核桃壳太坚，　　　　唯爱阿妈柿子果，
不吃桃子水太酸。　　　　整果能吃味甘甜。

58. 深情亦如水之源

深情亦如水之源，　　　　最终大海应会面。
即便分流自成澜，　　　　祈祷我俩再团圆。

59. 金扳银扳白玉扳

金扳银扳白玉扳，
俱卡关节佩戴难。

非因扳指不合你，
你与扳指未有缘。

60. 雄鹿丢弃好草原

雄鹿丢弃好草原，
爬到莲花冈寻缘；

更好母鹿没寻到，
如今进退两为难。

61. 柱子不是金锻生

柱子不是金锻生，
梁木不是银铸成；

缘分建房石方快，
建造丽舍要用心。

62. 小小靴子穿不上

小小靴子穿不上，
不能穿上别勉强；

世上有靴千万种，
适合此脚有一双。

63. 山顶苏卢灌木树

山顶苏卢灌木树，
虽短长在好地方，
长在草坝花丛中，

西河柳树长得直，
长势好也环境差，
就在河边沙石处。

64. 若在高山挂经幡

若在高山挂经幡，
旗杠就要如意树，
旗边就要汉地绸，

竖立之人如意宝，
三样俱备经幡牢。

65. 骑着白马牵枣马

骑着白马牵枣马，
轮换坐骑是正常；

谈着旧友交新友，
自由交朋也正常。

66. 冰川草坪间小路

冰川草坪间小路，
是否石片叮当响；

若如石片无响声，
雪鸡走得却隐秘。

67. 美丽黄鸭金翅膀

美丽黄鸭金翅膀，
展翅飞翔空中旋，

落下嬉戏湖泊美，
如若无你天地荒。

68. 湖泊上游画眉鸟

湖泊上游画眉鸟，
湖泊下游黄鹂鸟，

不是感性隔阂远，
因为湖泊面不小。

69. 小伙我从坡上走

小伙我从坡上走，
姑娘你从谷里行，

到达山口并肩走，
一同煨桑论前景。

70. 对岸美丽姑娘

对岸美丽姑娘哟，
请你过来听我说，

不是花言巧语哟，
真心实话告诉你。

71. 盛开金莲之花旁

盛开金莲之花旁，
蜜蜂忙碌转圈圈，

如若花朵无好感，
蜜蜂转圈费身心。

72. 黄鸭从南往北飞

黄鸭从南往北飞，
目标定准小湖泊，

湖泊如若未冰封，
黄鸭自然落湖中。

第 六 章

童 谣

1. 祝福儿童成长歌

嗡吗呢叭咪吽……

小手掌心啪一啪!

祝愿早日站稳脚!

祝愿同岁一起欢!

祝愿小伙一起玩!

祝愿小时把花捡!

长大变成英俊男!

一朵花儿献神仙!

但愿凡人变神仙!

一朵花儿献岩石!

但愿生命岩石坚!

一朵花儿献河水!

但愿生命水绵绵!

2. 儿童记数实物歌

一是犀牛独角兽。

二是母羊双奶头。

三是三块灶脚石。

四是牦牛之奶头。

五是五方如来佛。

六是天上星昴宿。

七是北斗星连伴。

八是八瓣之莲花。

九是九角法轮幅。

十是母猪十奶头。

十一是十一观音面。

十二是十二卷《大般若经》。

十三是十三层佛塔。

3. 儿童靠智力寻谜底歌

山鼠去了哪里?

山鼠去了石缝里。

石缝去了哪里?

石缝口上覆草皮。

草皮去了哪里?

草皮长了青草。

青草去了哪里?

青草吃进牛肚里。

牛去了哪里?

牛藏在山里。

山在哪里?

山被雪封了。

雪在哪里?

雪被太阳化了。

太阳去哪里?

太阳被云遮了。

云在哪里?

云到大洋洲那边做客去了!

4. 儿童绕口令歌

拉卡亚那热然拉卡,

(在热然山顶上)

米朵茫波然如鲁如。

(多色花朵然如鲁如)

然如杰,鲁如古。

(然如开直花,鲁如开弯花)

罗热加及热布热热。

(一年会结黑铁果子)

罗热桑及热布热热。

(一年会结红铜果子)

罗热然及热布热热。

(一年会结黄铜果子)

罗热东及热布热热。

(一年会结白铜果子)

罗热利以热布热热。

(一年会结响铜果子)

5.儿童催眠曲

孩儿孩儿快快睡，
快快睡呀送匹马，
马儿配上马鞍送，
天上星星摘下送，

空中彩云抓起送，
地上花儿摘起送，
园里元根挖去送，
快快睡呀快快睡。

6.儿童学禽类叫声

布谷鸟王怎样叫？
咕咕咕呀，咕咕咕。
喜鹊母子怎样叫？
喳喳喳呀，喳喳喳。
乌鸦母子怎样叫？

哇哇哇呀，哇哇哇。
天鹅母子怎样叫？
眈眈眈呀，眈眈眈。
麻雀母子怎样叫？
叽叽叽呀，叽叽叽。

7.太阳公公

太阳公公来来啊！
照暖放牧儿童们。
我们抓住空中彩，
一条一条献给您。

彩虹献了太阳乐，
乐得太阳更温暖，
我和蚂蚁忙碌着，
各种游戏玩不完。

8.月亮叔叔

圆圆月亮叔叔啊！
请您送我一块饼，
我就为您写首诗，

一天一夜诵不完。

圆圆月亮叔叔啊！

请您送我一块饼，
我就为您把歌唱，
三天三夜唱不完。

圆圆月亮叔叔啊！
请您送我一块饼，
我就为您带礼品，
三年三月用不完。

9. 记住母亲嘱咐

宝贝宝贝宝贝！
你要学好知识，
你要尊敬师傅，
你要对人忠诚，
你要团结朋友，

你要修好品行。
若你学会知识，
若你掌握本领，
若你品德高尚，
前途永远光明。

10. 初讲故事之歌

一只鸡、一只雀！
啄青稞、满一箩。
酿了一坛青稞酒，
送给邻居婆婆喝。
盛一碗、盛两碗，

喝一碗、喝两碗。
喝醉酒的邻居婆，
吐得还比喝得多。
所吐之物被狗舔，
小狗回到狗窝睡。

11. 忘记宝宝鞋帽

在那草坪边上，
忘记宝宝帽子。
忘了帽子别急，
明日再买一顶。

在那草坪边上，
忘记宝宝鞋子。
忘了鞋子别急，
明日再买一双。

12. 一起摘花

对面草坪之上，
聪明伶俐小妹，
羊群赶往这边。
上午一起放羊，
中午一起摘花。

对面草坪之上，
聪明伶俐小弟，
我从左边赶羊，
你从右边赶羊。
中午羊群会合，
那时一起摘花。

13. 大家都去摘草莓

去去去呀，去去去！
大家都去摘草莓，
草甸上游草莓多。
大的就像马驹头，
小的就像羊羔头。

去去去呀，去去去！
大家都去捡蘑菇，
草甸下游蘑菇多。
大的就像一把伞，
小的就像碗盖大。

14. 孩儿学文化

孩儿孩儿学文化！
文化就是宝中宝，
权势之人夺不走，
富豪之人赎不走，

强盗之人抢不走，
盗贼之人偷不走，
学好文化一生用。

15. 捕捉日月节

盛开桃花之际，

朋友齐聚家中，

捕捉日月节日，
欢欢喜喜度过。

各自用脑用手，
制造面塑实物，
巧用小针捕捉，

有缘日月星辰。

高挂空中之饼，
伶俐朋友肯到，
尝到甜蜜之味，
大家笑开眉眼。

16. 儿童初学歌舞

甲岭达岭湖边，
姑娘次仁措姆，
帮我牧羊如何？
别说不会牧羊！
牧羊看我动作。

甲岭达岭湖边，
姑娘次仁措姆，
帮我剪毛如何？
别说不会剪毛！
剪毛看我动作。

甲岭达岭湖边，
姑娘次仁措姆，
帮我纺毛如何？
别说不会纺毛！
纺毛看我动作。

甲岭达岭湖边，
姑娘次仁措姆，
帮我织氆氇如何？
别说不会织氆氇，
织氆氇看我动作。

后　记

　　民间文学是我们的祖先留下的十分宝贵、厚重、丰富的精神财富，是创作文学艺术的基本依据，是文学艺术的基础或母体。它源自广大劳动人民的智慧，是广大劳动人民在千百年来的劳动生产、社会交往中，共同创作，共同加工，共同传承，逐渐发展起来的一种民间文学艺术形式，给人们以无尽的文学养分和艺术滋养。

　　根据波密县委书记朱振辉同志"要抓住编撰《波密旅游文化丛书》的良机，充分挖掘波密地域文化优势，整理出《波密的民间文学》，为加强波密文化的宣传，提升波密文化的知名度"的要求，由我和旦增等人，从本人收集编撰的《波密民俗文化》《波密民间故事集》《波密民歌集》等藏文书籍中挑选出"民间故事"67篇和"民间歌谣"246首，翻译成汉文，作为《波密旅游文化丛书》的第三卷，提供给广大读者。本卷中收录的"民间故事"和"民间歌谣"在波密本地广为流传。其中根据"民间故事"的内容分为神话故事、民间传说、动物故事、童话故事、生活故事、幽默故事等六类；"民间歌谣"也分为波卓（既有歌又有舞）、波央（只有歌而没有舞）、仪式歌与说唱、别夏即夸说、情歌、童谣等六类。

　　为保证本卷质量，我们翻译人员虽然竭尽全力，认真翻译，反复校对，但因一方面我们藏汉翻译水平有限，另一方面时间仓促，在本卷中缺点错误在所难免，衷心期望广大读者，特别是专家学者给予批评指正。

普布多吉

2018 年 6 月于林芝

责任编辑：侯俊智
助理编辑：程　露
特约编辑：刘志宏
责任校对：吕　飞
封面设计：吴燕妮

图书在版编目（CIP）数据

波密民间文学 / 普布多吉 编；丹增 译 . — 北京：人民出版社，2021.4
ISBN 978－7－01－022694－1

I.①波…　II.①普…②丹…　III.①藏族－民间文学－作品综合集－波密县
IV.① I277

中国版本图书馆 CIP 数据核字（2020）第 239632 号

波密民间文学
BOMI MINJIAN WENXUE

普布多吉　编　丹增　译

人 民 出 版 社 出版发行
（100706　北京市东城区隆福寺街 99 号）

廊坊市靓彩印刷有限公司印刷　新华书店经销

2021 年 4 月第 1 版　2021 年 4 月北京第 1 次印刷
开本：710 毫米 ×1000 毫米 1/16　印张：16.75
字数：225 千字

ISBN 978－7－01－022694－1　定价：49.00 元

邮购地址 100706　北京市东城区隆福寺街 99 号
人民东方图书销售中心　电话（010）65250042　65289539